D1180277

u · ··

Serce do gry

Piotr
Wojciechowski

Serce do gry

Też mam serce do gry.
TEJ gry.
Dobre, to polecam.
TO JEST
ZAJEBISTA
KSIĄŻKA!

Świat Książki

Projekt graficzny serii
Małgorzata Karkowska

Ilustracja na okładce
iStockphoto

Redaktor serii
Paweł Szwed

Redaktor prowadzący
Ewa Niepokólczycka

Redakcja techniczna
Lidia Lamparska

Korekta
Elżbieta Jaroszuk

Świat Książki
Warszawa 2010

Świat Książki Sp. z o. o.
ul. Rosoła 10
02-786 Warszawa

Skład i łamanie
Akces, Warszawa

Druk i oprawa
Druk-Intro, Inowrocław

ISBN 978-83-247-2209-9
Nr 7967

SERCE DO GRY*

Lech Bogoria mówił o tych budynkach „pawilony", a Jur Bońkowski nazywał je barakami, ale żadne z tych określeń nie pasowało do nich. Miały ganeczki ozdobione ornamentami wycinanymi laubzegą z deseczek, niektóre z ganków zacienione były jeszcze skośną siateczką z listewek albo anemicznymi pędami fasoli. Przed oknami rosły malwy i całe snopy żółtych kwiatów nazywanych na wsi „łysą Kaśką", na grządkach cebula i marchew. Na klombach wokół Pola Marsowego i wokół komendantury czerwieniła się ozdobna szałwia. Było trochę jak na wsi, trochę jak w koszarach, tylko czas był za obszerny, przelewał się nadmiarem godzin między posiłkami.

---

* Opowiadanie to powstało jesienią roku 1987 i było drukowane w n-rze 11–12 miesięcznika „Literatura" z notką redakcyjną: Fragment powieści *Obraz napowietrzny*, która ukaże się nakładem Wydawnictwa Literackiego.
To jednak nie jest fragment powieści pisanej w latach 1984–1985 i skierowanej do druku wiosną 1986. Redakcja „Literatury" zwróciła się wprawdzie do mnie z prośbą o fragment powieści, ja jednak uznałem, że muszę wykorzystać okazję, dopuścić się niewielkiej mistyfikacji i opublikować prozę o innej niż powieściowa aktualności. Z wymienioną powieścią łączy opowiadanie tylko postać jednego z bohaterów.

Cyklodrom był jednym z najbardziej popularnych miejsc „mielenia czasu"; czekając na swoją kolejkę, można było powoli dogryzać chleb przyniesiony w kieszeniach ze śniadania, przyglądać się krążącym rowerzystom i rozmawiać o przeszłości lub przyszłości, czyli o sprawach prawie fantastycznych, przeodległych z punktu widzenia pęczniejącej zaborczo teraźniejszości.

Wiktor umówił się na cyklodromie z Jurem, spotkali tam Lecha Bogorię w towarzystwie wysokiego szpakowatego brodacza.

– Atilla Karageorgianu, przyjaciel twoich rodziców. Właśnie mu o tobie opowiadam. O twojej podróży i wojowaniu.

Wiktor wzruszył ramionami.

– Przykre sprawy. Coraz bardziej dręczy mnie myśl, że mogłem jednak kogoś trafić.

Rozpiął bluzę i wystawił ku słońcu twarz i tors. Karageorgianu przysunął się bliżej, jakby chciał powiedzieć coś przeznaczonego tylko dla uszu Wiktora. Przez chwilę nie mówił nic, tylko spoglądał ku cyklistom. Był lekko przygarbiony, miał wielki orli nos i okrągłe, blisko siebie osadzone oczy.

– Podobno zgłosił się pan przedwczoraj – odezwał się w końcu.

– Ano, tak – potwierdził Wiktor. Zaprzeczanie nie miało sensu. Skoro wie, to widać wie.

– Zna się pan rzeczywiście na filmowaniu?

– Przecież się zgłosiłem. – W głosie Wiktora nie było ani zdenerwowania, ani zniecierpliwienia.

Zapadła cisza. W tej rozpanoszonej teraźniejszości zamilknięcia nie miały jednak tej wartości muzycznej, jaką wcześniej miewały pauzy w rozmowie. Pewnie dlatego Wiktor uznał, że powinien mówić dalej.

– W gimnazjum prowadziłem klub filmowy. I na uniwersytecie w Biax-Nouvelle, tam kręciliśmy nawet takie krótkie filmy. Z ładnymi dziewczynami. No a potem był jeszcze kurs na filmową rejestrację zestrzeleń. Byłem w artylerii p-lot. Zenitówki.

Atilla Karageorgianu pokiwał głową.

– Zenitówki, rozumiem. Ja też się zgłosiłem, panie Wiktorze. Z tym, że ja się nie znam na filmowaniu.

Po co on mi to mówi? – pomyślał Wiktor. – Albo głupi, albo duży cwaniak i coś mota. Niech mówi. I tak mogę go nie usłyszeć.

– Lech mówił, że zna pan moich rodziców – powiedział głośno. – Dawno ich nie widziałem. Dowiedziałem się przez ludzi, że ojciec wrócił do pracy naukowej. Zna go pan z uniwersytetu?

Karageorgianu nie wydawał się zdziwiony zmianą tematu.

– Niestety, nie miałem przyjemności. Pan porucznik Łazur był uprzejmy przedstawić mnie w eszelonie ewakuacyjnym pana matce. Pani Kasia zamartwiała się o pana. To wspaniała osoba, pomagała wszystkim w miarę swoich sił. A w każdym razie podtrzymywała na duchu. Potem rozdzielił nas przypadek. Albo los – żeby to zabrzmiało lepiej. Byłem na dobrowolnym zasiedleniu Strychu Świata, wracałem stamtąd przez Sforcz i miasto pańskiej matki.

– To brzmi jak tytuł książki Kadena *Miasto mojej matki*.

– Nie czytałem. A tam, tam w mieście odszukałem zakład optyczny na Wodopojnej, dowiedziałem się, że wyprowadziliście się państwo. Sklep z okularami prowadził po pańskim tatusiu ktoś żółty, jak to oni tam robią, wpuścił do lokalu inne firmy. W jednym kącie dentysta, w drugim handel szmatami z demobilu i wszystkim, co zostało na etapie po nieszczęsnym Legionie Pustyni. Kupiłem manierkę z podgrzewaczem na stały spirytus i dotąd mi służy.

Wiktor spojrzał bez wzruszenia na dziwaczną aluminiową butelkę – przedmiot łączący go jakoś z domem, w którym spędził dzieciństwo. O ile było prawdą to, co opowiedział człowiek z siwymi pasmami w brodzie podobny do drapieżnego ptaka.

– Tu jest taka dziurkowana szufladka – zaczął objaśniać Atilla, ale nie mógł pogiętej i okopconej szufladki wysunąć.

Z nagła ryknęła syrena na wieżyczce komendantury. Zerwali się, gwizdki dyżurnych smagnęły do biegu. Stojąc już w kolumnie, Wiktor obejrzał się za siebie. Kręciły się jeszcze koła kolorowych rowerów porzuconych na deskach cyklodromu. Spoza ogrodzenia rejonu dla zapóźnionych w wychowaniu patriotycznym mignęła ruda głowa Jura Bońkowskiego.

– Alarm wodny – zawołał Jur. – Próbny, jak zawsze!

Znowu gwizdki, trzasnął pojedynczy strzał. Trzeba było ruszyć biegiem na spotkanie wózków akumulatorowych wysoko wyładowanych jaskrawoczerwonymi i żółtymi kamizelkami ratunkowymi i białymi pasami z kapoku. Wiktorowi trafił się właśnie taki pas, z wymalowanym według szablonu napisem „Przeterminowany – ćwiczebny".

Zapinając pasy, truchtali do rejonów, kiedy syrena jeszcze raz zaniosła się krótkim wyciem, a nad głowami rozprysły się dwie czerwone rakiety świetnie widoczne mimo bezchmurnego nieba i południowej pory. Od strony koszar wartowniczych narastał ryk silników – a więc działo się coś nowego, coś spoza ogranego schematu.

Alarm trwał do wieczora – w kurzu – i spiekocie. Zdejmowanie z platform łodzi ratunkowych i załadunek, pompowanie pontonów, wiosłowanie na tempa – najpierw bez wioseł, potem z wiosłami żłobiącymi półkola w zdeptanej pożółkłej trawie, rozdział miejsc w jednostkach pływających, meldowanie się straży i meldowanie się inspekcji Szambelana Dworu do spraw Karności Ludów. Wieczorem zabrakło wody w prysznicach i Wiktor całe godziny strawił na wycieranie się z kurzu gazetami z czytelni, na trzepaniu ubrania i bielizny. Ledwie się ułożył, obudził go strażnik z nocnego rontu.

– Czekają na ciebie w zonie, pośpiesz się.

– Z rzeczami?

– Zaraz byś chciał z rzeczami. Idź, bracie. Jakby co, rzeczami ktoś się zajmie.

Podwórze przy zonie było ciemne, ale nie na tyle, aby nie zauważyć kilku postaci siedzących w kucki koło biało malowanych drzwi. Po Wiktorze przybył jeszcze jeden spóźniony – Atilla Karageorgianu. Miał na sobie pelerynę, dźwigał też worek żeglarski.

– Zabrałem się z rzeczami. Nic nie mówili, ale na wszelki wypadek.

Drzwi otworzyły się i ukośna smuga jaskrawego światła wyskoczyła na poplamiony smarami żwir podworca.

– Suma Wiktor, syn Alberta. Firlej Jacek, syn Adama. Hanko Buhdar, syn Miki. Schwarz Witold, syn Jana.

Wyczytani przez głośnik weszli do wnętrza. Drzwi pozostały otwarte.

W barze zastali talerze z ciastkami, termosy i butelki z wodą mineralną. Wszedł starszy pan w ciemnym garniturze i krawacie, tęgi, łysiejący i spocony. Młody człowiek w szafirowym golfie przyniósł plik papierów i zajął się dekapslaturą butelek. Wiktor rozejrzał się po tych, którzy weszli z nim razem. Z Witkiem Schwarzem znał

się z cyklodromu. Hanko to pewnie ten Cygan w podkoszulku z napisem „Airborne Squad" – niski, siwawy,
z podpuchniętymi smutnymi oczyma i przetrąconym
nosem. Pozostawał więc Jacek Firlej – wysoki wyspor-
towany blondyn, starannie ogolony i ostrzyżony. Ten
jeden zdradzał pewne zdenerwowanie i aby je pokryć,
uśmiechał się niepewnie do wszystkich. Był na pewno
najmłodszy.

– Częstujcie się, panowie filmowcy – powiedział starszy pan życzliwie. – Powinno być coś solidniejszego, ale
pośpiech, wiecznie pośpiech.

Cygan Hanko przysunął sobie szklaneczkę i nalał
wody mineralnej.

– Proszę – powiedział tęgi urzędnik i pokręcił głową,
jakby uwierał go kołnierzyk. – Powiem wam teraz prosto
z mostu, kawę na ławę. Bardzo jesteście potrzebni. W re-
jonie od dawna poddanym destabilizacji zaszły poważne
sprawy, i to zaszły za daleko.

Wiktor zauważył, że Witek Schwarz pożera ciastko za
ciastkiem, więc i on sięgnął po jakieś kruszące się wafle,
ale poza pierwszym kęsem nie mógł nic przełknąć.

– Jesteście potrzebni – powtórzył urzędnik. – Chodzi
nam o wiarygodność światowej opinii. W ostatnim czasie byliście wyłączeni z rozwoju wypadków. Aktualnie
to zagrało na waszą korzyść. Dostaniecie kamery, taśmę
filmową, lampy, cały sprzęt. Powstańcy gwarantują każdy włosek na waszej głowie. Macie nakręcić film o za-
kładnikach. To jest wszystko. Powstańcy chcą przekazać
wiarygodny gest dobrej woli, że są dobrze traktowani,
rozumiemy się?

– Jest pytanie. – Cygan Hanko podniósł dłoń, w której brakowało jednego palca. – Jest pytanie, co z nami na
przykład będzie potem.

Urzędnik się zdenerwował.

– Mówiłem, że powstańcy dają gwarancję, prawda? No to czego jeszcze chcecie? A czy ja wiem, co ze mną będzie jutro? Życie pokaże, rozumiemy się? Czy ja się do was zgłosiłem, że znam się na filmie, czy wy do mnie?

Wstali.

– Czesiek, weź ich do przygotowawczego. A mnie dawaj następną czwórkę. Do rana mają być na zdawczo-odbiorczym – powiedział do młodszego w szafirowym golfie.

Na korytarzu była chwila pustego oczekiwania. Wiktor usłyszał, jak wołają następnych.

– Orylczuk Władysław, syn Bazylego, Karageorgianu Atilla, syn Rada, Łabnio Jan...

Zgrzytnęły zasuwy. W bielonym pomieszczeniu stały stoły do czyszczenia broni, skrzynie z pakułami.

Niski i szczupły człowiek w mundurze bez dystynkcji wszedł z tym samym plikiem papierów. Miał inteligentną, suchą twarz, krótko przystrzyżone szpakowate włosy i oczy zaczerwienione od zapalenia spojówek.

– Kto jest reżyserem w tej ekipie?

Nim pozostali zdążyli porozumieć się wzrokiem, Cygan postąpił naprzód.

– Ja, Buhdar Hanko.

– Pójdziecie za chwilę na odprawę. Operator?

Teraz była chwila wahania. Zgłosił się przystojny blondyn.

– Pokwitujcie odbiór sprzętu. Kamera, transfokator, światłomierz, worek ciemniowy, zestawy oświetleniowe, akumulatory.

– Muszę mieć oświetlacza i asystenta kamery.

Witek Schwarz zgłosił się na oświetlacza, Wiktor został asystentem. Tymczasem operator zabrał się do sprawdzania sprzętu.

– Boże, on się naprawdę na tym zna – szepnął Schwarz do Wiktora. – Bałem się, że nikt nie będzie wiedział, gdzie się to naciska do fotografowania.

– Do filmowania, ciemnoto. Lepiej cicho bądź.

Tymczasem operator pokwitował, co było do pokwitowania, i zażądał statywu. Był nadal zdenerwowany, jakiś sztubacki czy studencki w tym zdenerwowaniu, niepewności i uporze zarazem. Upierał się, że bez statywu zdjęcia nie wyjdą jak trzeba.

Schwarz mrugał do niego, żeby dał spokój, ale nie było rady. Chciał statywu i dostał go wreszcie. A Wiktor miał jeszcze jedną rzecz do dźwigania. Dużo tego było – futerały, skrzynki i torby. Schwarz miał mniej, ale jeszcze gorsze do noszenia. Tu tłukliwe lampy, tam akumulatory ciężkie jak nieszczęście. Operator Jacek Firlej pomagał, ale nie za wiele, konsekwentnie trzymał fason szefa. A Cygan, jak znikł na odprawę, tak odnalazł się dopiero na punkcie etapowym w Urchun-Gol, tam też dogoniła ich druga ekipa. Autobus pomalowany w ochronne rude i zielonkawe łaty zatrzymał się przed podziurawionym kulami murem stacji meteo. Najpierw wysiedli strażnicy z bronią, potem wygramoliła się druga ekipa z górą sprzętu, a na końcu reżyser z reżyserem, Atilla Karageorgianu i Buhdar Hanko obydwaj z nowiuteńkimi mapnikami z żółtej skóry.

Podjechał na kosmatym wielbłądzie setnik ze straży granicznej, porozmawiał chwilę z dowódcą strażników i autobus odjechał.

– Powiem wam dowcip – odezwał się Karageorgianu, podchodząc do herbaciarni i oglądając jej dach zesunięty na bakier. – Jesteśmy wolni.

– Raczy pan żartować sobie – odpowiedział Schwarz.

Wstał z kupy głazów i otrzepał spodnie.

– Śmiech to zdrowie – potwierdził Karageorgianu. – Jest tu woda?

– Chyba nawet nigdy nie było – odpowiedział Wiktor. – Mówili, żeby nie łazić, bo miny, ale obejrzałem trochę okolicę. Ani śladu...

Weszli do herbaciarni, bo mniej wiało, był cień. Załomotały kopyta. Zaraz za pustą futryną okna przesunął się kosmaty wielbłąd, a za nim konny oddział straży granicznej umundurowanej i uzbrojonej jak grupa manekinów z Muzeum Czynu Zbrojnego. Wszystkie fronty, formacje, epoki. Setnik wypalił z rakietnicy i za sekundę tylko opadający kurz został po jeźdźcach.

– Coraz bardziej jesteśmy wolni, panie Atilla – powiedział Witek Schwarz.

– Mam tylko dziesięciolitrową bańkę i moją manierkę – odpowiedział brodacz nie na temat. – Robimy kuchnię, warzymy górski czaj. Narwałem macierzanki. Tu, przy stacji meteo. Napijemy się i pożywimy.

Za chwilę buzował już ogień w przemyślnie skonstruowanym piecu opalanym piaskiem zmieszanym z naftą. Karageorgianu krajał solony ser i dzielił suchary. Jego wór wydawał się nie mieć dna.

– Jeśli poprowadzą nas przez północne przełęcze, będziemy widzieli z góry sławne pobojowisko pod Kir-Chir – powiedział łysy, który był asystenten kamery w drugiej ekipie. Miał pięćdziesiątkę, lekko przygarbione plecy, a w poreperowanych drutem rogowych okularach robił wrażenie kasjera lub bibliotekarza. Schwarz oznajmił, że zapewne w bitwie pod Kir-Chir zginął jego tatko i że była to naprawdę wielka historyczna bitwa, nieważne, kto po której stronie. To znaczy, teraz już nieważne. Wokół tego zaczęła się ostrożna rozmowa, nikt nikomu nie chciał się narazić. Wiktorowi przypomniał się przedsiębiorca budowlany Kroz, kulejący gbur, który stawiał dla ojca oficynkę przy domu na Wodopojnej. Ten zawsze doprowadzał do kłótni, a potem jako ostateczny argument przywoływał kulę dum-dum, która strzaskała mu kolano pod Kir-Chir. Od tej pory patriotyzm, uczciwość, honor i wszelka słuszność musiały być zawsze po jego stronie.

Wiktor Suma wziął swoją porcję sucharów i sera i wyszedł na trakt przed zrujnowaną herbaciarnią. Słońce oślepiało, a wiatr był ostry jak druciana szczotka. Wiktor podniósł kołnierz, nacisnął beret na uszy i czoło, schował dłonie pod pachy. Ogromna przestrzeń wymiecionego sinego nieba, nieskończonych łańcuchów białych wapiennych gór, śnieżnych grani, lodowcowych jęzorów, to wszystko było równie nieruchome, jak puste, tylko tu i ówdzie do przełęczy tulił się strzęp obłoku. „Powiem wam dowcip. Jesteśmy wolni". Te słowa Karageorgianu były oczywistym szyderstwem, ale Wiktor poczuł się tak szczęśliwy, tak wdzięczny ogromnemu światu za każdą mijającą sekundę, że wcale już nie musiał być wolny. Pomyślał sobie o uliczkach w Feliziental, w mieście prababki Ziuny, gdzie był raz w życiu – dwunastoletni. Drewniane chodniki, gazowe lampy, pnące geranium u okien, klematisy i kolcowoje na pergolach, omszałe głazy przy fontannach, babeczki ponczowe i kawa na marmurowym blacie stołu w altanie, ciągle nowe ciotki, kuzynki, suknie, pachnące perfumami policzki do pocałowania. Nic z tego nie stracił, a teraz zyskał jeszcze to. Siebie samego wśród pustkowi Strychu Świata, siedmiu mężczyzn siedzących w herbaciarni wokół naftowo-piaskowego piecyka, siedmiu ludzi, z którymi połączył go hazard, ryzyko gry, a może i coś więcej.

– Nieoczekiwane wagary z piknikiem – zauważył Schwarz, przysiadając obok. – Ten kubek jest na nas dwu. Pili napar z macierzanki pośpiesznie i w miarę możliwości sprawiedliwie. W lodowatym powiewie ziółka stygły błyskawicznie.

– Nasz operator robi im krótki kurs sztuki filmowej – podjął Schwarz, gdy tylko odstawili puste naczynie. – Powinienem chyba czegoś się nauczyć. Dla ratowania głowy. Kwestia życia. Ale…

Żując łodyżkę wyjętą z kubka, Schwarz zebrał garść okruchów wapienia i zaczął je po kolei ciskać w dół, na strome piargi między skalnymi kuluarami wygładzonymi lodowcem.

Wiktor zbierał wargami z dłoni ostatnie okruszki sera. Słowa „kwestia życia" przypomniały mu jakąś dawną rozmowę z matką. Mówiła, że ojciec porzucił uniwerek i pracę naukową, wziął się do handlu optycznego i szlifowania okularów, „abyśmy wszyscy nie umarli z głodu". Nie wierzył matce, przecież byli bogaci. Tak mu się wydawało, bo były chińskie filiżanki, złote w środku i ogromna encyklopedia, i kolczyki z brylantami. Był dom i sklep. Pianino i rowery. Kucharka, pokojówka i czasami wypożyczony z kawiarni „Esplanada" kelner-lokaj. Wiktor nie wierzył matce, że z biedy uciekli z dużego miasta do małego, ze świata nauki do zakisłego mieszczaństwa. Myślał, że to było staczanie się, wyrok przeznaczenia. I cokolwiek potem robił, zawsze wracały myśli „teraz przeciwstawisz się przeznaczeniu" albo „znowu idę w dół, biorę udział w upadku naszej rodziny". A teraz puste blade niebo, nieskończone łańcuchy górskie, on i siedmiu tamtych mężczyzn, wagary z piknikiem. „Jesteśmy wolni" – żartował brodacz Karageorgianu. Nareszcie wolni, od filiżanek

złoconych wewnątrz i od głupiego pytania, dlaczego ojciec zaszył się w małym miasteczku na peryferiach świata i szlifuje okulary dla szewców i urzędników starostwa.
– Stój! Stój, bo strzelam! – wrzasnął ktoś tuż obok. Dwu wyrostków w czarnych drelichach i kraciastych turbanach podbiegło do skalnej krawędzi drogi i przyklękło z karabinami. Jeden wystrzelił. Witek i Wiktor zerwali się na równe nogi. W dole, nisko, na piarżystym urwisku, dostrzegli Cygana Hanko zbiegającego w dół.
– Uciekł im stary wariat – mruknął Witek Schwarz.
– Jak ty mówisz o naszym reżyserze, capie.
Młodzi bojowcy zwrócili się teraz ku stojącym przed herbaciarnią. Ruch lufy i mroczna nienawiść w ciemnych, wychudłych twarzach znaczyły: do środka, bo zastrzelę. Trzeba było więc wejść. W środku, oprócz „filmowców", był już oficer powstańców w kurtce mundurowej narzuconej na góralski chałat, uzbrojony tłumacz i dziewczyna-
-strażniczka, urodziwa brunetka z kolczykami w uszach i nozdrzach, tuląca do piersi pistolet maszynowy.
Karageorgianu wyciągnął ku oficerowi i górskiej piękności blaszanki z parującym napojem. Oboje odmówili, a tłumacz ogłosił, że wszyscy będą traktowani z rewolucyjną sprawiedliwością, więc można się nie obawiać, że wszyscy uciskani są braćmi, za ucieczkę kula w łeb, za pięć minut wymarsz i witajcie, przyjaciele, w naszym górskim gnieździe, a na dobre traktowanie trzeba sobie zasłużyć.
Poszli więc przez północne przełęcze i po trzech dniach mogli popatrzeć na historyczne pole bitwy, które nie było polem, a wąską gardzielą doliny, z potokiem toczącym ponad głazami mleczną wodę, ze starym kamiennym mostem rozwalonym przez artylerię i nowym, z żelaznych kratownic podniesionych wysoko jak pomnik na betono-

wych podporach. Nowy most niedokończony i nieużywany zawisł nad strugą z dala od drogi wiodącej przez bród.

Następnego dnia spotkali namioty i ambulanse misji medycznej Ligi Narodów i Czerwonego Krzyża. Tam zostawili jednego z kolegów, którego nogi i serce nie były już w dobrym stanie. Od lekarzy dostali środki opatrunkowe, czekoladę, sardynki i gumę do żucia. W nocy do skulonego pod derką Wiktora doczołgał się Atilla Karageorgianu.

– Zostałbym z wami, ale naprawdę nie mam pojęcia o filmowaniu. Jeśli będę miał szczęście, przed świtem dojdę do grupy sanitarnej. Zrobią ze mnie zakaźnego i wyślą transportem lotniczym. Przekażę wiadomości. Kogo mam zawiadomić w Paryżu?

– Nie mam tam nikogo – szepnął Wiktor Suma. – Skąd miałbym mieć?

– Dobrze. W każdym razie świat będzie wiedział o naszym losie. Może uda mi się przemówić przez radio. Na razie zostawiam panu śpiwór. Zróbcie, ile można, dla tych nieszczęsnych zakładników. Cieszę się, że mogłem spędzić z panem tych kilka dni, bardzo szanuję pańską matkę. Nie ma pan jej adresu?

Znikł w lodowatej ciemności. Nazajutrz było oczywiście małe śledztwo, którego jedynym skutkiem okazało się wzbogacenie tłumacza o śpiwór po Karageorgianu. Nie wyruszyli dalej, zostało ich pięciu i niesienie góry filmowego sprzętu przestało być możliwe. Z jednym tylko strażnikiem zostali na wewnętrznym dziedzińcu posterunku żandarmerii. Jacek Firlej, który każdą minutę wykorzystywał do majstrowania przy kamerach, do czyszczenia, sprawdzania i przepakowywania, krzątał się i teraz wśród skrzynek i futerałów. Wyglądał na bardzo zmęczonego, schudł i zarósł, skóra łuszczyła się z zaognionych oparzeń na nosie, policzkach i karku.

Wiktor przysiadł się do niego na ławę z głazów.

– Bardzo jestem niespokojny – powiedział operator. – Nie będę miał możliwości zrobienia prób operatorskich, zupełnie nie wiem, jak zachowa się emulsja. Te wściekłe skoki temperatury nie zrobią jej dobrze. Spadnie czułość, wzrośnie ziarno negatywu, ale o ile. Nie będę wiedział. Loteria.

– Bardzo serio to traktujesz.

– A jak mam traktować? Do cholery jasnej, to jest mój zawód. Parę lat nie miałem kamery w ręku, a teraz dwie, obydwie dobre. Bo pan Łabnio się wycofał. Jest okazja zrobić kawałek prawdziwego kina.

Firlej patrzył Wiktorowi prosto w oczy, miał przekrwione białka, bardzo jasne rzęsy, pionową bruzdę między brwiami. Chłopięcy i męski zarazem cholerował, że nie ma laboratorium, nie może sprawdzić taśmy ani kamer.

Nadszedł pan Łabnio, operator drugiej ekipy, o którym już było wiadomo, że w życiu na swobodzie nie miał kamery w ręce, pracował niegdyś w archiwum taśm spółki „Rialto-Film". Teraz nie odstępował Firleja, starał się przyuczyć do roli asystenta. Na podwórku posterunku żandarmerii pozbierał cynfoliowe opakowania po czekoladzie i obydwaj z Firlejem zajęli się naklejaniem sreberka na kawał tektury. Miała to być „blenda", rodzaj lustra do podświetlania scen w pełnym słońcu.

Zbliżył się Schwarz z garściami pełnymi niedojrzałych zielonych fig.

– Wata, ale daje się jeść. Zostało pięciu małych Murzynków, trzeba, aby się jeden podtruł, częstujcie się, śmiało.

Pięciu małych Murzynków miało już zostać razem aż

do finału awantury. Z podwórza zabrała ich rozklekotana furgonetka bez przedniej szyby, gęsto i krzykliwie wymalowana w lamajskie demony i inne barbarzyńskie ornamenty. Oficer przekazał ich innemu oficerowi, zmienili się strażnicy, z poprzedniego konwoju został tylko tłumacz i uzbrojona dziewczyna. Jechali teraz dzień i noc prawie bez przerwy. Kurz, smród spalin dostających się do wnętrza, wibracje i brak snu doprowadziły wszystkich do jakiegoś odrętwienia. Tylko Schwarz zgrywał się na niepokonanego bohatera i nie przestawał dowcipkować.

– Mówię wam, że ona się we mnie kocha, ta z automatem. Ja się uśmiecham, bo to u mnie nerwowe, a ona suszy zęby. Trzy dni temu udawała kobietę-głaz, ale ja mam urok osobisty niepokonany. Jak ja się teraz od niej odczepię? Przecież już mam jedną narzeczoną. Znowu się uśmiecha do mnie. To silniejsze niż polityka, to hormony i ścięgna. Jeśli mnie rozwali, to tylko z zazdrości.

Furgonetka zgrzytnęła i podskoczyła, huknęła w głazy na drodze tłumikiem albo miską olejową. Wtoczyli się na boczny trakt i zaczęło się trwające godzinami zjeżdżanie w dół, krótkimi zakosami, osypującymi się spod kół na karkołomnych zakrętach. Tłumacz i strażniczka z automatem kiwali się i trzęśli nad głowami „filmowców", zaparci w fotelach przystawionych plecami do kabiny kierowcy, równie czujni jak obojętni. Ile razy Wiktor zsuwał się ze skrzynki ze sprzętem oświetleniowym i otwierał oczy, tylekroć widział tych dwoje przyglądających się właśnie jemu, czuł czworo ciemnych oczu wpatrzonych w siebie.

– W dół i w dół – mruczał Witek Schwarz. – Jesteśmy już grubo poniżej poziomu morza. Oni pewnie schowali tych zakładników na dnie oceanu. A ta znów patrzy na mnie jak kot na szperkę. Ciekawe, czy kocha we mnie europejskiego filmowca, czy tylko przystojnego Schwarza? Wiktor Suma zapadł ponownie w drzemkę czy odrętwienie, obudził go głos setek klaksonów. Auto przedzierało się przez wielkie miasto w godzinie wieczornego szczytu. Bukiet iskier posypał się za szybą spod pałąka tramwaju, przesunęły się migotliwe żaróweczki napisu NIGHT CLUB CASINO. Schwarz i pan Łabnio spali, mając między sobą futerał ze statywem. Operator Jacek Firlej i asystent z tamtej drugiej zdekompletowanej ekipy na klęczkach manipulowali w worku ciemniowym.

– Włado najlepiej z was wszystkich radzi sobie z ładowaniem taśmy z pudeł do kaset – powiedział Firlej. – Tylko on to będzie robił. A ty przygotuj się, aby mieć wszystkie obiektywy pod ręką. Łabnio zajmie się świeceniem, a Schwarz niech nosi za mną drugą kamerę. Was dwu muszę mieć zawsze w zasięgu ręki.

Wiktor pomyślał, że ten młodzik rozkazuje jak dowódca. Niech rozkazuje, on jeden ma serce do tej gry. Spokojne baraki między grządkami zakurzonych kwiatów i marnych warzyw, prycze i apele, to wszystko zaczynało być dobrym wspomnieniem. Mielenie czasu na cyklodromie było nie tylko marnowaniem życia, było też ratowaniem życia. Dlaczego nie poprosił brodacza Karageorgianu, aby go zabrał ze sobą? Była jakaś szansa dotarcia do misji medycznej. Jak to on powiedział? „Świat będzie wiedział o waszym losie" i jeszcze: „Kogo zawiadomić w Paryżu?".

Furgonetka zatrzymała się. Wiktor dostrzegł pstre napisy reklamowe wypisane alfabetem przypominającym rojące się w słoju pijawki – na pudle innej furgonetki stojącej tuż. Potem dostał cios kolbą automatu w plecy. Tłumacz wrzeszczał, żeby położyć się na podłodze, więc zwalili się na rozrzucone pudła, futerały i walizeczki. Poczuli, że strażniczka i tłumacz narzucają na nich cuchnącą smarami plandekę. I znów jechali, zawracali, stawali. Wrzawa i huk centrum oddaliły się.

Tam, gdzie kazano im wyjść i wyładować sprzęt, długie błotniste podwórze oświetlała jedna żarówka nad żelaznymi drzwiami. Płoty i mury śmierdziały uryną i pralnią chemiczną. Z daleka słuchać było odgłosy portu – buczenie syren, gwizdki holowników.

Usiedli pod płotem umęczeni, ogłuszeni godzinami jazdy. Wlado Orylczuk pomagał panu Łabnio opatrzyć rozbity nos. Oficer poinformował ich za pośrednictwem tłumacza, że mogą być zastrzeleni, jeśli nie zachowają milczenia. Pojawili się młodzi chłopcy z bronią, mieli na sobie europejskie łachmany i turbany na głowach. Teraz oni objuczyli się sprzętem, a grupa „filmowców" została ustawiona gęsiego i ruszyła za tragarzami. W głąb podwórka, potem pomostem z blachy falistej nad gąszczem krzewów, chybotliwie. Ścieżką po urwisku, coraz wyżej nad rozległymi światłami przedmieścia, w słonym, chłodnym wietrze. I wreszcie w gardzieli groty czy tunelu, w ciemność, aż po pełną rudej poświaty sklepioną framugę. Stąd korytarze, sale i znów korytarze oświetlone żarówkami, przez wykuty w skale klasztor sprzed stuleci, z cieniami świętych na pobladłych polichromiach. Wszystkie malowidła miały zdrapane do gołej skały twarze posiekane ospą uderzeń miecza albo bagnetu albo przynajmniej powykłuwane oczy.

– Świat będzie wiedział o waszym losie – mruknął sam do siebie Wiktor Suma.

Za kolejną jasną framugą była woda do umycia się i do picia, puszki z sokiem owocowym, puszki z frankfurckimi kiełbaskami, kartony z mdłą odżywką dla niemowląt. Do syta i bez pośpiechu, ale w milczeniu, pod źrenicami luf. Obudzono ich, ledwie zasnęli. Nowy oficer miał wyprasowany starannie mundur, błyszczące półbuty i mógł obyć się bez tłumacza.

Wyjaśnił „filmowcom", że lud postanowił zrzucić hańbiące jarzmo i na setki lat przemocy odpowiedzieć przemocą jeszcze większą, na czym polega szczególny humanitaryzm. Aby skończyć z kampanią oszczerstw, trzeba ten humanitaryzm przedstawić obiektywnie światowej opinii. Artysta tylko wtedy jest artystą, jeśli z całym obiektywizmem jest zawsze po stronie ludu. To jest szansa artysty i jego zaszczytna służba. Przyjaźń między narodami polega na tym, że artysta służy ludowi czasami daleko, ale jeśli jest świadomy i posłuszny, nic mu nie grozi. A im dalej od swojej ojczyzny, tym bardziej powinien być obiektywny i posłuszny. Jak się nie rozumie lokalnej sytuacji, trzeba okazać zaufanie, i to pełne zaufanie. Teraz mają pół godziny na odpoczynek i przygotowanie sprzętu.

Witek Schwarz usnął natychmiast i operator Firlej zostawił go w spokoju. Pozostałych wciągnął w przygotowania, w atmosferę próby generalnej.

– Przygotuj mi obiektyw sto pięćdziesiąt. Dam boczne, ślizgające się światło na tło, chcę wydobyć fakturę tych ścian, tych podziabanych malowideł. I chcę mieć ich twarze w wielkim zbliżeniu. Żeby mieć fizyczność skóry, każde drgnięcie mięśnia pod skórą. Ta druga kamera, bolex, będzie cały czas z transfokatorem, może się uda chociaż trochę złapać strażników w kadrze. Szeroki kąt mi to załatwi, pochwycę ich twarze, ich ruchy. To nic nie szkodzi, że będzie trochę karykaturalne. Panie Łabnio, już nas wołają. Niech pan rusza z zestawem oświetleniowym tylko wtedy, kiedy ja ruszam z kamerą. Schwarz, kamera Bolex, to ta z transfokatorem. Jak mi stłuczesz, każę cię chyba zabić. Ma być na statywie, zawsze krok za mną. Ty, Wiktor, po lewej... Włado, kasetę. I obydwie do bolexa miej cały czas za pazuchą, nie wiem gdzie. Muszą być, żebym nie czekał. Łabnio, światło, wchodzimy za światłem!

Od powodzi błękitnawego blasku zakładnicy zmrużyli oczy.

– Tej linii nie wolno wam przekraczać – krzyknął elegancki oficer, który obywał się bez tłumacza. – Macie godzinę i dziesięć minut.

– Nie właź mi w światło, do cholery – wrzasnął Firlej do powłóczącego nogami, zaspanego Schwarza. – Twój cień spieprzył to ujęcie.

Z okiem wlepionym w wizjer arriflexa operator szedł na lekko ugiętych nogach w stronę najstarszego z zakładników, wysokiego siwego pana w płóciennym białym garniturze i szarym golfie.

Zakładnik trzymał na piersiach tytułową stronę ilustrowanego tygodnika, było oczywiste, że należy sfilmować pismo, aby opinia światowa została poinformowana o dacie. Żeby było wiadomo, kiedy jeszcze siwy pan był obiektywnie wśród żywych. Firlej szedł w stronę zakładnika i gazety w jego rękach, był już dwa, trzy kroki za linią nakreśloną kredą na flizach posadzki. Cztery kroki. Gruchnął strzał i zapachniało prochem.

– Schwarz, postaw bolexa na statywie krok za mną, niech głowica statywu będzie poziomo. Suma, ty mi zmienisz obiektyw na stopięćdziesiątkę, jak ja przejdę do drugiej kamery. Zadaj jakieś pytanie temu staremu, chcę, żeby mi gadał, a nie siedział jak kołek – komenderował Firlej.

Zmieniając obiektyw, Wiktor Suma dostrzegł kątem oka urodziwą strażniczkę z automatem. To ona strzelała. Teraz cała ekipa prócz Włada Orylczuka była po tamtej stronie białej linii, ale nikt nie interweniował.

23

– Chcę, żeby mi gadał! – przypomniał operator.

– Czy był pan dobrze traktowany? – spytał Wiktor, a potem powtórzył to samo po francusku i po angielsku.

Siwy pan uśmiechnął się gorzko i potarł dłonią czoło.

– Nie spodziewałem się lepszego traktowania – odpowiedział.

W tej chwili Jacek Firlej podszedł do ławy, na której siedzieli zakładnicy i zaczął manipulować światłomierzem tuż przy twarzach siedzących.

– Cofnąć się za białą linię, tu nie wolno – wrzasnął oficer, który obywał się bez tłumacza. Wyszarpnął z kabury swój pistolecik.

– Muszę zmierzyć światło – powiedział spokojnie Jacek Firlej. – Muszę zmierzyć światło, inaczej zdjęcia nie wyjdą.

Mówił powoli i wyraźnie, jak do dziecka albo zagranicznego turysty. Oficer opuścił broń.

Siwy zakładnik zwrócił twarz do światłomierza, jakby to był podsunięty mu mikrofon.

– Nie spodziewałem się lepszego traktowania – powtórzył. – Przyjechałem tu jako komentator niezależnej prasy lewicowej. Jestem profesorem etnologii. Na Uniwersytecie Jedności Świata wykładam socjolingwistykę. W grupie porywaczy były dwie moje studentki. To mi pomogło zrozumieć mechanizm. Przeniesienie elementów lewicowych doktryn z powrotem w świat mitów. Oni utożsamili podżegaczy wojennych, neokolonizatorów i wrogów postępu ze światem podziemnych potworów, takich jak tęczowy wąż w mitach Polinezji albo oszronione olbrzymy w runicznych poematach skandynawskich. Pokonanie tych potworów, zadanie śmierci chtonicznemu smokowi, spowoduje przejście od chaosu do kosmosu, od natury do kultury. W ich pojęciu mit eschatologiczny musi być powtórzeniem mitu kosmogonicznego, wydobycia się czasu z praczasu, „Urzeit, der Urzeit" – według badaczy niemieckich. Przypuszczam, że postacie zakładników potrzebne są im do utożsamienia tych mitów z rytuałem ofiarnym...

Wiktor Suma patrzał na zakładników. Oprócz siwego, który spokojnie kontynuował wykład, był tam jeszcze pięćdziesięciolatek o sportowej sylwetce, z krzaczastymi brwiami i kwadratową szczęką, w pasiastym włochatym płaszczu kąpielowym i para zabiedzonych młodych ludzi. On leżał na noszach, oczy miał zamknięte, a wydatny woskowoblady nos i czoło bez zmarszczek pokrywały kropelki potu. Ona w czarnej sukience bez rękawów i czarnej chuście na głowie klęczała przy noszach i bladoniebieskimi oczyma wpatrywała się w kamerę. Drobne, piegowate pięści zaciskała na staromodnym aparacie do inhalacji dziwnej konstrukcji, ze szklanymi bańkami, gumowymi gruszkami i mosiężnymi rurami.

Siwy tłumaczył, że po szamańskim drzewie życia łączącym świat podziemny, ziemski i niebiosa poruszają się żeńskie duchy, które można identyfikować z totemicznymi wiewiórkami z wierzeń syberyjskich Gilaków. Tymczasem Firlej posłał pana Łabnio aż pod ścianę, przy której posadzono zakładników, tam pozostał jeden z zestawów żarówek – światło wydobywało chropawość ścian skalnej komory, każdy ślad ostrza na zniszczonych freskach. Z drugim zestawem oświetlacz ruszył za operatorem, który z kamerą w ręku zmierzał w stronę człowieka na noszach.

– Mój mąż jest pastorem – powiedziała kobieta. – Jesteśmy misjonarzami Niższego Kościoła Ekumenicznego. Przyjechaliśmy tu z transportem leków wartości dwustu tysięcy franków szwajcarskich. A teraz nie mam nawet

pastylki antistiny dla niego. Potrzebny mu szpital! I teraz,
i teraz… – Kobieta rozpłakała się, i szlochając, mówiła coś
jeszcze o lekarzach, o atakach duszności.

– Zabierzcie stąd beczącą babę – powiedział chory, nie
otwierając oczu. – Bracia, Pan jest naszą nadzieją. Zaśpie-
wajmy psalm. *Nie karć mnie, Panie, w czas swojej zapalczy-
wości* – zaśpiewał niespodziewanie mocnym głosem. –
*I nie karz mnie w czas gwałtownego gniewu. Albowiem utkwiły
we mnie Twoje strzały, a ręka Twoja mnie przygniata.**

– Dajcie mi bolexa z transfokatorem do ręki – zako-
menderował Firlej. – Ile jest w kasecie?

– Sześćdziesiąt – odpowiedział Włado głosem dziwnie
ochrypłym.

– Wystarczy. Stopięćdziesiątka do arri i na statyw. Witek, twój cień znów się wpieprza w kadr. Mówiłem, że zabi-
ję cię za to. Wyżej to światło! Zaraz będę robił panoramę na
oficera i strażników. Teraz – już – światło rusza. I powoli.

Operator prześlizgnął się kamerą po grupie zakładników i skierował obiektyw na oficera, strażniczkę z automatem i jeszcze paru uzbrojonych młodzików stojących
o krok za tamtymi. Były profesor Uniwersytetu Jedności
Świata oznajmił, że mitopochodne struktury motywacyj-
ne porywaczy są próbą uobecnienia bohaterów praczasu,
Gilgamesza, Prometeusza i Thora.

– Powtórzmy to ujęcie. Niech Wiktor weźmie drugi zestaw spod ściany i od razu pali na strażników. Z lekkiej
kontry i z dołu, niech będą obrysowane światłem sylwety,
rozumiesz? A pan Łabnio za kamerą, jak było.

Oficer zrozumiał, że będzie filmowany. Odsunął się
o krok od pięknej strażniczki, schował broń do kabury
i obciągnął mundur.

---

* *Ps. 38, przełożył Roman Brandstaetter.*

26

Nieoczekiwanie wtrącił się czwarty zakładnik, ten przystojniak w płaszczu kąpielowym.

– Domagam się, żeby mnie sfilmowano. Składam oficjalne oświadczenie. Ja, Werner Brendt, protestuję przeciw bezprawnemu zatrzymaniu. Żądam natychmiastowego zwolnienia i wyrównania strat, jakie poniosłem. Jestem obywatelem...

– Dobry jest teraz – szepnął Firlej, doskoczył do kamery na statywie. – Jeden zestaw na niego, drugi pod ścianę, gdzie był.

Werner Brendt podniósł się, gdy tylko poczuł światło na sobie.

– Jestem obywatelem neutralnego państwa. Nie mieszam się ani do polityki, ani do religii. Jako właściciel i dyrektor firmy „Vega Utilizera" przybyłem w celu podpisania kontraktu dotyczącego utylizacji śmietnisk miejskich. Praca mojej firmy nie narusza niczyich interesów. Daję zatrudnienie miejscowej sile roboczej...

– Demoralizuje pan tę siłę roboczą – wtrącił się profesor. – Wciąga ich pan w prymitywną mitologię produkcji i konsumpcji, w świat bez wertykalnego napięcia, bez tajemnicy i strefy sacrum. Niech pan pamięta, że bez tajemnicy nie może być wtajemniczenia, bez wtajemniczenia nie ma braterstwa, pozostaje tylko samotność. Przypomnę panu fratrie inicjacyjne u Dogonów...

– Brataj się z nimi, kundlu – rzucił przedsiębiorca i usiadł.

Operator Firlej przystąpił teraz do ustawienia światła i kamery dla powtórzenia ujęcia portretującego strażników. Tymczasem oficer zdążył się połapać, że nie powinien zgodzić się na obiektywne przedstawienie światowej opinii swojego oblicza, a także wyglądu pozostałych przedstawicieli rozgniewanego ludu. Ogłosił koniec filmowania, zarządził, aby wymazać ze sfilmowanego materiału wszystkie zdjęcia prócz przedstawiających zakładników.

– To niemożliwe – powiedział Firlej spokojnie. – Nie można nic wymazać. Trzeba najpierw wywołać materiał. Teraz nie może pan przerwać filmowania, zostało mi ponad tysiąc metrów taśmy.

– Mogę zatrzymać – rzucił oficer, ale widać było, że nie całkiem jest pewny.

Firlej ostrożnie powierzył kamerę rękom Włada Orylczuka i podszedł do oficera. Zaczął mu tłumaczyć działanie światła na emulsję, fotochemię procesu negatywowo-pozytywowego i konieczność różnych wariantów naświetlenia wynikającą z braku prób materiału. Tłumaczył rzeczowo, jak student tłumaczyłby tępemu koledze.

Wiktor poczuł, że senność i zmęczenie znowu zwaliły na niego cały ciężar minionych dni i godzin. Przykląkł i podparł się rękami, żeby nie upaść. Zobaczył, że Witek Schwarz przyklęka przy nim.

– Coś nie tak?

– W porządku, cepie. Podziwiam Jacka. On ma serce do gry.

Po wyłączeniu oślepiających świateł filmowych podziemny refektarz wydawał się prawie ciemny, a ludzie dokoła – widmowi. Słychać było tylko spokojny głos Firleja i świszczący oddech pastora.

Orylczuk przykucnął przy nich.

– Co z nami będzie? To znaczy, jak już skończymy robotę.

– Ja się boję, że ta dziwa zmusi mnie do małżeństwa – zażartował Schwarz. Ale żart wypadł blado. Myśleli o tym samym. O regułach gry. Nie oni układali te reguły.

– Wracamy do zdjęć, panowie. – Głos Firleja zabrzmiał niemal beztrosko. – Światło! Bolex na statyw, tutaj!

Kończyli już, kiedy Wiktor zauważył, że nie ma Schwarza w ekipie. Zauważył, bo musiał za niego przestawiać statyw i pilnować, aby druga kamera była gotowa. Po chwili odszukał zgubę – w mroku poza strefą ostrych świateł Schwarz, nachylony ku tłumaczowi, mówił coś do niego półgłosem. Wiktor zobaczył tę scenkę i natychmiast o niej zapomniał, bo biegiem, ostatnie ujęcia, pakowanie sprzętu, noszenie w pośpiechu niekończącymi się korytarzami, na nogach z waty, z głową pękającą z bólu. Schwarz odnalazł się, nosił, przysiadał w chwilach odpoczynku, nosił znowu. Już nie żartował, wszyscy milczeli.

To samo urwisko, znów noc. I znów podwórko z żelaznymi drzwiami. Ładownie półciężarówki. W milczeniu, w zadumaniu nad regułami gry, w otępiającym znużeniu.

I nagle – awantura. Półgłosem, ale gwałtowna. Inni strażnicy i strażniczki, ważniejsi jacyś oficerowie, jeszcze ważniejszy cywil. Popychanie przez te żelazne drzwi nagle otwarte, schody w dół, szturchańce. Potem przesłuchanie, rewizja, przesłuchanie. Kto wziął gryps od Wernera Brendta? Gdzie schowana wiadomość? Wypatroszone szwy ubrania, rozdziawione zelówki butów. Gdzie, kto? Za otwartymi drzwiami drugi pokój, tam sprzęt do ostatniej śrubki rozebrany, poprute futerały. I najsmaczniejsze – kłęby taśmy światłoczułej wywleczone z pudeł i kaset, na podłodze pod mocną żarówką, pod nogami najważniejszego cywila, grubasa z sygnetem. Pogrzeb filmu, ostateczny i nieodwołalny.

– Jest list!

Schwarz do gatek rozebrany podnosi z podłogi kartezkę. Oczywiście pomyłka, to tylko kupon kontrolny firmy „Agfa-Gevaert", ale eksperci biorą przez gumową rękawicę, do analizy, do zbadania wszystkich sympatycznych atramentów świata.

Firlej z gębą nagle postarzałą, w czerwonych plamach gniewu i rozpaczy, próbuje robić awanturę o zmarnowany film, pokazuje, że do każdego pudła taśmy dają w „Agfie" taką karteczkę. Za ostro poszedł, dostał pięścią od tego oficera, co nie potrzebował tłumacza. I już po burzy. Można się ubrać w to, co zostało z ubrań po rewizji.

Ledwie ich zamknęli w ciemnicy, Orylczuk wyjechał z tym samym głupim pytaniem.

– Co z nami będzie?

Ano, było dobrze. Kawa i herbata w termosach do wyboru, taca kanapek. Salami, łosoś, kawior. Samochody osobowe o dokładnie zaciągniętych firanach. Misja Ligi Narodów, Czerwonego Krzyża czy Czerwonego Półksiężyca, garnitury, koszule i krawaty. I wreszcie konferencja z dziennikarzami, aby obiektywnie stwierdzić wobec światowej opinii, że zakładnicy żyją, że pan pastor bardzo chory. Co i jak widzieli. Co i jak, ich własne oczy, a nie drobiny związków srebra w filmowej emulsji.

Schwarz tylko Wiktorowi przyznał się do tego, że doniósł, nakłamał o grypsie. Leżeli w fotelach ze złocistej imitacji przed kolorowym telewizorem, w którym Erna Ernani śpiewała, że ich kocha.

– Dlaczego to zrobiłeś, cepie?

– Teraz ci powiem, cepie. Ja też mam serce do gry. Kiedy filmu już nie było, my byliśmy. Świadkowie o czystych rączkach. Dopóki był film, byliśmy niepotrzebni. A wiesz, jakie są reguły. Firlej to jeszcze szczeniak. Jeszcze przed nim...

– O czym mówicie?

Na trzecim fotelu rozparł się Włado Orylczuk z pucharkiem różnobarwnych lodów.

– Mówię, bracie, że moje serce zostało tam, za kordonem – odpowiedział Schwarz, wzdychając. – Jak jej nie

ściągnę tutaj, to się chyba przekręcę. Ona też tam zdech-
nie z tęsknoty albo się zastrzeli. Ma przecież broń.

— Serio mówisz? Przecież nawet nie wiesz, jak się nazywa.

— Ty, Włado, życia nie znasz. Pisze się na poste restante
i już.

DOM DLA SYLWII

OPOWIEŚĆ WIATRU POŁUDNIOWEGO

To był dom znaleziony jak perła w misce grochu, nieprawdopodobnie piękny, z drewna nietkniętego robakiem ani próchnem, dom jakby go nie robili cieśle wiejscy, ale lutnicy z Cremony. Nawet szyby bez jednej skazy, błyszczące jak oczy młodej klaczy. Sień na przestrzał, szeroka i widna od zielono malowanych dwuskrzydłych drzwi do drugich takich drzwi na podwórko, od frontu okienko nad drzwiami, od podwórza dwa okienka wąziuchne przy drzwiach, mądrze pomyślane. Gdyby zrobić górne, trochę światła zabrałyby drabiniasto strome schody na stryszek. Szesnaście schodów z jesionowej jasnej deski, ponumerowane starannie lubryką, związane drutem w dwie paczki, osiem w każdej.

Tomek Budak wziął paczkę od pierwszego do dziewiątego stopnia włącznie, wyniósł na słoneczny zakręt drogi, skąd widać było cały świat aż po komin olejarni w Zaborkowie. Usiadł na paczce, plecami oparł się o jarzębinkę i odetchnął wolnym czasem. A miał ten wolny czas od przedwczoraj w południe, a sięgał on aż po niewypowiedzianie daleki horyzont jesiennej psoty i kąsających przymrozków. Kiedy to – nigdy to – dopiero się czerwiec na dobre ubrał w koronacyjną zieleń.

Nim się listopad spadłym złotem do grudy przytuli, dom stanie na nowym miejscu. Będzie przy tym roboty dosyć, teraz można na zapas odpocząć, tak się samo ułożyło. Jakby zwrócono Tomkowi zabrane za dorosłość wakacje. Od paru już dni szło jak z płatka, nawet jak kłopot, to była zaraz w tym kłopocie jakaś wygoda, a obok niespodziewana pociecha. Tak jak z tym krancem. To był pojazd nie na te drogi, zgoda. Ale przecież gorsze drogi były w Górach Kebabczerskich, gdzie starami „sześć-sześć" Tomkowa kompania transportowa woziła zaopatrzenie dla wszystkich jednostek międzynarodowych sił rozjemczych rejonu Karapazar-Zachód.

Miał dość tamtych gór. Miał dość samego siebie w mundurze polskiego kontygentu sił porządkowo-rozjemczych. Wylali, to wylali, swoje zrobił. Zarobki się skończyły, no i dobrze. Jeszcze rok, nie chciałoby mu się wracać na studia. Już mu się chce nie za bardzo, ale trzeba gdzieś mieć swoje miejsce. Narobił szumu, niech teraz wszystko ucichnie. Zrobił nawet za dużo, ale go poniosło. Nikt nie upoważniał tłumacza w randze podporucznika do kontaktu z zagranicznymi korespondentami. Nikomu się we łbie nie mieściło, że muzułmańska wieś wystąpi w obronie prawosławnego monasteru. Władze w stolicy uzgodniły z dowództwem sił pokojowych – to trzeba rozdzielić. Wieśniaków-muslimów od historycznego, ale zamierającego monasteru. To się nazywało czasowe przesiedlenie do strefy bezpieczeństwa. Logiczna decyzja, porządkowanie kraju. Dopóki gryzą się te dwie społeczności jak wściekłe psy, zapędzić do osobnych klatek. Dalszy ciąg czystki etnicznej? Trudno, sami zaczęli, nie ma powrotu. Niech wrzeszczą, przeklinają, robią strajki głodowe i blokady dróg, trudno. Z czasem ucichną, zapomną, nauczą się cenić wojskowe ciężarówki przywożące mąkę, olej, mydło, konserwy. Tak, niech wrzeszczą. Ale tłumacz rozumie – co oni wrzeszczą.

Dzwonił do ojca.

– Tato, oni mają rację, ci ze wsi Sviaty Ivan Samodel. Ich wieś obroni monaster, ikony, freski, dwunasty wiek, może starsze. Pół wieku żyli z turystów, więc mają nadzieję, że znów pożyją, jak się zrobi pokój. A jak ich wysiedlą...

– Tom, dobrze, że dzwonisz. Mam dla ciebie ważną wiadomość. Sylwia...

– Co jest? Chora?

– Nie, zdrowa.

– No to wysłuchaj mnie do końca. Zdrowa, to poczeka. Zadzwonię do niej przy następnej okazji. Tato, poproś swoich kumpli z telewizji, niech tu kogoś przyślą. Tu się robi grube świństwo. Jak tych ludzi wysiedlą za trzecią górę, przyjdzie partyzantka, albo jedna, albo druga. My tego nie upilnujemy, trzymamy miasta, trzymamy drogi i koleje, ale tam są góry. A jak przyjdzie partyzantka, to za trzy dni, może trzy tygodnie – popiół, ruiny, trupy. Nie będzie monasteru zapisanego we wszystkich przewodnikach. To sprawdzony schemat.

– Sylwia...

– Czekaj, rozładowała mi się komórka. Dzwoń do kumpli w telewizji. I niech nie wiedzą, że to ode mnie wyszło.

Wtedy jeszcze chciał tam zostać. A skoro okazało się, że kumple ojca byli już wyrzuceni z telewizji, tłumacz międzynarodowych sił pokojowych musiał dotrzeć do korespondentów CNN, do Francuzów i Niemców. Teraz o żadnej dyskrecji nie mogło być mowy. Reprodukcje fresków ze Sviatego Ivana szły na rozkładówkach w tygodnikach. Głowa starego imama ze wsi i głowy mnichów z monasteru wyskakiwały na ekranie zaraz po wiadomościach o zamachach w Palestynie i powodzi w Bangladeszu. Sam Tomek Budak, podporucznik – tłumacz z polskich sił pokojowych, dodatkowa specjalność kierowca, udzielił dwu wywiadów radiowych i jednego telewizyjnego.

Był już po awanturze dyscyplinarnej, po naganie z wpisem do książki służby, po rozkazie natychmiastowego powrotu, kiedy na dworcu w miasteczku Novi Kiš, w podłej knajpie zobaczył u kogoś „Time" z sylwetką znajomego monasteru i dwoma twarzami niżej – starego Miodraga, sługi z klasztoru, i dziewczyny w czarnej chuście. Miodrag był ostatnim prawosławnym we wsi, nie licząc pięciu monachów w monasterze, najmłodszy z nich dawno przekroczył siedemdziesiątkę. I nie licząc także córki Miodraga. Krzywa chałupa tych dwojga stała na skraju, pod urwiskiem, nad rozlewiskiem strugi. Od dawna pusta, z dziobatymi od kul ścianami, nadpalonym dachem i oknami zabitymi blachą z rozprutych beczek po oleju. Mieszkańcy przeprowadzili się na górę, do monasteru, koczowali w przedsionku cerkwi, uprawiali dla siebie i starców kilka grządek wzdłuż muru cmentarza. Dziewczyna podlewała od rana do nocy rudą, spękaną ziemię i dzięki temu rosły tam pomidory, papryka, dynie, jakieś zioła. Widział parę razy z daleka czarną wysmukłą sylwetkę. Nosiła puszki wody na głowie. Puszki po amerykańskim serze cheddar z charytatywnych darów były tu w powszechnym użyciu. *Not to be sold or exchanged.*

A stary Miodrag siedział na granicy słońca i cienia na schodku przy studni i ćmił skręta. W krokwiach daszku nad studnią miał ukrytą broń – belgijską dubeltówkę i mauzera z magazynkiem na sześć naboi.

A teraz Tomek też siedział na granicy słońca i cienia pod młodą jarzębiną, na skraju parowu, w którym ugrzęzła dziesięciokołowa przyczepa. Jak tamten – był u siebie i nie spieszył się nigdzie. W tym krajobrazie wspomnienie o bałkańskich górach wydawało mu się zjawą z innego świata, innego życia. Tu łagodne wzgórza z szachownicą upraw, z rozświetlonymi kędzierzawymi gajami, smugami tarnin i berberysu wzdłuż polnych dróg. I te grusze na miedzach, grusze jak z ilustracji elementarza. A tam strome zbocza pokryte gęstwiną, podbite kolaczastymi zasiekami akacji, a wyżej spalone płowe łąki z żebrami białych wapieni wyłażącymi na granicy nieba. Zaminowane ścieżki, szosy z lejami po pociskach moździerzy, zablokowane wrakami wypalonych autobusów i ciężarówek.

Jeszcze w Nowim Kišu Tomek odszukał kiosk z gazetami. Były tylko miejscowe gazety, trochę niemieckich i krajowych pisemek porno. „Time" kupił już na lotnisku, w powrotnej drodze, na przesiadce we Frankfurcie.

Miodrag Matjevski powiedział reporterowi „Time'a": „Ten Polak ocalił klasztor i uratował nam życie. Dopóki tam pod urwiskiem mieszkają nasi sąsiedzi, muzułmanie, nikt nie tknie monasteru. A za pięć lat znowu zaczną przyjeżdżać turyści. Wszyscy wynajmujemy turystom muły, muzułmanie i prawosławni".

Zwena Matjevska, która tłumaczyła na angielski to, co mówił jej ojciec, powiedziała jeszcze od siebie reporterowi „Time'a": – „Nie wiem, co będzie. Po tym, co stało się z moją matką i siostrą, przyjechałam, aby zabrać ojca do Lyonu. Powiedział, że musi strzec monasteru, więc zostałam z nim. Nie wiem, co będzie. Chciałabym wrócić na studia do Francji, mam tam dobre stypendium. Na razie jestem tu potrzebna".

Ta dziewczyna w czerni dźwigająca puszki z wodą na głowie nie wyglądała na studentkę francuskiej uczelni. Z fotografii spoglądała bez uśmiechu, ale spokojnie. Byłaby jeszcze ładniejsza, gdyby się trochę uśmiechnęła.

Tomek Budak zostawił „Time'a" w samolocie Frankfurt–Warszawa, ale przedtem plastykowym nożem z zestawu obiadowego „Lotu" starannie wyciął stronę tytułową i artykuł o monasterze. Może teraz pokazywać – proszę, on, podporucznik Budak, uratował, ocalił. Dostał rozkaz wyjazdu i naganę, ale nie za handel haszem czy innym paskudztwem.

Dotknął kieszeni w koszuli, gdzie miał te wycinki upchane w kopertę razem z zawiadomieniem o ślubie Sylwii. To świetnie się złożyło wszystko. Uparł się, aby cały dom dla Sylwii przewieźć jedną ciężarówką, wypożyczył dziesięciokołowego kranca trochę na wyrost, aby mieć pewność – wszystko się zmieści. Potem jeszcze pojechał na skróty, wbrew ostrzeżeniom. Wyobraził sobie, jaką satysfakcję mają ci mądrzy, którzy chcieli cały transport powierzyć firmie. A może ktoś powie, że zrobił to na złość Sylwii?

Sylwia, szkolna miłość Tomka, prawie już wyszła za innego. Za wdowca. Wirtuoza organów, kompozytora, filantropa, on nawet Tomkowego ojca, Sergiusza Budaka, ratował. Kiedyś tam, w stanie wojennym chyba. Pan Robert Dunin-Sokalski to był ktoś, nie można się dziwić, że Sylwia poszła za nim. Nie opuściła Tomka, to raczej on opuścił ją przez tę przygodę w siłach pokojowych. Przez pierwszy rok pisywali do siebie, ale coraz rzadziej, nie było o czym. Tu służba, tam studia, normalka. A pan Robert Dunin-Sokalski, to ho, ho! Do swojej willi pod Neapolem dobudował salę koncertową, ale przecież dla Polski żyje, w Polsce prowadzi warsztaty dla młodych kompozytorów, po śmierci austriackiej żony żeni się z piękną Polką, dla Polki w Polsce dom wiejski postawi...

Kłopot tylko, żeby tego domu miejscowi Polacy nie rozkradli. Budulec trzeba było zrzucić ze skrzyni kranca, teraz trzeba pilnować. Z tego pilnowania ufundowały się Tomkowi Budakowi wakacje, robinsonada. Najpierw myślał: przesiedzę noc przy budulcu, rano przyślą ciężarówki. Załadujemy, pojedziemy na miejsce. Nie doczekał, jakby dom nikogo już nie obchodził. Musiał radzić sobie, ale się lenił. Został na miejscu, bo było tu ładnie. I nikt nie pytał, dlaczego Sylwia idzie za kogo innego.

Prycza ze śpiworem w pożyczonym barakowozie, czajnik na żelaznym piecyku, radio turystyczne. Woda w źródełku pod kępą różowiejących jarzębin, zakupy przywożą na rowerze synowie sąsiada, od którego barakowóz wynajęty. Tam, za drugą górą, jest wieś, Wola Tyśmieniecka, sklep, kościół, słychać, jak na Anioł Pański dzwon bije. Gdyby kto zaufany popilnował domu dla Sylwii, Tomek w dwa dni załatwiłby transport, ale tam, w Warszawie, wszyscy zajęci teraz przygotowaniami do ślubu Roberta Dunin-Sokalskiego z Sylwią. Kto ich złączy – prymas czy nuncjusz? Bo przecież w Watykanie koncerty były sławne na wszystkie media.

A tu dzień za dniem cisza. Ptaki, wyżej chmury pysznie kłębiaste. Teatry chmur aż po zachód kolorowy, bliski jawnego kiczu. *To się Antoniny udało!* ←

Nawet nie wiadomo, czy tam, w Warszawie, załatwili wszystko z ubezpieczeniem kranca, z odszkodowaniem, naprawą. Suknia dla Sylwii, przyjęcie dla tysiąca VIP-ów – to mają na tapecie. Jak sobie ta córka strażaka da radę na salonach? Da radę, zawsze była prymuską, pozbierana. Zadzwoniłby do niej w sprawie naprawy ciężarówki, ale nie wypada. Byli długoletni narzeczony. Co za głupia funkcja w społeczeństwie – byłý narzeczony. *> to też*

Skończył golenie i siedział dalej na schodkach barakowozu, bo do obiadu nie było już nic do roboty. Siedział jak stary Miodrag przed cerkwią. Cienie obłoków szły po wielkim zboczu, po rozległym wzgórzu, po uprawach.

Tam było miasto.

Jak gobelin, jak płaskorzeźba, jak malowanie zielenią na zieleni, płowością w płowościach upraw, tam było przed nim miasto. To właśnie miasto – Równe. Miasto, w którym wzrośli rodzice ojca, skąd ojciec wyjechał jako ośmioletni chłopiec. To miasto znał z dzieciństwa, było najpierw na wyblakłych zdjęciach, w opowieściach coraz bardziej bajecznych, teraz już świętej pamięci. Ojciec nie opowiadał o Równem, tylko dziadkowie. Ale ojciec zabierał mamę i Tomka w podróż.

Jeździli do Równego za Bug z ojcem, jak już można było, odkrywali dom dziadków, kościół, rynek, szkołę, dużo ulic i domów się zachowało...

Nocowali u aptekarzy Manickich, u Korneluków, co pamiętali dziadka, nawet jego sklep przed wojną pamiętali.

Obłoki szły górą, ich cienie po uprawach dołem. Miasto znikło. Nie całkiem, ale stało się niewyraźne. Całkiem znikło na moment, a potem ożyło na nowo, rozpanoszyło się na całym stoku wzgórza, wyraziste aż do oczywistości jak obraz, a zarazem i plan miasta. Jęczmienie i proso, łany gryki, lnu, zagony kartofli, grzędy tyczkowej fasoli, pszeniczne i żytnie pola, jakieś kudłate pastewne mieszanki – to wszystko było tylko osnową i wątkiem dla cieni ulic i jasnych dachów, dla zaułków, wież, placyków, okien, szyldów, schodów, ganków i przybudówek, pomp na podwórkach, komórek na skraju ogrodów. Miasto Równe, obraz utkany jak gobelin i opowieść upleciona jak indiańskie kipu, węzełkowe pismo.

Sięgnął po powiększające lustro do golenia i podniósł je nad głową. Tak, teraz! Na zboczu zobaczył obraz miasta malowany zielenią upraw. Obraz w lusterku był dużo wyraźnieszy, chociaż odwrócony. Jakby domy wstawały, ustawiały się w czworobok rynku z kinem w jednym winklu i bóżnicą w drugim. I w tej chwili uświadomił sobie, po co zechciało mu się obejrzeć obraz miasta w lustrze. To czytał – duchy nie odbijają się w zwierciadłach. To nie był duch miasta.

– Tato, jesteś tam? Chciałbym abyś rzucił wszystko i przyjechał.

– Co się stało? Zachorowałeś? Wypadek?

No i co miał powiedzieć ojcu Tomek Budak? Nie chciał, aby ojciec pomyślał, że to psychiczne, bo to nie było psychiczne. To nie było majaczenie chorego, ani zjawa, więc nie powiedział, że pędzel przypadku namalował miasto Równe na stoku wzgórza. Powiedział coś o nudzie i samotności i za kłamstwo musiał wysłuchać nie wiadomo który raz, że nie powinien pozwolić Sylwii, że powinien o nią walczyć.

– Podoba ci się Sylwia, tato? To się sam z nią ożeń. Walcz o nią! Walcz z mistrzem Robertem, kompozytorem *Oratorium Ostrobramskiego*. Najlepiej skomponuj coś lepszego!

To nie było grzeczne i nic dziwnego, że ojciec rzucił słuchawkę.

Cały dzień wpatrywał się w cud miasta. Wydawało mu się nawet, że cień kościelnej wieży wędruje ze słońcem, a o tej wieży słyszał tylko, że jeszcze za pierwszych bolszewików rozebrana, po trzydziestym dziewiątym. Skąd mógł wiedzieć, jak wygląda?

Poszedł spać i zasypiał z przekonaniem, z pewnością, że następnego dnia zagony i pola będą po prostu szachownicą zagonów, nie będą obrazem ani opowieścią.

Miasto było.

Poszedł do źródła po wodę i miał je przed sobą, nad sobą, gdy zszedł do parowu. Było gotowe od świtu to miasto leżące pokotem – fasady jak nagrobne płyty opatów w katedrze. Bez żadnego obcego materiału, rędziny, mady, piachy, zioła i uprawy, tak jakby to się przypadkowo ulęgło albo jakby Niematerialna Siła wdała się w przypadkowość, zakłóciła ją, a potem zatarła swoje działanie. Rzecz tak niedocieczona, że przypominały się książki o Całunie tak doskonale sfałszowanym, jakby zrobiła to Ręka, albo tak nieprawdopodobnym w swojej prawdziwości, że wymagającym więcej wiary niż wiara sama w sobie.

Zadzwonił, ale nie do ojca. Do kumpla gimnazjalnego, dziś obsługującego dział sportowy „Kuriera Lubelskiego". Oględnie, ogródkami, dopytując się o atrakcje turystyczne trasy kajakowej na Tyśmienicy. Siedzę tu, Wiciu, na odpoczynku niedaleko Wólki Tyśmienieckiej...

– A, to idź na górę, zobacz sobie miasto, co wyrosło, gdzie kiedyś była resztówka po majątku Firlejów. Ja nie widziałem, ale moja Lusia z synami. Podobno jest nawet w nowym wydaniu przewodnika.

– To przecież Równe.

– Nie widziałem. Może Równe. Lusia mówiła, że Rawa Ruska. O, a pani Wioleta z działu miejskiego tu jest i mówi, że to Kowel. I w przewodniku piszą, że Kowel, mówi Wioleta. Czekaj, dam ci ją, bo ona ma coś do ciebie.

– Pan porucznik? – usłyszał młody sympatyczny alt. – Pan porucznik Budak? Szkoda, że pan dopiero teraz... była tu wczoraj jedna zagraniczna dziennikarka pytać się o pana. Ja po francusku niezbyt, więc ją odesłałam do zastępcy naczelnego.

– Czego chciała?

Nie dowiedział się, w domyśle był dalszy ciąg awantury bałkańskiej o wieś i o monaster. Nieważne.

Poszedł do sąsiadów, bo telefon komórkowy potrzebował podłączenia do ładowarki. Tam się dowiedział –

półsłówkami, z zakłopotanym drapaniem się w głowę, że złodzieje się szykują na budulec. No, nie złodzieje, ale takie pijące mocno chłopaki z drugiej wsi. Szukali kupca. A skąd oni mogą mieć towar?

I to wydało mu się nieważne wobec oczywistości miasta rzuconego na przeciwstok, miasta dla niego, miasta legendy z jego dzieciństwa. Dla niego? A dawno tu jest przecież to miasto na płask, w przewodnikach dla kajakarzy opisane. I nikogo nie dziwi? Boże, toż Amerykanie by tu disnejlandy pobudowali, Francuzi ustawiali na noc głośniki i reflektory na jaki *son et lumière*... Bilety by sprzedali na dwa lata awansem.

Kiedy wracał, w szarówce już, miasto właśnie tonęło w nicości, w sobie samym, w zwykłości łanów i zagonów, fasolowych tyczek. A gdzieś pośrodku jego obozu z sągów drewna, z krokwi, podłóg, belek stropowych, koło schodków barakowozu, błysnęło światełko.

Są już złodzieje, pomyślał i podjął spod krzaka pałkę, którą tam odłożył.

Bał się i trząsł z wściekłości zarazem. Czuł się tak jak niedawno pod ogniem snajperów, w dolinie Strumy czy Wardaru, przerażony, że ranią, zrobią kaleką, zabiją, i wściekły, że źli ludzie stanęli mu na drodze, jemu właśnie.

– Cholera! – głosem łamiącym się ze strachu i ochrypłym z wściekłości wrzasnął przekleństwem swojego dziadka. – Cholera jasna! Widzę was!

I wtedy na tle ciemniejącego nieba zobaczył sylwetkę w jasnej sukni. A więc Sylwia przyjechała do niego. Teraz właśnie, gdy miała brać ślub z wielkim Dunin-Sokalskim, przyjechała wieczorem do jego barakowozu. Przyjechała do jego samotnego łóżka, do jego samotnego zasypiania. Sylwia jego życia. Sylwia, którą stracił.

– *Monsieur* Budak! *Ne tirez pas! C'est moi!*

Przypomniał sobie w moment o francuskiej dziennikarce, która szukała go w Lublinie. Jak tata o nich mówił? To są wampirzyce z małymi magnetofończykami w torbach, z gębą pełną haczykowatych pytań. Wywloką duszę i zrobią z niej siedemdziesiąt sekund antenowego towaru. Jeśli im potrzebny człowiek, wytropią go, wyciągną choćby z grobu. A jak go mają już na kasecie – niech tam wraca. Tatko jako kierownik literacki teatru znał te istoty.

– *Monsieur* Budak?

Rzucił pałkę pod krzak berberysu i podszedł, jakimś niezręcznym wymuszonym gestem uniósł rękę na powitanie. W gęstniejącej ciemności został dostrzeżony, bo postać na schodkach barakowozu powtórzyła jego uniesienie dłoni.

– *C'est moi*, Zvena.

Światło latarki odbite w szybie oświetliło ją na moment. W jasnej, krótkiej sukience wyglądała na jeszcze piękniej wyrzeźbioną niż w tych bałkańskich czerniach.

Musiała go odszukać, kiedy już dopaliły się resztki monasteru, kiedy pogrzebała ojca i złożyła przed prokuratorem miejscowym i przed komisją sił pokojowych wszystkie zeznania. Podporucznik z polskiego kontyngentu rozjemczego był jedynym człowiekiem na świecie, który znał i rozumiał jej los, próbował uratować wieś i monaster, ojca i cały świat. Ocaliło ją to, że ukryła się w źródle, przykryła deskami pomostu, po którym chodziło się po wodę. Inaczej byłoby z nią, jak z jej siostrą Swetą i z matką. Deptali po deskach, wpychali ją w lodowatą wodę, ale nie wiedzieli, że tam jest.

– Teraz twój dom jest tu. Na zawsze.

Tak powiedział podporucznik Budak dziewczynie z Bałkanów. Nie miał prawa niczego innego powiedzieć.

A kiedy obudzili się rano i pierwszy raz w życiu spojrzeli sobie w oczy w jasnym świetle dnia, Tomek Budak musiał jej opowiedzieć wszystko o tym mieście na zboczu, o swojej pierwszej podróży do Równego, o rodzicach ojca i rodzicach matki, o swoim życiu i losie. Tak się zagadali, tyle sobie zaglądali w oczy, że dopiero koło południa zauważył, że w nocy byli złodzieje. Zabrali nawet niedużo. To, co lżejsze. Stanęli traktorem z przyczepą pod jaworami, na zakręcie drogi, ślady opon w kałuży były wyraźne. Ale jak mógł słyszeć? Taka noc.

Nie sądził, że kradzież tak zmartwi Zvenę. Jasne łzy poleciały z jej ciemnych oczu, po śniadych policzkach. Opłakała deski ukradzione w noc miłości, a przecież nie płakała po matce i siostrzyczce, nie płakała po ojcu, ani po monasterze z ikonami i freskami klasy zero.

Objął ją, aby pocieszyć jakoś. Wtedy mu powiedziała, że musi postarać się o broń. Na tych nocnych. I powiedziała, że można spać i kochać się w dzień, a w nocy palić ogień, nasłuchiwać mroku i czuwać.

Po nocach trzech, trzech dniach, wieczorem zadzwoniła Sylwia.

– Tomku, nie wychodzę za Roberta. To bez sensu.

– To ten twój dom... – odezwał się Tomek po pauzie zdziwienia. – Co będzie?

– Jego dom. On płacił – powiedziała Sylwia. Twardo.

– No tak. On. Bardzo przeżywasz?

– Mam przyjechać?

– Wiesz, Sylwia, ukradli trochę desek.

Musiała wyczuć. Była bardzo bystrą dziewczyną. Dopiero, gdy patrząc w ogień, zastanawiał się, co sobie o nim myśli Sylwia, coś pojął.

– Wiesz, Zvena, ona rozumie – powiedział angielszczyzną tłumacza sił pokojowych. – Ona rozumie, że ja zgłosiłem się do służby, bo szukałem ciebie. A nawet nie wiedziałem, że gdzieś jest monaster Sviaty Ivan Samodel.

– Mam bardzo dobre stypendium w Lyonie. Dzwoniłam tam, mogę wracać – odpowiedziała Zvena francuszczyzną uniwersyteckiej doktorantki. – Mamy miesiąc, żeby te wszystkie belki i deski przewieźć w bezpieczne miejsce.

Ustalili, że postudiują przez rok, ona w Lyonie, a on w Lublinie. A potem zbudują dla siebie dom. Wozili deski i bale do magazynu w Czemiernikach przez dwa tygodnie. Przez ten czas miasto – Kowel czy Równe, kto to dziś sprawdzi – znikało w przemianach wiejskiego krajobrazu tak zwyczajnie, jak zwyczajnie łan przemienia się w rżysko a rżysko w zaorany spłacheć gruntu. A kiedy odstawili pożyczony ciągnik Ursus z przyczepą do Lubartowa i wrócili do barakowozu piechotą, dziwy zostały już tylko w przewodniku dla kajakarzy.

ODESSA, WSZYSTKIE PLAŻE

Arnold przewrócił się na jednej z bocznych uliczek Mołdawanki. Wiedział, że jest sam sobie winien. Był pijany, zaczepił butem o rynnę, walnął głową w okiennicę. Stały nad nim jednopiętrowe domy z białego odeskiego kamienia, pogrążone w siwej, nawianej od portu mgle październikowego świtu, przez krzywe płoty przewieszały się gałęzie obsypane dojrzałymi śliwkami.

Arnold ocknął się. Czuł, że się wpakował, że jest się czym martwić. Co będzie teraz. Okradną go jakie żuliki albo zabiją.

Arnold Sitarz miał trzydzieści sześć lat, wyglądał starzej, może dlatego, że był chudy. Jego gęste, szare włosy ze srebrnymi nitkami na skroniach dawno nie widziały fryzjera. Ubrany był w beżowy prochowiec z nadmiarem kieszeni i z naramiennikami, stalowy pognieciony garnitur, czarną koszulę i czarny jedwabny szalik, wszystko tak przepocone i wymięte, jak musi być, gdy się przez parę dni sypia w ubraniu, i to wcale nie w łóżku. Miał chytrą nosatą gębę z parodniowym zarostem. En face pospolite, ale profil mógł fascynować.

Leżał tam jak samo nieszczęście.

Chciał, aby los zmiłował się nad nim, aby odroczył wyrok. Niech kto pożałuje rozbitej do krwi głowy, ubłoconego płaszcza, rąk wysmarowanych psim łajnem. Niech zrobi się komu żal nogi. Może złamana. Niech się czas odwróci, niech Odessa odpłynie.

Pomyślał, nie próbując jeszcze wstać – niech popłynie to miasto jak wygnane wiatrem portowe śmiecie. Niech odpłyną pałace, bulwary, rynki i plaże. Bał się, że jakieś oczy go widzą. Ktoś patrzył spoza wyblakłych perkalowych zasłonek, czy mu się zdawało? Znali go tu?

Gdzieś tu, na Fontańskim Piereułku, zamieszkał przecież u tej starej. U siostrzenicy Igora Wiechty z Mielnika, w Mielniku nad Bugiem dostał jej adres. Babcia Kory. Starucha szukająca Kory. Demeter – to wiedział od razu. Arnold był ekspertem od takich mitologicznych spraw. Jeszcze jak był uczniem w liceum w Turobinie, wygrał konkurs imienia Parandowskiego i wycieczkę do Nieborowa. Potem też, jak były te pytania czy hasła w krzyżówkach, wszyscy dzwonili do niego. I wreszcie niedawno w telewizyjnym kwizie zdobył walizkę skórzaną, kopertę z grubą forsą i wycieczkę zagraniczną – w cenie do iluś tam euro. Mitologia klasyczna nie miała dla niego tajemnic. Wybrał Odessę, bo już wcześniej Odessa jego sobie wybrała. Odessa, niegdyś Istrion – w czasach Aleksandra Macedońskiego. Odessa była w spisie miejsc, do których mógł jechać, a on pomyślał – tam się rozmówię, bo po rusku. Jeszcze jak był kierowcą, woził ciężarówką-chłodnią kurczaki do Kaliningradu.

– Nie spotkałeś, synu, Kory Borysowny? – To pytanie padło zaraz pierwszego dnia, kiedy trafił pod adres na Fontańskim Piereułku, kiedy dostał dziuplę po dziewczynie w walącej się piętrowej oficynce dobudowanej do parterowego domku nad skarpą. – Nie spotkałeś? Poszła na plażę, nie wróciła. – I babka pokazała zdjęcie tak wymiętoszone, że tylko oczy zahaczyły Arnolda.

Oczy Kory Borysowny Laforż, która istniała rzeczywiście, istniała nawet mocniej niż Arnold. Miała przewagę płci i młodości, a do tego była miejscowa, była tu u siebie. Była, gdyby udało się ją znaleźć.

Arnold ukląkł. Smytnow, zapamiętał dobrze to nazwisko. Zapamiętał grubego, krótko strzyżonego pacana, ważniaka w dżinsowym garniturku na wojennomorskiej koszulce. Popamięta tego Smytnowa!

Pochylił się, aby krew z głowy nie kapała na płaszcz. Powoli, metodycznie wycierał dłonie najpierw o beton chodnika, potem o liście zielska wyłażące między deskami płotu. Zerkał. Ciemne okna, chyba nikt go nie widzi. Zdawało się, że ktoś patrzy.

Dwa młotki stukały gdzieś nieopodal, duży i mały. Na dachu robią? Tak rano?

Teraz, gdy w mieście ucichło, ludzie szukali siebie, próbowali łatać postrzelane okna, gromadzić znów rodziny wokół kuchennych stołów. Czy zawsze obok tych, co łatają i gromadzą, będą tacy jak on, wysadzeni z siodła, gubiący trop, pukający tylko do tych drzwi, za którymi nie ma już nikogo?

Coś stało się z jego nogą, nie mógł wstać.

Próbował się pozbierać. Myślał, że może za drugim płotem, trzecim skrzyżowaniem, pod miotaną wiatrem lampą na drucie, jest już ktoś, kto podejdzie, pochyli się nad nim i wyciągnie dłoń na spotkanie jego dłoni ciągle jeszcze śmierdzącej psim łajnem.

A może z drugiej strony, pod księżycem ciągniętym za włosy przez kotłowaninę chmur, idzie Arnoldowi na spotkanie Czarnomorzec w kaszkiecie nasuniętym na oczy?

Tak czy owak, już ukląkł, a znów leżał. Myślał o chwili, w której wpadł na pomysł, aby oddalić się od przyjaciół za długo kupujących chleb, kabanosy, maślankę i pomidory w sklepie w Mielniku „U Jagusi". Przeszedł parę kroków pustą uliczką w słońcu i dał się zaprosić tej starej nieogolonej gębie okrągłej jak pełnia. Gęba wylazła spoza starych sztachet. Furtka ze skoblem z krówskiego łańcucha. Gęba spoza drewnianej furtki.

– Chciałem tylko popatrzyć. Na drewniany dom – wymówił się Arnold. W tej dużej wsi, która była kiedyś jednym z ważniejszych miast Wielkiego Księstwa Litewskiego, w Mielniku nad Bugiem, dużo widział starych drewnianych domów wykupionych przez ludzi z miasta, dużo nowszych zgrabnych domków postawionych jako letnie siedziby przez przyjezdnych. Arnold przyjechał na dwa dni ze znajomkami Anonimowymi Alkoholikami, i spodobało mu się miejsce. Chodzili, oglądali. Razem aż dotąd.

Ten spoza furtki:

– Chodź pan, zobaczysz. Chodź pan, napijemy się.

Nie trzeba było ulec. Tamten w wyświechtanym ubraniu roboczym był miejscowy, był stąd, tęgi, barczysty, szpakowate włosy na jeża przystrzyżone. Był tutejszy i jego miękka mowa to potwierdzała. Chodź pan. Od drewnianej furtki. Chodź pan, wypijemy.

Jakby Arnold był dla niego oczekiwanym wysłannikiem. Chodź pan, wprowadził w swoje obejście. Arnold przeszedł przez furtkę, ciągnąc rozmowę o niczym ze starym w wysmolonych roboczych portkach, z niedopiętym rozporkiem. I to wtedy chyba, sam o tym jeszcze nie wiedząc, opuścił Mielnik nad Bugiem, przyjaciół, Polskę. Już wtedy, w sierpniu, w sierpniu gorącym, w rozkładzie jazdy losu wpisano mu Odessę. Minął furtkę, rozmawiał, słuchał i niepostrzeżenie dla siebie przemieniał się ze słuchacza w wysłannika, w wędrowca, błędnego rycerza czy zbłąkaną duszę.

Tamten dom nie był drewniany. Murowany, ale rozparty wśród drewnianych przybudówek o zaklęsłych dachach z papy. Stał pośrodku podwórza. Podwórze, zamieniając się w łąkę, opadało łagodnym zboczem ku rzece. Na dole hangar czy garaż, nowy, porządny.

Stary prowadził przez brudną kuchnię, zastawioną talerzami z wyschłymi resztkami jedzenia.

– Czarnomorzec? – mamrotał pod nosem. – Wiem, ekspres z Kijowa do Odessy. „Czarnomoriec", taka nazwa.

Arnold pamiętał, że ni słowem nie wspomniał wtedy o żadnym Czarnomorcu. Zapamiętał słowo. Tam, w Mielniku nad Bugiem, jeszcze wtedy nie myślał o Odessie, o plaży Lanżerowskiej, „Arkadii", Małej Fontance, Otradzie, o wszystkich plażach późnego października, zamiatanych wiatrem. Potem w Odessie tylko zbieraczy butelek spotykał na tych plażach. Potem.

Wszedł na podwórze opadające zieloną trawiastą skarpą ku łęgom nad Bugiem. Do domu od podwórka, po schodkach do zagraconej ciemnawej sionki. Potykał się o jakieś brzęczące blachy i pręty, zwoje drutu. Korytarzyk z zapachem kiszonej kapusty i kocich szczyn był ciemny. Gdzie idziemy, miał spytać, ale nie było już sensu. Bo ten stary pyzaty brudas prowadził do niespodziewanie wielkiego warsztatu. Zapajęczynione okna, żarówki na obrosłych kurzem drutach. Pod nogami kable i przełączniki, sztaby, łańcuchy. Tu całe życie reperował wszystko – rowery, zegary, siewniki. To musiało być długie życie, bo na pokrytych pyłem, trocinami lub upaćkanych towotem stołach piętrzyły się narzędzia, wiertarki, tokarki, cęgi i śrubokręty. Nowe i zardzewiałe, niektóre tak staroświeckie, że kojarzyły się z ilustracjami sprzed wieku, ilustracjami z niemieckiego leksykonu technicznego pisanego gotykiem.

– Ja nie wołam, żeby mi płacili. Zrobię i oddaję. Ale jak nie zapłaci albo poskąpi – koniec. Już może do mnie nie przychodzić. Bo ja robotę przyjmę, grzecznie. I potem nie mam czasu. Na reperowanie dla chamów nie mam czasu. Czy roboty brakuje? Cały Mielnik do mnie przychodzi. Zza Buga, z Serpelic przyjeżdżają, bo tam takie studnie, że im pompy głębinowe zamula.

Pod sufitem wisiały w warsztacie wszystkie pokolenia rowerów z ostatniego stulecia, te od Karwackiego z drewnianymi obręczami, enerdowskie diamanty, ruskie ukrainy, aż po te najnowsze, ze sprężyną i wahaczem w ramie, z teleskopami w widelcu. Te nowe też się psują.

Otwarte puszki towotu, tokarki i frezarki obrosłe kędzierzawymi wiórami ze stali i mosiądzu, drewniane pudła nakrętek, śrub, podkładek, nieznanych części zapasowych do nieznanych mechanizmów. Porzucone roboty kuchenne, masarskie krajalnice, wybebeszone wirniki elektrycznych napędów. Gruby wytarł ręce brudną szmatą, wysmarkał się w zlew i otworzył drzwi na ganeczek, na którym wrześniowe słońce prześwitywało przez koronkę drewnianych ozdób. Sierpniowe pomidory, kiełbasa swojska, musztarda, grubo krajany sitkowy chleb, w błękitnej misce resztka sałatki z pomidorów i ogórków, słonina i nóż na stolnicy, niedokończona butelka perecowki. Nie wypadało jakoś odmówić, chociaż przyjaciele z pewnością skończyli już zakupy „U Jagusi".

Mechanik nalał do szklaneczek. Ukraińska perecowka z aromatem smorodiny. Ale resztki to dla świń – mruknął stary. Dla Arnolda otworzył kolejną, pietrowską. Wypili, zakąsili słoniną, a stary powiedział, że to ze świniaka upasionego w domu. Mówił wszystko. Mówił całe życie, mówił, że ci, co zabili jego ojca, to byli „bandyci, zwyczajni bandyci". Mówił o swojej służbie wojskowej gdzieś w Warszawie na Mokotowie, mówił – a Arnold czuł, że całe tamto życie otwiera się przed nim, życie czy wersja do opowiedzenia... Stary był dumny z ukończenia szkoły podoficerskiej, tak jak można być ze złotego medalu na olimpiadzie. Albo nagrody w telezgadywance. Otwierał przed Arnoldem otchłań osiemdziesięciu lat – nie wydawał się starszy niż sześćdziesiąt parę. Wódkę mu przywieźli – gdzieś z Rosji czy z Ukrainy. Pewnie z Odessy – taka jest logika opowieści. Kto przywiózł?

– Przywieźli mi, z Odessy – pochwalił się stary i znowu nalał. – Mojej siostrzenicy syn. On niemieckiej wojny nie pamięta, on Rusek, on na ich nowych wojnach strzelał. Afgan. Tyle, że tam były bandy i u nas były bandy. Przyszli, wywołali w nocy, trach, trach. Wojna była, ludzkie życie nic niewarte. Kto go tam wie, co chcieli. Pieniędzy chcieli, słoniny chcieli. Trach. Po człowieku. Ja chłopaczkiem jeszcze był.

To wtedy pierwszy raz głośno padło – Odessa. I wtedy nie powinien pić. Od roku z hakiem był suchym alkoholikiem. Stało się, że wypił. A teraz masz. Nocą szedł z parku Łesi Ukrainki na plac Kawaleryjski, potem w dół ulicą bez nazwy, z cerkwiami Aleksandra Newskiego, Troicką – Trójcy Świętej i niedokończoną Świętej Praskowii. Skręcił w bok, bo zobaczył człowieka przy samochodzie, chciał spytać o zejście ze skał na plażę. W budach przy plaży sypiał. Człowiek pojechał, a Arnold padł i leży. Chyba nie złamana? Bo to by było. Podciągnął nogawkę, macał kości, kolano. Wszystko bolało. A w głowie mroczyło. Dziwny jakiś smak w ustach od tego rąbnięcia.

Mechanik z Mielnika gadał, pijąc, Arnold też wypił trochę. Słuchał. Potem stary zaprosił Arnolda, aby zobaczył łódki. Mają być na wynajęcie.

– Ale kto tu wynajmie? I po co?

– Przyjeżdżają do sąsiadów na agroturystykę. Przyjeżdżają z wędkami z Siedlec, z Lublina. Albo tak jak pan.

– A ja sam nie wiem po co – przyznał się Arnold. – Koledzy jechali samochodem, było miejsce. I tak.

– To znaczy los.

Arnold spotkał smutne oczy starego. Pomyślał, że spotkał dobrego człowieka. A może tylko nieszczęśliwego człowieka. Zeszli trawiastą pochyłością bliżej szopy na łódki.

– Czekaj pan, panie kolego. Siądź pan tu.

Arnold usiadł przy nim na ławeczce z białych brzozowych żerdek, widywał takie na cmentarzach, gdzie ludzie je stawiali, aby posiedzieć przy grobie.

– Sam pan tu mieszka? – spytał.

– Sam. Żona dawno na cmentarzu, dzieci w mieście.

– To jak u mnie. Tyle że synka musiałem oddać. A pan tak buduje, chociaż pan jest sam? Komu to potrzebne?

Stary uśmiechnął się.

– Otóż to. Potrzebne. Jeszcze jak. Jeszcze jak. Dla mnie, to ważne, dla mnie. Znak, że ja mogę mieszkać sobie tu, żyć.

– Patrz pan! – Pokazał ręką kierunek, w stronę miasteczka. – Jak wróciłem, to tatusiowi naszemu zrobiłem nagrobek w trzech językach, w trzech alfabetach. Mówili, że zabity, bo handlował z Niemcem. A drudzy – bo Żydów chował. A trzeci – ruskim skoczkom był za przewodnika w lasach sarnackich. Nic nie napisałem, tylko Jan Wiechta, biedny człowiek. Cyrylicą, po naszemu i hebrajskim językiem. Bo jak mówią, zabili dlatego, że tatuś nie miał tych pieniędzy, co się spodziewali. Albo może jaka zemsta, kto to po latach wie.

Arnold zawahał się, wstał. Powinien iść, szukać swo-

ich znajomych. To jak dwa i dwa cztery. Nie ma czasu.
Nie szedł jeszcze, bo czuł, że powinien opowiedzieć swoje
życie. Powinien położyć całe przed to spojrzenie obcych
szarych oczu, smutne trochę. Jaś jest u starej Gałuszkowej,
bo jemu, Arnoldowi, zabrali prawa rodzicielskie, a ona, to
według prawa rodzina zastępcza. Babka cioteczna. Synka
mu zabrali, bo pił i tracił robotę. Pił od czasu, jak Masia
umarła. Nowotwór. Długa śmierć. Nie dał rady tej śmierci. Kiedy nie pił jeszcze na zabój, kiedy jeszcze Masia żyła,
woził materiały budowlane w firmie. Za jazdę po pijaku
zabrali prawo jazdy. Był jeszcze magazynierem, był w tej
samej firmie nocnym stróżem. Jasia chciał zabrać od siostry swojej teściowej, poszedł na leczenie, na odwyk, do
anonimowych. Miał wytrzymać. Przez rok był suchy.
I cztery miesiące.

Stary zapatrzył się na płynący powoli Bug, mógłby teraz słuchać, ale Arnoldowi było wstyd mówić, milczał.

– Mówiłem już z panem o naszym tacie? – spytał stary.

– Wspominał pan coś.

– Bo to nie ma co gadać – powiedział szybko tamten.
Bug płynął, rozbłyskał na bystrzach, kwitnące zioła trzęsły się na prądzie. – Nie ma co. Straszne rzeczy się działy
we wojnę, pana na świecie nie było. Jeśli ojca chcieli poka-
rać, jeśli to była kara, musiała być i wina – ile tej winy? Kto
powie ile? A jeśli zwykły rozbój, nic. A winy i tak były, bo
jak krzywda, to i wina. Były krzywdy, to nawet pan wie…

– Ja nie chciałem o tym – przerwał mu Arnold Sitarz. –
Chciałem opowiedzieć życie. Jak mi opustoszało.

– Ach, panie – westchnął stary. – Ach, panie kochany.
Chodź pan do domu, zrobię herbaty.

Czajnik na herbatę trzeba było nastawić w brudnej
kuchni.

– Popatrz – powiedział niechlujny mechanik i wyciągnął z szuflady kuchennego stołu kawał gazety z nabazgranym adresem. – Tu jest adres Borysa, co przywiózł perecowkę z Odessy. Weź, schowaj. No bierz! Może się przyda. Przecież ja się do Odessy nie ruszę.

Tak zapadł wyrok. Chłopaki z koła Anonimowych Alkoholików namówiły, żeby startował do telewizyjnego kwizu. No to czytał, przygotowywał się na różne sztuczki – szedł do eliminacji, potem do tego ekranowego pokazu. Arnold Anonimowy Alkoholik. Tak się przedstawiał i może to mu ułatwiło, bo ile tych pijaczków w Polsce, co powinni się leczyć. Jak taki Arnold dostaje w finale pierwsze miejsce, to jest dla pijaków zachęta. Anonimowy najlepszy, nagrodzony, coś się dzieje! Alkoholik, a wiedział, kim była Eurykleja. I za to dostaje walizkę firmową z kółeczkami, podróżną walizeczkę za pierwsze miejsce, kopertę z kasą i wycieczkę zagraniczną do wyboru za ileś tam euro. Od razu na wizji powiedział – do Odessy, a tak naprawdę to nie ma ona nic wspólnego z Odyseuszem, królem Itaki. Jej nazwa z francuskiego „Au dessus d'eau" – czyli ponad wodą. Bo budowali Francuzi, których ich własna rewolucja nie dorżnęła, arystokraci. Arnold Anonimowy Alkoholik musiał tak wybrać, bo przecież miał w kieszeni kawałek gazety z nabazgranym adresem w Odessie, z adresem od mechanika w Mielniku. To przez niego ledwo-ledwo nie poszedł w ciąg alkoholowy, tam na werandzie.

A to się tylko odłożyło, teraz leżał na uliczce, której nazwy nie był pewny. Leżał trochę jeszcze pijany, bo na opłaconej przez biuro podróży wycieczce, poszedł za własnym pomysłem. Przegrał, jak skręcił w bok, aby odnaleźć Borysa Smytnowa. Na alkoholika los zastawia sidła, dlatego nie powinien kierować się na Wschód. Europa to królewna odnaleziona tam, gdzie już ląd znika w oceanie – w Lizbonie, albo gdzie indziej na portugalskiej ziemi. Pewnie stamtąd porwał ją Zeus, biały buhaj, porwał z przylądka Finisterre, aby ją posiąść na Krecie. A w Odessie, tam, gdzie się Europa powinna zaczynać, ledwie się zaczyna, a już tonie. W perecowce, na przykład. Nic się złego nie wydarzyło, gdy odnalazł Boryskę. Na razie nic. Przywitali się na sucho, na sucho pożegnali, nie licząc czaju. Złe przyszło, gdy zaczęła mu się układać łamigłówka, gdy został na kwaterze u babki Smytnowej.

Ją spotkał pierwszą. Wszedł na zarzucone puszkami i kartonami po sokach podwórko. Morski wiatr z powieści Katajewa *Samotny biały żagiel* łopotał praniem rozwieszonym na wichrowato skośnych sznurach. Zielone pnącza oplatające elektryczne kable tworzyły ruchomy dach w głębi dziedzińca, przy komórkach. Koty łaziły pod ścianami, gdzie już podeschły pokruszone chodniki. Na taboretach siedziały staruszki. Jedna obierała ziemniaki.

To ona się odezwała, kiedy zapytał o Smytnowa Borysa. Mała, siwa, rumiana babka o bystrych czarnych oczkach. Spojrzała spod białej chustki zawiązanej na kołchóźną modłę, wytarła powoli ręce w fartuch.

Mieszka, nie ma w domu, nie wiadomo kiedy przyjdzie. Wyszedł kupić. Ale pewnie wyjechał. A o co chodzi? Od Wiechty z Polszy. No to niech zachodzi, bo Borys jest. Nie mieszka tu, nie. Był na rybach, złowił, matce przywiózł, dobry synek.

Borys – kawał chłopa, w przyciasnych dżinsach, bandzioch się przez pas armijny przelewa, w wojennomorskiej pasiastej podkoszulce, na ramiona narzucona bluza do kompletu, też dżins. Włosy szpakowate na jeża, bezczelny pysk wygolony, nos jak kartofel, oczy jak u mamuśki bystre. Borys zaraz obiecał, że załatwi. Nikt go nie prosił o załatwianie, ale nie było to złe. Biuro wynajęło po-

kój w ekstrahotelu „Otrada". Płaci biuro ponad dwieście
euro za noc? Z własnej wygranej Arnolda płaci. Nie jest
to chora sprawa? Co szkodzi, aby dać Arnoldowi pokój
tu, u babci Smytnowej, anulować tam? Do Arnolda wróci
stówa za każdą noc, reszta za różne koszty załatwiania,
no i dla Borysa coś, za rodzinną życzliwość. No nie jest tak
pan Arnold? A o otczestwo zapytam. Pawłowicz? No nie
jest tak, Arnoldzie Pawłowiczu?

Pokój był po dziewczynie o imieniu Kora. Zginęła,
córka Borysa i niedobrej Sońki Laforż. Zaginęła raczej.
Tapczanek wygodny, z lekkim zaduchem perfumowym.
Plakat polskiego rokowego zespołu Myslovitz z napisem
Nosferatu Symfonia Grozy. Złote kozaczki z blaszanymi
ostrogami, znoszone. Huculska chusta. Czerwone korale,
zepsute radio i wszędzie pełno kaset magnetofonowych,
płyt CD. Lubiła muzyczkę. Szafa nie domyka się, pstre
łaszki wypływają na dywan. Na szafeczce przy tapczanie
Serce Jezusa na obrazku i wieża Eiffla. Z plastiku.

O te pieniądze, żeby dostać z powrotem nie było łatwo. Borys znikł. W hotelu Arnoldowi powiedzieli, anulo-
wane, zwrot, klient podpisał. Więc jasne, że Borys wziął,
podpisał za niego. Na razie był więc tylko pokój. Pokój
Kory Laforż. No i szukać trzeba było Smytnowa i ośmiu-
set euro. Babka mówiła – wróci zaraz, Boria swojego nie
skrzywdzi. Pan przecież od Igora Wiechty. No i rozkła-
dała ręce – nie wie, gdzie się obraca. Babka zapraszała na
czaj, na pierożki. Krzątała się, gdy jadł powoli, zagadywała, czy konfitur do czaju, czy smakuje. Pytała się o Igora
Wiechtę, odpowiadał zawsze to samo – żyje, w warsztacie
robi. Ciepło się robiło, po domowemu. Wiedział – oni obcy,
oszuści pewno. Ale ciepło było, nie jak w pustej kawalerce
w Siedlcach. Babka Smytnowa myślała o nim. Idź na podwórze, Arnold, słoneczko takie. Zagraj z Fiedką w sza-

chy, mój Borys zawsze z nim gra. Pokazała za oknem – siedział nad szachownicą siwy drab, wysoki, w skórzanej kurtce. Siadywał więc Arnold na słońcu z Fiedką, kierowcą nocnych marszrutek lecących na całą Odessę z placu Greckiego – Hreckej Płoszczy. Przegrywał partię za partią, ale z sercem ocieplonym milczeniem Fiedki, spojrzeniem spod nawisłych brwi. Albo brnął przez śmiecie i odchody na plażach od Zielonego Mysa aż po Lanżerońską, bo babka prosiła. Pochodź, może znajdziesz Korę. Ona jak ćma – na plażę, zawsze na plażę. Jak ćma do lampy. Poszła na plażę, nie wróciła. Kilometry brudnych, smutnych plaż. Miejscami palą ogniska, grzeją się jacyś. Omijał z daleka. Może powinien tam pytać? Zaraz dalej siłownie pod gołym niebem, młodziaki o szerokich plecach walą ciężarami, klną, śmieją się, puszki z piwem przechylają, zginają się na dźwigniach i ławkach treningowych. Przystawał popatrzeć. Wiatr od morza słony, ciepły. Arkadia, Małyj Fontan. I znowu Otrada. Łomotały kołysane wiatrem krzesełka kolejki linowej. Kora. Gdyby ją spotkał, ona może by powiedziała, gdzie szukać ojca, żeby oddał forsę. Gdyby ją spotkał, może by jej opowiedział o suchym Anonimowym Alkoholiku. O sobie i o zabranym dziecku. Nie miało to sensu – zgubionego człowieka szukać trzeba w tłumie, młodzi do tłumu ciągną, kto by łaził po pustkach, kto by w taki nadmorski wygwizdów, gdzie tylko papiery i torby fruwają… Gdyby ją spotkał, gdyby ją poznał po oczach z fotografii – nic by jej nie powiedział. Ani ona nie chciałaby słuchać, co jak, jakiś ze Siedlec, z Polski – czego tu chce Anonimowy Alkoholik? Co z tego, że spotkał Igora Wiechtę w Mielniku? Tu trzeba pić, tu tanio, tu o drugiej po północy otwiera się na Miesojedowskiej, na Francuskim Bulwarze okienko w krzywym baraczku – stakany z winem, stakany z wódką stoją jak wojsko, czekają... Staruch w krymskiej czapeczce siedzi, rękę wyciąga, uśmiecha się jak rodzony brat – kup!

Wracał umęczony, z głową przewianą wiatrem, z oczami pełnymi morza i statków idących do portu. Z opowieściami o sobie, których nie było komu opowiedzieć. Z opowieściami o zaginionej – przecież jak nie wraca, to albo nie chce, albo nie może. Co z tego, że weźmy tak – znajdzie się ją? Nic. Porwali ją na prostytutę do Stambułu czy do Monachium, prędzej ona, cwana, sama na słodkie życie poszła. Tu zawsze kobietami szedł handel, Fiedka opowiadał, że tunele są jak katakumby, w Nierubajskom gdzieś, tam te kobiety trzymali, pod ziemią prosto do portu – i na statki. Szyto-kryto. Kora – pół życia w podziemnym Hadesie, to się zgadza jakby. Wracał z niczym, wiadomo, nie znajdzie. Po co więc to pytanie w oczach starej? Babka Smytnowa czekała z herbatą, z pierożkami. Bywała i ryba z kapustą. Stawiała na stół, patrzyła w oczy. Patrzyła jakby był swój.

Przychodzili czasem ludzie na Fontański Piereułok. Jedni pytali o Smytnowa, drugich można było o Smytnowa spytać. Tu kupuje, w Sewastopolu sprzedaje. Adres? Telefon? Tego nie wiedzieli – ale mówili: znają Borysa w Sewastopolu, w biurze rosyjskiej komendantury Floty Czarnomorskiej, w wydziale zaopatrzenia. Pojechać, spytać?

Fiedia, sąsiad, jeździł tam kiedyś. I nie radził:

– Tam nic, tam wszystko tajne. No i kłamią. Pytasz o kogoś. Wyjechał. A może on za sąsiednimi drzwiami klika w komputer. Takie wyjechał.

Fiedia, sąsiad, kierowca, szachista świetny. Ciągle z tą piosneczką nuconą – *a ja idu w gorod kotorowo niet...* Raz, po pięknie wygranej partii, rozgadał się Fiedka o Korze. Bo to druga wnuczka stracona, dlatego babka Smytnowa taka zajadła – szukać po plażach. Była jeszcze starsza siostra Mira. Jeszcze Borys i Sońka byli razem. Mieszkali w Sarajewie. Córki z nimi, chociaż wojna. W Sarajewie, bo tam były najcieplejsze interesy – broń dla Serbów, ropa do ich tanków. Miasto na wylot przestrzelane, tu prawosławni, tam muslimy, Bośniaki. I w tym przestrzelanym na wylot mieście o zabłąkaną kulę nie trzeba prosić. Zabiło ośmioletnią Mirę. Wtedy się rozstali. Sońka Laforż tu, z maleńką Korą, on został tam. Interesy, no i nie tylko. Można powiedzieć, że był po partyjno-wojskowej linii zatrudniony. O tym się nie gada za dużo, po co? Jeszcze się potem schodzili Borys z Sońką, ale po to, żeby się kłócić i prać po mordzie. Ona ma rączkę, Sońka. Ma rączkę, że Boże uchowaj.

I już nie wracali do tematu. Rozstawili figury, białe zaczynają.

Ile tych partii było? Dość. Udało się przecież doczekać Boryski Smytnowa. Wrócił w środku nocy, nietrzeźwy trochę. Szykowny, w garniturze szmaragdowego koloru, pomarańczowy krawat do żółtej koszuli. Babka posłała mu na podłodze w jadalnym, siennik ściągnęła ze swojego barłogu, koce, derki wyciągała z szafy w pokoju Kory. Obudzony Arnold wciągnął spodnie, boso poszedł do kuchni, dosiadł się do stołu, tam Borys już rozebrany do pasa pił herbatę pod różowym kloszem.

Zaraz stała szklanka i przed Arnoldem. Pieniędzy nie odda teraz. Jutro. Musi odebrać od pośrednika, który pracuje w hotelu „Odessa", przy Morskim Wokzale. Jutro właśnie. Kłamstwo pewnie, ale jak sprawdzić? Arnold zagadnął go o Korę. Znowu kłamie, albo nic nie wie. Kora była przy matce, tak z sądu wyszło. Żona wyjechała, dawno nie są razem. Żona, Sońka Laforż. Z kim Sońka teraz mieszka, czym handluje? Jej sprawa. A córka Kora rok temu uciekła od matki. Dzwoni do ojca? A w jakiej sprawie miałaby dzwonić? Pieniędzy nie dostanie, szkołę rzuciła. Mieszkała tu u babki. Może rok nawet, ale niemeldowana. Może wróci, bo ma tu rzeczy. Nic pewnego. Idziemy spać, jutro się załatwi te euro. Już umówiony z pośrednikiem w Arkadii. Jutro. Fiedia weźmie wóz, zawiezie.

Pojechali. Fiedka nucił swoje:... *gdie nawierniaka / pomniat i żdut / dien' za dniom / to tieriaja to putaja sl'ed / ja idu w gorod, kotorowo niet...*

Obudził się, leżał umyty, nagi pod prześcieradłem i derką. W sąsiedniej kuchni Sońka kłóciła się z Nastazją Iwanowną Smytnową, swoją teściową. Kłóciła się o swoje małżeństwo z nienawistnym Borysem, o Odessę i Sewastopol, miasto ruskiej sławy, o Rosję i Ukrainę, wielką Flotę Czarnomorską, o garnki, o serwis śniadaniowy i karakułową czapkę, o śmierć Miry, o zmarnowanie Kory. Zaglądały, widziały, że przytomny. Piły herbatę, kłóciły się, wiatr łomotał kablami za oknem.

Myślał o tym, co się stało z pieniędzmi. Co się stało z życiem. I z nogą.

Co się stało. Pił, upadł.

Pił, przepijał te osiemset wycyganione. Z knajpy „Arkadia" do „Itaki", do nocnego klubu we czterech, z Fiedką, Borysem i pośrednikiem – wszędzie pili. Klub wielki jak dworzec kolejowy, tłum, dziewczyny w bikini latają między stolikami, tańczą na podestach w huku muzyczki, rozstrzelane uderzeniami kolorowego światła. Tłum – Ruscy, Turcy, Grecy. Pili we trzech, bo pośrednika zabrał inny pośrednik, też wyglądający bandycko. Arnold pił z Borysem, pił z Fiedką, całowali się, znów opowiadał, jak żyje się Igorowi Wiechcie, jak żyje się staremu w Mielniku. Pili, ale oczy Arnolda nie mogły znieść tortury migających świateł, obrażały go i drażniły te podrygujące cycki i pośladki, zamiatające z lewa na prawo włosy. Od hałasu muzyki trzęsły mu się ręce, więc pił, ale w końcu nie, szamotał się z Borysem, Fiedka rozdzielał, pili, a potem jednak wyrwał resztę, ze dwieście, tak się zdawało, że dwieście przynajmniej ocali. Ale już był w ciągu. Oni zostali, a on zapadł się w światło odeskich ulic, w ciemność przecznic, dalszych uliczek, wszędzie mógł zastukać. W okienku z obłażącej z lakieru płyty czy dykty zawsze stały stakany jak wojsko. Dwieście gram i dalej, może spotkam Korę Borysowną? Ile dni przesypiał w bramach, na schodkach, w budach przy plażowych prysznicach? Ile nocy kolędował po knajpach, łomotał do okienek? Myślał, że to pijacki zwid, kiedy zaczęły się strzelaniny, kiedy światła na wielkich bulwarach przygasły, a wozy strażackie i karetki pogotowia leciały ulicami. Migały jak dyskoteka „Itaka", wyły jak Polifem ugodzony przez Odysa. Już nie pił, kiedy ucichło. Chciał znaleźć zejście ze skarpy na Średnią Fontankę, może tam upadł? Skąd się znalazł na Fontańskim Piereułku? Leżał, a w głowie tłukła się śpiewka Fiedki *dien' za dniom / to tieriaja, to putaja slied / ja idu w gorod, kotorowo niet...* Leżał i rósł w nim strach, że noga złamana, że wiatr przygna kogoś jak pośrednik z hotelu „Odessa", Czarnomorca, osiłka w skórzanej marynarce, takiego z pałką do zabijania. Dlaczego leżał na Fontańskim Piereułku? Kto go wypatrzył spoza firanek?

No i znalazł się znowu w pokoju Kory, u Nastazji Iwanowny, u babki Smytnowej. I była tu jeszcze matka Kory, Sońka Laforż. Spał, trzeźwiał, słyszał głosy w kuchni, widział, jak babka i ta druga kręcą się po kuchni, spał. Budził się, zapalał światło. Wielkie karakony rozbiegały się, słychać było szurpot. Potem już tylko głos miasta. Zasypiał. Babka wynosiła nocnik, przynosiła czaj albo barszcz. W końcu okazało się, że Arnold może pokuśtykać do kuchni. Noga nie złamana. Uprane spodnie i gacie, uprana koszula i kamizelka. Płaszcz i marynarka – diabli wzięli. Żadnych pieniędzy tam już nie było po kieszeniach. Paszport jest, bo miał w spodniach. Buty są, zasmarowane błotem, ale są. Czuł, jakby się świat mu zawalił na głowę, jakby mu nogę żelazną obręczą przejechali. Oczy łzawią, ręce łyżki nie mogą złapać. Paszport jest, i tyle dobrego.

Babka przyniosła barszcz i rybę. Sońka siadła naprzeciwko i dla niej też – barszcz i ryba. Chleb pomiędzy nimi. Przyjrzał się jej. Odesitka. Urodziwa jak te tutejsze, ani do ruskich, ani do chachłów podobna. Duża, smagła, czarnowłosa. Różowy sweter w wielkie pąsowe róże to nie był paryski szyk, ale jej było do twarzy. Na palcach grube pierścionki, w uszach złote serca z wiszącymi łezkami z korali. Turecko-cygańskie biżu.

Zaczęła od tego, że ją też Borys oszukał. I że babka ma swoją winę, bo nie ostrzegła, jak jest. Nie ostrzegła kiedyś Sońki, nie ostrzegła teraz Arnolda Pawłowicza. I wiesz, co ci powie?

Sońka mówiła po polsku, może i lepiej niż Arnold po rusku.

Babka ci powie, że Borys to dobry chłopak. Że chciał dla ciebie dobrze, a nie wyszło.

Zjedli barszcz, zjedli rybę, zjedli pierożki z kapustą. Gadali potem całą noc. Opowiedział wszystko Sońce. O Masi, o zbyt długim umieraniu, o zabranym synku Jasiu, który nie ma źle u starej pani Gałuszkowej. Nie ma źle, ale chłopak nie powinien rosnąć bez ojca. Bez ojca i matki dodała Sońka. Zaczął o tym, że on to alkoholik Arnold, Alkoholik Anonimowy, przerwała, że wie, dawno wiedziała. Dawno, od kiedy?

Zagadała go. Opowiadała, jak w Krakowie pracowała u żony chirurga, potem u drugiej doktorowej sprzątała, jak gotowała na weselu u trzeciej doktorowej w Brzesku-

-Okocimiu, czy gdzieś w Jaworznie. Lubiły ją doktorowe, zawsze częstowały herbatą, kiedy potem jeździła do konsulatu do Lwowa, bo się jej wiza kończyła, zawsze takie wielgachne torby ciuchów nadawały. I dla siebie miała, i dla Kory się znalazło, i na sprzedaż coś.

Po obiedzie Sońka znikła, nad wieczorem wpadła, przyniosła z apteki coś na okłady, żeby nogę kurować. Poleciała zaraz, trzasnęła drzwiami, aż szklanki w kredensie jęknęły.

– Taka Sońka – powiedziała stara Smytnowa. – Żmija jest. A jak chce, do rany przyłóż. Ściągaj spodnie, okłady zrobimy.

Siedział więc na łóżku Kory, w pościeli Kory, w samych gatkach. Babka Nastia Smytnowa na klęczkach przed nim, myła mu nogi w poobtłukiwanej emaliowanej miednicy, kładła okład, bandażowała, narzekała na Sońkę, że nigdy Borysa nie szanowała, wyszła za niego, bo miał pieniądze, mieszkanie w Kijowie, wczasy na Krymie, w ładnym mundurze chodził. Zawsze miała za mało, zawsze nieposłuszna. Nieposłuszna, znaczy nie kochała. Arnold myślał – trzy kobiety. Łóżko od jednej, lekarstwo od drugiej, trzecia się troszczy. A w Siedlcach, jak nie szedł na mityng do Anonimowych Alkoholików? Nic. Telewizor. Sam jak pies na łańcuchu. Jak się ta knajpa nazywała, gdzie pili? „Itaka". Z „Arkadii" pojechali do klubu nocnego „Itaka". Łomot muzyki. Światła po oczach. Setki, setki tańczących. Cztery jońskie kolumny dźwigające oranżowy neon. Itaka. Penelopa, która nie oparła się zalotnikom. Stary pies, który miał rozpoznać wracającego króla, jak miał na imię?

Zastukał ktoś.

W korytarzu zagrzechotały szachy w drewnianej kasetce, przyszedł Fiedka. Grali, pili herbatę. Arnold przegrał i kiedy ustawiali figury do następnej partii, spytał o „Itakę".

– Borys kazał wtedy jechać w miasto, wszędzie, szukać ciebie. Ale ja za dużo wypiłem. Zadzwoniłem do syna, przyjechał, zabrał nas do domu, odstawił wóz do garażu. – A kto mnie znalazł i tu przywiózł? Borys? Fiedka w milczeniu zrobił otwierający ruch białym pionem. – *Kto otwietit mnie, czto sud'boj dano* – zanucił. – *Pust' ob etom znat' nie sużdieno, możet byt' / za porogom roztraczienych liet, ja najdu etot gorod, kotorowo niet...* – A pies nazywał się Argos. – Może – mruknął Fiedka. – Borys miał psa, niemieckiego owczarka. – Ale to dawno. Jeszcze Sońki nie znał. Potem spytał się Arnold o ostrą strzelaninę, co się w Odessie stało. I usłyszał ten sam refrenik. *...ob etom znat' nie sużdieno.*

Borys dzwonił, pytał się o zdrowie. Po paru dniach już nie było kłopotów z chodzeniem. Bolało trochę. Po południu, o wczesnym zmierzchu przyszła Sońka. Postawiła na łóżku Kory wypchaną torbę. Chodziła na Priwoz, na bazar ogromny za stacją, kupiła dla Arnolda. I wyciągnęła marynarkę dwurzędową czarną ze złotymi guzikami, jak kapitańska. I wyciągnęła dalej z torby płaszcz wełniany w jodełkę szarobury z kołnierzem z bobrowego futra, prawie nowy. Przymierzaj, zdrowy jesteś, to jak pójdziesz na miasto? Pasowało, w marynarce rękawy za długie, ale babka Smytnowa złapała i pobiegła do sąsiadki, co szyje. Była jeszcze w torbie czarna amerykańska czapka z dzianiny z napisem Georgetown University. Komplet wyjściowy po prostu. Ubrały go, obejrzały ze wszystkich stron, jak konia na sprzedaż. I chodź, Arnold, fryzjer czeka, bo zarosłeś jak Kałmuk.

Babka podała mu buty wypucowane na błysk, pocerowane skarpety. I chodź, fryzjer. Sońka złapała go za rękę i przypomniało się Arnoldowi, jak Fiedka mówił: „Ona ma rączkę, Sońka". Miała drobną, ale mocną. Chodziła szybko. Na mieście zaciągnął się zapachem morza, wiatrem. Ciemność uliczki była przyjazna, poszli w stronę świateł. Zostawiła go u fryzjera na Prieobrażenskiej, w dobrym zakładzie, lustra do sufitu, mosiężne poręcze i klamki wyczyszczone jak na okręcie, francuskie piosenki z głośników. Powiedziała, że zapłacone. Wyszła po swojemu, rąbiąc drzwiami, wróciła z wiadomością, że Borys kupił bilet powrotny do Polski, na pojutrze. A jutro spacer pożegnalny i adieu. I znowu – łup! Kto ją takiego zamykania drzwi uczył?

Patrzał na siebie w lustrze parą zmęczonych, podkrążonych oczu AA i ośmioma złotymi guzikami, z gwiazdą, kotwicą, sierpem i młotem każdy. Inny przyjechał, inny odjeżdża. Półtora roku suchego alkoholika zmarnowane, umoczył. On i nie on. Obce to wszystko, wredne trochę, niepewne, ale czy mu się chce odjeżdżać? To nie jest jego miejsce, ale czy jest jakieś jego miejsce? Jasio. Pewnie się Jasiowi spodobają guziki. Miał mu kupić prezent, gościniec z podróży. A za co? Przepite do podszewki w kieszeni.

Następnego dnia Sońka przyszła przed południem, elegancka. Pąsowy żakiet, dżinsy z haftem, ona też zaliczyła fryzjera, bo miała w czarnych włosach czerwone i żółte pasemka. Babka znowu – idźcie kochani na plażę, może Korę spotkacie.

– Jasne, że na plażę. Ma być słońce.

Wiatr gonił po niebie granatowe obłoki, ale raz po raz odsłaniało się okno z czarnomorskim szafirem, może będzie słońce.

Poszli na plażę przejściem na skróty, mostkiem nad bulwarami. W połowie mostku Sońka Laforż zatrzymała się. Dołem, na północ, na południe auta – jedne łomotały żelastwem, inne błyszczące i śmigłe wyprzedzały we wrzasku klaksonów. Sońka pogrzebała w czerwonej lakierowanej torebce. Wyjęła małą mosiężną kłódkę i wręczyła Arnoldowi. Masz, zapnij. Dopiero teraz zauważył, że na żelaznych tralkach podtrzymujących poręcze mostku zapięte są kłódki i kłódeczki, setki, setki. Może i tona metalu. Na niektórych jakieś napisy. Zapnij, to na szczęście. Wiatr burzył jej włosy, migotały pasemka. Spojrzał jej w oczy, wziął kłódkę i zatrzasnął. Kora, na tamtym zdjęciu, miała oczy po matce. Takie same. Sonia zdjęła z szyi wzorzystą apaszkę i zawiązała na głowie. A twoja czapka? Wyjął z kieszeni Georgetown University i nasunął na uszy. Poszli w dół schodami na plażę, w coraz mocniejszy szum jesiennych fal. Plażę zalewało, piana, burzyny, burozielona woda unosiła śmiecie. Szczury zmykały w zarośla. Trzeba było iść chodniczkiem z pokruszonych płyt betonowych. Sońka niespodziewanie zaczęła mówić po rosyjsku, opowiadała coś o Sarajewie, o śmierci starszej córeczki. Wiatr porywał słowa. Powiedziała, że boi się czystek etnicznych, że ta strzelanina niedawno to była prowokacja Tatarów z Krymu, ale może przyjść gorsze. Niedługo Ukraina ma odzyskać bazę morską w Sewastopolu, kontrakt się kończy. A Rosji tylko teraz potrzebny pretekst do awantury o Odessę, Sewastopol i Krym. Mogą popchnąć braci na braci, Rosjan na Ukraińców. A najpierw Ukraińców na Rosjan, żeby było, czyja wina. Czystki etniczne mogą być tu, a nic gorszego. Widziała z bliska. Serbskie, muslimskie, chorwackie. Nasłuchała się płaczu, sama opłakała. Nic gorszego. Lepiej uciekać, jak się zacznie, bo nie kończy się nigdy. Ruska flota to zardzewiałe wraki, ale czarnomorska legenda, czarnomorska sława. A krew to smar, polityka po nim lepiej jedzie. I Boże uchowaj, to się może tu zdarzyć, w tym spokojnym mieście.

Nic nie odpowiadał. Był w trupa pijany. Wtedy, kiedy te strzelaniny się zdarzyły, nic nie wie.

Zobaczył nagle, że schodzi z chodnika, brnie przez piach ku wodzie. Jakby przez Morze Czarne chciała uciekać ze spokojnej Odessy.

– Sońka, gdzie ty! – zawołał za nią.

Odwróciła się, miała twarz zalaną łzami, a śmiała się. Podszedł. Pokazała mały złoty kluczyk na dłoni, od kłódki. Rzuciła w morze. Fala zalała ich wyżej kolan, nie tak lodowata, jak się spodziewał. Sońka wyciągnęła do niego rękę.

– Teraz ty, na szczęście!

Wziął drugi kluczyk i rzucił w morze. Wrócili w milczeniu na chodnik, ale niedługo było tego milczenia, bo za kępą tureckiego bzu ktoś na nich czekał. Powiało stamtąd drzewnym dymem, zapachem grillowanego mięsa.

Tam był stół pingpongowy z betonu, na żelaznych nogach. Do połowy zawalony, zgruchotany, ale na drugiej połowie poczęstunek. Butelki soku, chleb czarny, chleb biały, kawior, pomidory, mięso. Wyszedł im na spotkanie wysoki młody człowiek w białej gumowanej kurtce z kapturem, w ciemnych okularach. Śniady, z czarnymi dredami, z nosem jak siekierka. Aparat fotograficzny dyndał mu na piersiach. Błysnął białymi krzywymi zębami.

– Chciałem samowarczyk przynieść, ale ręki brakło. Zapraszam!

Fotograf przedstawił się jako Hrehory Blocher. Jedli na stojaka, z apetytem nadmorskim. Jak na zamówienie słońce wyszło zza chmur, więc Blocher, fotograf prasowy gazety „Moriak", trzaskał pożegnalne zdjęcia. W czapce proszę, bez czapki proszę, uśmiechnijcie się do siebie, kochani. A potem poprosił Arnolda, żeby zdjął płaszcz i znowu robił zdjęcia nie przy stole, a przy grillu. Sońka też zdjęła żakiet do kolejnych zdjęć i została w czarnym swetrze z dekoltem.

Potem pomogli fotografowi zebrać zastawę i odnieść do zaparkowanej wyżej, na wysypisku gruzu, zardzewiałej terenówki niwy. Na odchodnym Sońka dała Hrehoremu jakieś pieniądze. Koniec zdjęć, słońce się schowało, powiało chłodniej. Ale oni poszli dalej nad plażą, w huku fal, ku południowi. Tam zawsze czyściejsza i woda, i piachy. Milczeli, idąc obok siebie.

– Jak najdalej – odezwała się Sońka, teraz znowu po polsku.

– Co jak najdalej?

– Jakby się tu zaczęło, Boże zbaw. Uciekałabym jak najdalej. Do Lizbony nawet.

– Przed sobą samym człowiek nie ucieknie – westchnął Arnold i znowu zaczął opowiadać o Jasiu, o Anonimowych Alkoholikach, jakie mają dwanaście kroków i jakich dwunastu tradycji próbują się trzymać w Siedlcach i na całym świecie. Półtora roku był suchy.

– Możesz się nie przyznać, że w Odessie zapiłeś.

– Siebie samego nie oszukam. Niepotrzebnie tu jechałem.

– Po mojemu, potrzebnie. Na przykład, kłódka na szczęście.

– Niech będzie twoje szczęście. Niech ci się Kora znajdzie – powiedział Arnold.

I jak na komendę obejrzeli się oboje za siebie. Tak, jakby się spodziewali, że Kora idzie za nimi plażą. Widok był daleki, hen za „Arkadię", ale pusty. Mgła, kurzawa kropel. Nawet bezpańskie psy poszły w miasto. Wiatr porywał pianę z bałwanów przyboju i sypał na nich coraz mocniej. Słońce nisko. Przy pierwszych schodach poszli w górę, do tramwaju.

Bilet był, bilet jak trzeba. Do Lwowa koleją, ekspres z plackartami, wygodnie, przesiadka o czwartej rano, tylko trzy godziny czekania w Kijowie. Ze Lwowa autobus do Przemyśla, dalej, jak chcesz. Na Lublin chyba?

– Tak, na Lublin – potwierdził Arnold Sitarz. Wstyd mu się było przyznać, że nie wie, jak do Lublina, do Siedlec dojedzie. Za co, bo ani grosza. Siedzieli z Borysem przy herbacie u babki Smytnowej, pod różowym kloszem, przy tej ostatniej szklance przed wyjazdem. Klakson z dziedzińca, Fiedka podjechał furgonetą.

– Odprowadzę cię – powiedział Borys. – Z matką się pożegnaj, pokochała cię.

Ucałowała go mocno.

– Na Borię nie gniewaj się – poprosiła. – To dobry człowiek i dla ciebie zawsze chciał dobrze. Wracaj szybko, Arnold. W maju przyjedź, w maju Odessa jak panna młoda, najpiękniejsza.

W busiku Fiedka nie śpiewał o mieście, którego nie ma, puścił kompakt z odeskimi Cyganami, tłumaczył, dlaczego ich pieśni najpiękniejsze z cygańskich pieśni świata. Od niego też na pożegnanie usłyszał – wracaj w maju. Pod kwitnącymi drzewami zagramy partyjkę, w maślanym majowym powietrzu.

Borys poszedł z Arnoldem aż do pociągu, siadł naprzeciwko w pustym jeszcze przedziale, pomiędzy kolanami postawił dwie plastikowe torby.

– Szkoda, że z tymi pieniędzmi tak wyszło – westchnął. – Głodny od nas nie pojedziesz, Arnoldzie Pawłowiczu. Tu masz coś do przekąszenia na drogę. Konduktor herbatę poda, to załatwiłem, żeby o ciebie dbał. Chleb jest, owoce, pomidory, puszki z rybkami. A tu dwie butelki. Perecowka dla diadi, dla Igora Iwanowicza w Mielniku. Trzymaj się, nie wypij, daj zamkniętą, jak jest. W drugiej napój mango z pomarańczą, weź do autobusu, bo czasem przetrzymają na granicy. A tu masz coś na początek.

Borys sięgnął do kieszeni skórzanej kamizeli i wyciągnął banknoty. Jest tysiąc euro jako zaliczka. Bo myślę, że Sońka będzie chciała polskie obywatelstwo. Jak już załatwicie papiery, dojdzie ci – po ślubie znaczy – dziewięć tysięcy, żeby było na okrągło dziesięć. Życzę szczęścia i zdjęcia się przydadzą.

Borys sięgnął do kieszeni płaszcza i wyciągnął żółtą kopertę z nadrukami gazety „Moriak". Ładnie wyszły zdjęcia z plaży – część była wyraźnie jesiennych, a te przy grillu – jak letnie. Na odwrocie pieczątka po angielsku, po ukraińsku, po rosyjsku, że zdjęcia robił Hrehory Blocher i są wszystkie prawa autorskie.

Borys przytknął w zdjęcie Sońki w czarnym swetrze z dekoltem.

– Luksus kobieta – powiedział z zadumą. – Gwiazda.

– To znaczy, za fikcyjny ślub? – spytał Arnold i przeliczył pieniądze.

– Ja nie wchodzę, co pomiędzy wami – odpowiedział Borys. – Tyle że teraz bardzo sprawdzają. Bo jest Schengen i idzie się na całą Europę, prawda? Dlatego zdjęcia się przydadzą. Pytają – jak się poznali – są zdjęcia. Przyjechał do Odessy, poznał w „Itace" na dansingu, zakochał się na plaży, kłódkę na moście zakochanych zapięli – oto historia. Trzeba się przygotować, bo sprawdzają. Nie martw się, Arnold. Umówicie się z Sońką, co gadać kontrolerom. Ona ma życiową głowę. Życiowa jest, nie pożałujesz.

Arnold zamyślił się o swojej samotności, o Jasiu, o tym, co trzeba będzie powiedzieć braciom anonimowym na mityngu w Siedlcach. Trzymał pieniądze w ręku. Borys Smytnow przyglądał mu się czujnie.

– Jak nie pasuje, pieniądze możesz zwrócić – powiedział spokojnie. – Odwieziesz do Igora Iwanowicza. Do Mielnika na Bugu. To przecież wujek mojej mamy.

Borys się podniósł. Arnold schował pieniądze do wewnętrznej kieszeni w czarnej kapitańskiej marynarce i też wstał.

Objęli się na pożegnanie i pocałowali po ukraińsku – w usta.

Borys sięgnął jeszcze raz do kieszeni.

– To też twoje.

Miał w ręce czarny jedwabny szalik Arnolda – szalik z pogrzebu Masi. Zgubiony na Małej Fontańskiej albo na Piereułku, czy gdzie tam.

Arnold nie wyciągnął ręki po szalik.

– Zatrzymaj na pamiątkę – powiedział. – Dosyć żałoby.

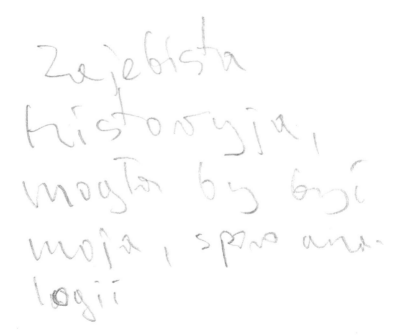

POCZTA, ROZDROŻA, PORTY DALEKIE

TEOLOGOWIE NADWORNI

– Znał pan mojego ojca? – spytał Wawro. I zaraz się poprawił: – Zna pan?

– My dwaj na osiedlu mamy stare skody faworytki, jego jeszcze rok od mojej starsza. To jak mogliśmy się nie znać?

Tak się zaczyna ta opowieść. Jest prawdziwa. To znaczy, naprawdę przeze mnie wymyślona i spisana. Jej początek powinien być pogodniejszy może. Święta Wawry też miały być takie. Jechał na prawdziwą wigilię, jechał jak co roku do dziadków, jak co roku miał się tam spotkać z matką i przyrodnim bratem Kamilem. Tym razem to miały być nawet wyjątkowe święta, bo przyrodni brat miał przedstawić całej rodzinie swoją narzeczoną. Czyli dziewczynę. Dziewczynę, z którą Kamil mieszkał w Krośnie już pół roku.

Wawro zamiast pod choinkę do babci i dziadka trafił do innego mieszkania. Tu też była choinka, ładna i duża. Nie stała jednak w godowym przybraniu bombek, lampek i pierników, nie ukrywała pod skrzydłami gałęzi pakuneczków z prezentami. Leżała ukosem na zaśmieconej podłodze w przestronnej kuchni, obok niej reklamówka.

Sąsiad, ten co miał skodę faworytkę, podniósł reklamówkę i wyłożył jej zawartość na stół. Była tam paczka śledzi, puszka z rybkami, biały ser, trzy parówki, chleb i pączek. I jeszcze mała płaska butelka wódki żołądkowej.

– Całe święta – powiedział sąsiad. – To się pan pożywi w razie czego. Znaliśmy się, ale nawet nie wiedziałem, że pan Adam ma syna. Dorosłego syna. Pan pracuje?

Wawro spojrzał na sąsiada. Pomyślał: Sąsiad mojego ojca. Przyjaciel od majstrowania samochodziarskiego. Nie tyle stary, co postarzały, zniszczony. Gęba smutnego klowna, z nochalem jak trzonek, z opadającymi brwiami nad wyblakłymi szarymi oczyma. W porządnym ubraniu kupionym w sklepie z używaną odzieżą. Żółta wiatrówka z mnóstwem kieszeni, czarne workowate sztruksy, bejsbolówka z herbem nad czołem. I pyta o pracę.

– Na zlecenia na razie, w wydawnictwie – odpowiedział. – Bo ja jeszcze dyplom… Ale to nieważne.

Sąsiad powiedział, że dyplom jest ważny. W tej chwili wykształcenie się liczy i języki. A jeśli chodzi o spanie, to chyba w pokoju. Pewnie otwarte. Otworzył i cofnął się zaraz, jakby zobaczył trupa.

– Pan popatrzy – powiedział. – O tym to ja nie wiedziałem. Jak przysiadłem na herbatę, zawsze w kuchni. A chyba Adama znam, od nowości w tym bloku… a tu takie… Takie buty!

Nie były to żadne buty, tylko choinki z minionych lat, stłoczone, ale i tak prawie cały pokój był nimi zastawiony. Dwadzieścia? Co najmniej. Jedna, najstarsza pewnie, sięgająca piszczelem wierzchołka do sufitu, obwieszona na gołych gałązkach anielskimi włosami, gwiazdami. Pod nią tekturkowa szopka z dachem załamanym pod ciężarem siwego od kurzu igliwia. Obok inne, wszystkie duże, w plastikowych wiaderkach wypełnionych piaskiem, w żeliwnych albo drewnianych stojakach. Już nie tak bardzo ustrojone. Zapajęczynione. Na paru były jakieś kłaczki waty opatrunkowej, na jednej tekstylny anioł z dzwonkiem w rękach i napisem na skrzydłach *Gloria in excelsis Deo*. Świerki gołe, osypane do cna, stojące na dywanie igieł, na jodełkach sporo zostało igliwia zrudziałego, matowego.

– No to ja klucze tu, na stole. I chyba ma pan wszystko – odezwał się sąsiad. Spłoszyły go te suche choiny. – Trzeba iść, coś tam żonce pomogę. No, wesołych, tak mówię. W miarę możności wesołych.

To był dobry człowiek ten sąsiad, na pewno.

– Do szpitala to sprzed apteki jedzie siódemka – dodał w drzwiach. – Ale jak doktórka mówiła, to dziś już tam pan nic nie zwojuje. Ojom to ojom, najlepsza opieka. Żyje pan Adam, znaczy się, pożyje.

Poszedł. Wawro spotkał go wcześniej w szpitalu, gdzie zdyszany przybiegł z dworca autobusowego z upartym „ojciec umiera, pewnie umarł" tłukącym się w głowie. Telefon komórkowy to wielki wynalazek, ale każdy, kto go używa, kiedyś go przeklnie. Albo już przeklął, jak Wawro, który w pociągu obudził się z drzemki, wyjął plumkający telefon z kieszeni bluzy i usłyszał głos matki, usłyszał, aby jechał do Biecza, do ojca. Wysiadł więc w małym mieście, w którym był przedtem tylko raz w życiu, na gimnazjalnych zawodach gimnastycznych, wprosił się do świątecznie przepełnionego autobusu i wylądował w drugim małym mieście. Tu nigdy nie był, ale nazwa od dziecka znana. Jak hasło wrogiego plemienia. Biecz się rymował z mieczem. A miał w sobie bicz.

Teraz był w obcym mieszkaniu. U ojca, którego prawie nie znał. Ojciec żył. Czy też żył jeszcze. Udar mózgu, paraliż. To była tylko jego nowa nieobecność, tak różna od nieobecności kilkunastu minionych lat. No i te „takie buty", które wystraszyły sąsiada, bliskiego przecież znajomego. Choinki stojące lasem, a raczej tłumem, bo miały tę osobowość, jaką daje miniona świetność i późniejsze porzucenie. Stał ten tłum i demonstrował w milczeniu, opowiadał coś niepojętego o nieobecnym, o latach jego życia w tym nijakim, biednym mieszkaniu. Teraz, razem ze swoją racją bytu, racją odrzucenia i ucieczki, leżał nieprzytomny ojciec w szpitalu na intensywnej terapii. Leżał z niezałatwionym do końca problemem wpłat ubezpieczeniowych. Powinny być gdzieś w dokumentach, w tym mieszkaniu, właściwe kwity.

Wawro nie wchodził do pokoju nawiedzonego przez tłum zeschłych drzew. Po wyjściu sąsiada wysunął szufladę w stole, na którym tamten położył zakupy. Tu było trochę starych narzędzi, słoik z towotem, okucia, korki, sznurki, kable i wtyczki-pstryczki. Żadnych papierów. Nic.

Stanął znowu w drzwiach pokoju martwych choinek.

A jak to było kiedyś w domu? Choinka stała dłużej lub krócej, narzekano, że się sypie i zmiatano igły. Pewnego dnia, parę tygodni po świętach, wracali z Kamilem ze szkoły i już nie było choinki, tylko zamieciona podłoga, fotel na dawnym miejscu, świeże firanki. Nigdy nie było o tym odejściu rozmowy – tak samo jak o odejściu matki od ojca. To ze słów sąsiadów uchwyconych przypadkiem na schodach dotarło do Wawry, że matka już kiedyś wyrzuciła ojca ze względu na jakąś kobietę. Raz, ze strony babci, padło imię Swietłana. Nie rozmawiał o tym ani z matką, ani z ciotką. Nigdy. Kamil rzucił kiedyś coś ostrego o tej kobiecie, a Wawro zaraz wyobraził sobie kogoś podłego i nieprzyzwoicie pięknego, jak pisma pornograficzne. Odkąd ojciec i matka rozstali się, nie bywało już choinki w domu – jeździli odtąd na święta do dziadków, rodziców mamy.

O ojcu powiedział dziadek Sylwek: – Zrobił wielki błąd, ale krzywdę ma większą. Dla mnie był jak syn, i żal człowieka, zrobił taki błąd czy nie. Życie wystawiło mu rachunek. Czy to można w ogóle mówić, że ojciec Wawry popełnił błąd i ma za ten błąd płacić? Kto ma rzucić pierwszy kamień? Odeszła od niego cudza żona. Kobieta, którą zdobył niby na całe życie, wróciła do swojego pierwszego. Zabrała obydwu synów, nie tylko swojego Wawrę, ale Kamila też. A on już niczyj, wdowiec, i teraz do tego rozwiedziony, wyjechał, znalazł to inne miasto, zdobył mieszkanie. Po jakimś czasie dowiedzieli się, że kupił samochód. Wieści zawsze jakoś okrężną drogą docierały. Tylko teraz wprost – szpital zadzwonił do byłej żony.

Wawro spojrzał jeszcze raz na te stare choinki i poczuł, pomyślał, że to ojciec sam siebie ukarał. To nie jest nic miłego mieszkać z martwymi, nawet jeśli tekstylny anioł latami głosi chwałę Bogu na wysokościach.

Trzeba znaleźć kwity – jakieś zaświadczenia z pracy albo dokumenty o rencie, bo przecież nic nie wiedział, jak wyglądało to życie. Prawie sześćdziesiąt lat, magister chemii, wdowiec i rozwiedziony – tak mało wie syn o ojcu.

W pokoju z choinkami niewiele mogło się zmieścić. Tapczanik wbudowany w regał z książkami, pasiaste spodnie od piżamy wystawiły nogawki spod skłębionej kołdry. Pod drugą ścianą – stolik z komputerem. Ani śladu obecności jakiejś kobiety – tylko zdjęcie. Nie, to nie żadna Swietłana, to matka Kamila, pierwsza żona, tyle że młoda. Młodo zmarła. Znał jej zdjęcia z albumu Kamila.

Komputer wpuścił Wawrę w swoje wnętrze bez odgradzania się kodem dostępu. I zaraz było wiadomo – zatrudnia ojca hurtownia chemiczno-drogeryjna, sprzedająca też zioła i sprzęt rehabilitacyjny. Komputer jest warsztatem pracy – zbiera tu zamówienia, klasyfikuje, przygotowuje terminy dostaw i warunki zapłaty. Jest adres firmy, jest telefon, adres internetowy. Nie będzie kłopotów z zaświadczeniem o wpłacie ubezpieczeń, a jeśli umrze...

Jeśli umrze to umrze. Wawro wyjął telefon, wystukał numer do dziadków, zawiadomił matkę co i jak.

– Chyba wyjdzie z tego. Taki paraliż się cofa.

– Lekarz ci mówił, że wyjdzie?

– Nie, sąsiad. Ojciec sam tu mieszka. Zostanę na razie, jeszcze zadzwonię.

Trzeba by teraz coś zjeść. Trzeba choćby masło i parówki włożyć do lodówki. Trzeba. Ale nie wstawał od komputera, jeździł po plikach poczty przychodzącej. Były tu jeszcze takie, które nie dotyczyły chemikaliów, perfum, ziół do grilla. Troje stałych korespondentów. Kobieta podpisująca się Maja przysyłała jakieś teksty – można ich będzie poszukać w plikach pamięci – i pozdrowienia. Dwoje pozostałych korespondentów spierało się z ojcem o dziwne sprawy. Jeden podpisywał się R.Jerzy i pisał o wierze: *A co byś rzekł o wierze, bo ja tu czytam, że wszelkie tak zwane religie to pewne zbiory fantazmatów oraz teatralnych rytuałów? Bo Rzeczywistość Ostateczna ukrywa się przed nami tak skutecznie, że właściwie nie istnieje.*

Co się tyczy spraw ziemskich – znalazłem ostatnio statystykę, z której wynika, że 85 procent Polaków nie ufa swoim bliźnim. A na przykład u Duńczyków jest odwrotnie: wśród nich ponad 80 procent ufa właśnie rodakom. Jak myślisz, Ad, kto jest winien, że pogrzebana została idea solidaryzmu lat 80? Czy Kościół, z jego triumfalizmem i skłonnością do podziału łupów, nie jest tu również winny?

Korespondująca kobieta, Jaga, dostawała te same e-maile, dyskutowali w trójkącie. Ona pisała: *Nie rozumiem, jaki „podział łupów" tak kłuje Jerzego. Z kim się Kościół dzieli i czym? To, że jest winny, to jestem pewna. Herod miał* z pewnością swoich teologów nadwornych i oni przemawiali w mediach, że dzieci z Betlejem są jak zarażone wirusem ptasiej grypy kaczki z Mołdawii. Myśli nie zatrzymasz... Ale męczy mnie ten pogląd, że myślą można zgrzeszyć, że są złe myśli. Przecież to pogląd totalitarny, myślenie ma sens tylko wtedy, gdy może hulać jak wiatr nad oceanem.

Ojciec najwidoczniej coś tym dwojgu odpowiedział, bo R.Jerzy replikował:

Piszesz o „przemiłym Żydzie", teraz dzięki niemu obroty wszystkich supermarketów rosną, więc niech go błogosławią dyrektorzy, ja nie mam za co. Proroków było wielu, Norwid taki też przeżył mękę, a bliższy mi. Nie, nie jestem rasistą. Jaga ma rację, myśl musi mieć wolność maksymalną, więc jakim prawem ty mi piszesz, kto ma być moim światłem? Niesłusznie jej przyłożyłeś, że hulające nad oceanem wichry dochodzą do lądu jako huragany i szerzą zniszczenie, są przeklinane. Przecież to była tylko metafora literacka.

I znów Jaga: *Czepiasz się słów, Ad, co cię napadło. Gdybym ja uznała „przemiłego Żyda", musiałabym uznać, że to on niesprawiedliwie skazał mnie na śmierć (a nie ja jego, jak wynika z doktryny), i to on nałożył na mnie dożywocie poczucia winy. Moja wolność jest moja, nie chcę być za nią nikomu wdzięczna. Moja myśl jest moja, nikt nie ma prawa stawiać jej barier. Niech pędzi nad oceanem, nawet jeśli ma rozpieprzyć Karaiby czy jakie Hawaje. Dlaczego tak mnie nieskończenie wkurzają te infantylne święta? A swoją drogą, gdzie to znalazłeś: „Gdzie kończy się myśl, zaczyna się defilada"? Niech myśl nigdy się nie kończy. Biorę to sobie pod choinkę, jak już wszyscy mamy być pastuszkami w komżach.*

PS Pisałeś do R.Jerzego, że niepotrzebnie się złości milczeniem Odległego Boga, bo ma siąść i otworzyć listy, jakie do R.Jerzego Nieznana Siła napisała, to znaczy np. czytać psalmy czy ewangelie. No więc ja mu to odradzam. Po pierwsze, myśl

w ogóle zamiera, gdy ją sprowadzić do słów. Po drugie, im star-
sze pisma, tym większa pewność, że fałszowane, a ja czuję fałsz
w każdej czytanej literze, w każdej książce, w każdej gazecie.
Pisane słowa jak wypchane ptaki, nie polecą.

Wawro zamyślił się. Zaczął pisać list do R.Jerzego i do
Jagi i z rozpędu napisał za dużo, nie tylko to, że jest synem Ada i przeprasza za wdarcie się w korespondencję,
bo trzeba przecież zawiadomić o ciężkiej chorobie.

Napisał też o odejściu ojca z ich domu, o świętach
u dziadków potem i o tym tłumie szkieletów iglastych,
jaki zastał w sypialni ojca. Czy oni o tym wiedzieli? Czy to
pojmują? Zatrzymał się, nie było sensu wysyłać tych wy-
nurzeń do ludzi, których nie znał. Czuł zarazem, że chce
ten list pisać dalej, bo podoba mu się ta myśl pani Jagi
pędząca nad oceanami jak tornado, a co do „przemiłego
Żyda z Betlejem" to ma swoje przemyślenia i wątpliwo-
ści, a dotąd nie spotkał nikogo…

W tym myśleniu zastała go śmierć. Weszła, zdjęła
maskę śmierci, a spod maski pokazała się pyzata dziewczyna. Miała kusą białą suknię, a na czarnych rajstopach
namalowane bielą gnaty i piszczele. Potrząsnęła rudą
fryzurą, podparła się kosą i zapytała, czy przyjdzie najpierw na jasełka w korytarzu przy suszarni, a potem na
wieczerzę do nich, bo zapomniała powiedzieć, że nazywa się Samanta Rudnik i tata tu otworzył, a potem mama
tatę opieprzyła, że tak się nie zostawia człowieka samego
w pustym mieszkaniu i w kłopocie z chorym ojcem. Na
pewno jak są święta, nie zostawia się samego.

Najdziwniejsze było, że stała naprzeciw nacierającego
lasu i nie dziwiła się wcale.

No to dziękuje bardzo i oczywiście przyjdzie. Jakoś tak
odpowiedział. Zamknął za sobą drzwi do lasu i zobaczył
wtedy dwa wiersze nalepione na nich, od strony kuchni.

Julia Hartwig. „Osierocony". *Nawet nie wyjmuje talerzy /je wprost z papieru leżącego na stole /widelcem palcami jak popadnie / byle prędzej / Brzydziłby się swego niechlujstwa / gdyby nie było mu to tak obojętne / gdyby wciąż jeszcze była przy nim / Zagadywała do niego brzękając łyżkami / życie przelewało się przez pokój jak rodzinna rzeka / Przed nim migający obraz telewizora / w który nie patrzy / obok gazeta której nie czyta / Musi się znaleźć jakiś sposób.*

Ten wiersz był o ojcu. Tyle że przedstawiał świat jakby mama była w grobie. A w tej chwili to prędzej odwrotnie. Drugi wiersz napisał Janusz Pasierb. „Powołanie". *pytasz czy zostałeś wezwany / jesteś prosty i jasny / tu ciemność w południe / nie wiem czy jesteś / skaleczony przez anioła / ugryziony przez węża / naznaczony / nie wiem czy zostałeś wybrany / nie widzę rany.*

Ojciec był jak ugryziony przez węża. Przez to ugryziony, co mu się zdarzyło w życiu. Śmierć jednej żony, matki Kamila. Odejście drugiej żony, matki Wawry. Poszła, bo jej pierwszy mąż ogłosił, że umiera na tumor w czaszce. Jeszcze pożył lata i lata ten jej pierwszy, artysta-śpiewak, ojczym dla chłopaków. Poszła z nim, a ojcu przypadły lata samotności znaczone trupiarnią choinek. Teraz choroba. Trudno powiedzieć, żeby był wybrany, bo szpital pełen jest takich wybranych. Chyba że te drzewa pozostawione, to jakaś psychiczna rana.

Miał już iść schodami do suszarni, na jasełka, kiedy pomyślał, że trzeba zadzwonić do matki. Że o tyle, o ile jest dobrze, bo został zaproszony na wigilię do sąsiadów, nie będzie siedział sam w pustym mieszkaniu, połamie się opłatkiem z ludźmi. A jutro pojedzie do szpitala od rana. Przy okazji zapytał mamę, jak to było. Wracali do domu ze szkoły i już nie było choinki. Jednego dnia stała, drugiego ani śladu.

– To ja zawsze zdejmowałam anioła i zabawki, wynosiłam drzewko. Twój ojciec prosił, żebym to ja zrobiła. Mówił, że on nie ma do tego serca.

Pożyczył od pana Rudnika, sąsiada, narzędzia i już w pierwszy dzień świąt, po powrocie ze szpitala, chciał się zabrać do sprzątania. To mógł zrobić dla ojca – pociąć suchelce, wynieść, pozamiatać igliwie. Przypomniał sobie jednak babcię, jej słowa – „nie burzcie święta", co znaczyło, żeby nic nie stukać, nie piłować, nie robić w święta. Chcieli kiedyś z Kamilem poprawić coś przy wiązaniach nart. Ani mowy, poczekać. Po świętym Szczepanie róbcie, święta nie burzcie. Teraz postawił tylko w pierwszym pokoju w wiadrze tę nową choinkę, ubrał złotkami i bombkami pozdejmowanymi z martwego lasu minionych lat.

Zaparzył herbaty, jadł makowce od pani Rudnikowej. U sąsiadów było przytulnie, czwórka dzieci, ruda Samanta najstarsza, rok do matury. Do wigilii siedli jeszcze z „ciotuchą", samotną krewną, którą Rudnik przywiózł i odwiózł. Ta znała do każdej kolędy nieskończoną liczbę zwrotek, więc po jasełkach, po wigilii siedzieli jeszcze długo. Dlaczego ta Samanta przyszła go zaprosić już przebrana za śmierć? Wiedziała, że jego ojciec umiera. Jest jakieś okrucieństwo w takich dziewczynach.

Po herbacie zasiadł do komputera i posłał krótkie wiadomości do trójki internetowych korespondentów. O chorobie ojca i o tym, że on, Wawro, syn Ada, przeprasza za czytanie korespondencji. Co stało się przypadkiem, ale było bardzo ciekawe.

Pierwsza odezwała się Maja.

Witaj Wawro, Ad pisał mi o Kamilu i o Tobie. Ada i matkę Kamila znałam jeszcze w ich narzeczeńskich czasach. W mojej i Ada korespondencji nie ma chyba żadnych tajemnic, czytaj.

Napisz, jak się ma chory i coś o sobie napisz. Marzy mi się, aby napisać historię mojej rodziny od wojen szwedzkich do teraz. Nie mam cierpliwości. Czasem napisałam kawałek i posłałam do Ada, ale to są strzępeczki, okruszki.

Ani R.Jerzy, ani Jaga nie odezwali się na razie. Może gdzieś świątecznie pojechali?

Siedział trochę przy ojcu, usiłował dopatrzeć się w zapadłej poszarzałej twarzy tych rysów, jakie zapamiętał jako sześciolatek. Szukał tego ojca, którego znał z nielicznych zdjęć. Myślał, że to on sam, Wawro, podobny jest teraz do tamtych starych zdjęć, a ojciec nie jest podobny do siebie, bardziej do sąsiada Rudnika. Gdyby nie to, że stanowił taki psujący wszystkie plany kłopot, byłby nawet sympatyczny, ten pogrążony w nicości komy starszy siwy pan o regularnych rysach. Tyle lat posyłał punktualnie pieniądze na Wawrę i na Kamila. A nie miał dużo, to widać.

Padał śnieg.

Dzieci z podwórka lepiły bałwany, ustawiały je wzdłuż rzędu krytych papą komórek z poczerniałych desek. Rozpoznał młodsze rodzeństwo Samanty – co za pretensjonalne imię. Z serialu pewnie. Z gromady dzieci wybiegł dziesięciolatek w starym brezentowym hełmie czołgisty. Złapał Wawrę za rękaw.

– Pokażę panu, gdzie nasz garaż, a gdzie pana Adama! O tu!

Skoczył parę susów dalej i zadudnił pięściami w malowane wiśniowo blaszane wrota. – I tu! Ma pan prawo jazdy?

Rudnika spotkał na schodach, spytał go, co z drewnem z choinek. Sąsiad Rudnik chciał. Przydałyby się żerdki na działkę. Będą żerdki, wystawi na klatkę, a drobne gałązki rzuci się przy śmietnikach, zabierze kto na podpałkę. Zaraz za blokami były domki w ogrodach, tam na pewno palą w piecach.

Zrobił porządek z trupiarnią choinek. Pocięte, wyniesione. Posprzątał pokój, zaciągnął podłogę. Ojciec ma tylko mnie – powtarzał sobie, ile razy chciało mu się uciec. Więc jeszcze pranie.

Ugotował sobie obiad, najprostszy – kasza, zupa z koncentratu, zjadł z garnków, po co zmywać? Potem w pachnącym pastą mieszkaniu siadł do komputera. Dobrał się do własnej poczty, trochę spamu, zlecenie na recenzję z wydawnictwa. Było już późno, gdy otworzył pocztę ojca.

Jaga odezwała się ostro, napastliwie, wściekła za ingerencję w prywatność wymiany myśli z Adem i R.Jerzym. Pisała: *Zawsze zjawia się policjant i pakuje nos w cudze życie. Zawsze okazuje się, że system ma znudzonych agentów, którzy powiększają imperium, włamując się w mój świat. Im mniej sobie świata zostawiam, tym bezczelniej ktoś się tam pcha. I do tego oni zawsze są w porządku, mają pretekst, działają w sytuacji wyższej konieczności. Ma pan święte prawo do ojca, tak pan sądzi, panie Wawro. A gdzie pan był do tej pory, jak Ad zbierał guzy, szarpał się z życiem? Był pan po stronie sprawiedliwości, gdy prawnymi kruczkami odebrali mu obydwu synów? Panu się zdaje, że jest pan święty Alosza Karamazow. A może jest w panu Smierdiakow, pomyśl pan, panie młody.*

Oczywiście ten tekst wysłała do wiadomości R.Jerzemu, bo nie trzeba było długo czekać, aby zjawił się tekst od niego. *Panie Wawro – to od Wawrzyńca, Laurentego, prawda? Posyłam Panu to, com odpisał Jadze. Ja nie mam żalu.*

Jaga, odpuść sobie złość. Czasy są takie, że samemu się nie wie, czy jest się autorem własnych słów. Może ja piszę tekst jakiś, a może tekst mnie żyje. To znaczy tekst posługuje się mną, aby być napisany. Cała epoka musiała minąć, aby tłumy, klasy, stany rozpadły się na poszczególnych ludzi. Może teraz taka epoka idzie, w której ludzie rozpadną się na jedne chwile, następne chwile, trzecie i tysiączne? Może ja dzisiejszy zagrażam już własnej prywatności mnie wczorajszego? I sam jestem winien, żaden system. Język ma swoją składnię, ja też powinienem mieć, ale boję się, że nie mam...

Jaga, to do Ciebie, bo dążysz do tego, aby wyfruwały z Ciebie jadowite, kąsające chwile. Użądlisz jakiegoś Wawrę, po co? Nic Ci do Twojej samotności nie doda. Wściekaj się na sprawy, nie na ludziów i człowieków. Ty masz składnię, wewnętrzną i potężną, ty masz rytm i rymy, jesteś w tym opancerzona jak sonet Petrarki. Ale sensu to masz tyle, co – excusez la mot – kozi bobek wzniosłości.

Ad jest chory, a nas nie ma przy nim. Pojawił się Wawro, niech on tam będzie w naszym imieniu. To przecież według archetypicznych początków – czuwanie syna przy konającym ojcu. Ty raczej nijak nie rzucisz swoich uczniów, a ja gazety. Skąd mnie pewnie i tak na pysk, bo liczy się nie sens a zysk. Posyłam Ci smutną szatanicę z anonimowego fresku w San Rafaele di Senna. Ta Senna, gdybyś nie mogła zasnąć, się przyda.

Wawro odpisał pani Jadze grzecznie i chłodno. Do R.Jerzego zaczął pisać dłużej, o tym, czy rzeczywiście można powiedzieć tak bardzo ogólnie, że ludzie rozpadają się na chwile. Miał z jednej strony poczucie, że to racja, że się rozpadają. On sam jechał z Krakowa do matki na święta, to się urwało przez telefon, chwila i oto jest w obcym mieście, siedzi przy łóżku ojca, którego nie miał właściwie całe życie, chwila, i uczy Samantę, rudą sąsiadkę, obsługi paru programów edytorskich i graficznych, koresponduje z nieznanymi ludźmi na tematy, których nie miał nigdy w głowie. Sypią mu się chwile – czy wysypują się z niego? A z drugiej strony – ludzie są mocni, związani w sobie, konsekwentni. Jak Kamil, który od małego, od podstawówki mówił o sobie „sierota społeczna" i pokazywał, że nie chce litości, nie chce żadnych względów, nie będzie walczył w rodzinie o dodatkowe porcje jajecznicy czy dodatkowe porcje miłości. Zawsze zdążył zaopiekować się innymi, nim komu wpadło do głowy, aby zaopiekować się sierotką – Kamilem. Albo mama, która odrzuciła ojca, aby powrócić do swojego pierwszego męża. Nie kochała go już, tego pierwszego, nie przebaczyła mu zdrady, nie czekała od niego miłości, ale gdy był w potrzebie – potrafiła mu pomóc, wywalczyła lekarstwa ze Szwajcarii, z Ameryki. A potem, kiedy stał się półinwalidą, śpiewakiem, któremu z głosu został tylko ochrypły, piskliwy szept, matka go utrzymywała, nauczyła chłopaków szacunku do niego, a jego samego zmusiła, aby dla Wawry i Kamila był prawie-ojcem, opiekunem, nauczycielem języków, korepetytorem. I nawet tenże, którego w tajemnicy przed matką nazywali Barytonem, miał w swoim życiowym chaosie jakąś linię, miał pokorę pokonanego, który uznał swoją porażkę. Miał wdzięczność kundla przygarniętego z psiego azylu. Zbudował sobie – w swoim niegdyś mieszkaniu – wyspę ucieczki przy klawiaturze pianina i pewnie powiedział – teraz tyle wystarczy, nie proś o nic więcej.

Wawro chciał te wszystkie racje wyłożyć w elektronicznym liście do R.Jerzego, ale czuł, że myśli wymykają się opisowi, a zdania są tak banalne i ciężkie, że nie warto, nie warto.

Bywało – wracają ze świąt u babci, okna ciemne, a przez drzwi słychać Schuberta. Baryton otwiera, wielki, potargany, w śliwkowym szlafroku, mruży od blasku podpuchnięte oczy, pomaga mamie zdjąć palto i boty, potem prawie bez słowa wraca do pianina i ten sam Schubert, przerwany prawie w pół taktu. Jak opowiedzieć ten nastrój wierności i samotności, jak przekonać R.Jerzego, że człowiek, który kiedyś odebrał mu ojca, stawał się – no, nie bliski. Ale wielki. I ten sam, był całością, jedną osobą, nierozsypany na chwile, chociaż miał chwile tak inne. Śpiewak, miał chwile triumfu. Brawa, kwiaty. Porzucił mamę. Chwile zdrady. A potem przyjął to, że ona dla niego, niekochanego, rozwala swoje małżeństwo i idzie na ratunek. Chwile upokorzenia wtedy, strachu śmierci, wdzięczności.

Wawro poprawił zamiatanie po choinkowym zagajniku, podłogę wypucował, odnowił wannę lakierem od Rudnika. Ogolił ojca i z pomocą pielęgniarek przebrał w przyniesioną z domu piżamę. Ta szpitalna rozlatywała się w rękach. Stan ojca lekarze określali jako „na tyle stabilny, że usprawiedliwia ostrożne rokowania poprawy". Na jego miejsce na intensywnej terapii już czekali inni.

Nieoczekiwany tekst przyfrunął od Jagi.

Nie będziesz prowadzał swojego Boga na smyczy wiary. I nie myśl, że możesz nim poszczuć tych, co nie wierzą. Czuję, że jesteś jak Ad, kamiennogłowy, i żal mi ciebie, Wawro, bo jesteś młody. Pamiętaj, Bóg potrafi szarpnąć i iść swoją drogą. Nie trzeba być specjalnie muzykalnym, aby w zgiełku życia usłyszeć to „nie" Boga. Masz jeszcze szansę. Spuść ze smyczy swojego Boga, niech się zgubi. Zaryzykuj, że się nie znajdzie, że zostaniesz sam, bez wiary, pod pustym niebem.

Ja urwałam się ze smyczy sama sobie, zgubiłam się w wielkich miastach dalekiego świata, były: Paryż, Grenoble, Ołomuniec, Władykaukaz (Ordżonikidze wtedy), Jekatierinodar (Krasnodar wtedy). Krótko Nowosybirsk, kiedyś długo Odessa. W Skarżysku-Kamiennej wychodzę czasem w nocy i zaglądam w puste uliczki za szosą na Radomsko. Kogo ja tam szukam? Tego tekstu nie posyłam ani do R.Jerzego ani do Majki Egipskiej.

Egipska? Czy to może być nazwisko? – pomyślał Wawro. – Raczej ksywa.

I wtedy właśnie przyszła poczta internetowa od Majki Egipskiej. Z załącznikiem ogromnym. Wawro powiedział sobie, że w nocy zajrzy do tego tekstu, a teraz przysiądzie nad robotą z firmy. Teraz, to znaczy po kolacji u sąsiadów. Samanty nie było na kolacji. Gdzie pozwalają tak łazić po nocy licealistce?

Północ była, gdy skończył z recenzjami artykułów o pomocniczych programach graficznych do projektowania gier komputerowych. Od pięciu lat nic go te sprawy nie obchodziły, ale pozostały jedyną rzeczą, na której się znał lepiej niż inni. Ciągle jeszcze pozwalały mu zarobić parę groszy te bzdury, które coraz surowiej osądzał. Wiedział, że nawet jak już będzie miał papierek w ręku, dyplom magistra inżyniera, nieprędko znajdzie lepszy zarobek.

Zajrzał do poczty. Był list od Jagi do R.Jerzego, zwyczajowo przesłany „do wiadomości" do Majki i Ada. Jak do Ada, to i do Wawry.

Patrzę na szatanicę i rzeczywiście robię się senna. Sprawdziłam od razu w internecie, w Lombardii, w prowincji Lodi jest wymierające miasteczko Senna Lodigiana, ma już tylko dwa tysiące mieszkańców. Czy jest tam rzeczywiście kościół San Rafaele z freskami? Może kaplica? Niech będzie. W każdym razie jest pewnie rynek, kafeja w rynku. O której otwierają? Bo chciałabym któregoś marcowego dnia być tam pierwszą klientką, pić espresso i spoglądać na rynek pusty jak wymiótł.

Ale jak myślę sobie o tłumach twarzy, które musiałabym spotkać w drodze ze Skarżyska do tam… Już mi ta kawa mniej smakuje. Chyba że zawiózłbyś mnie tam w narkozie i wybudził na miejscu.

Przy okazji – świątynie diabłów i szatanic. Myślisz, że ich nie ma? Tylko tak – aby świątynię wznieść bogu, trzeba było w niego wierzyć. A ci, co budują diabłu, nie wierzą w diabła. Dosyć... ja w nic nie wierzę, i nawet wiara w internet mnie męczy.

Wiesz, patrzę na padający śnieg i rośnie we mnie pewność, że Ad wyjdzie z tego, że jak obiecał, podjedzie pod nasze drzwi i zabierze nas w te swoje Miejsca na Ziemi. To, że znalazł się jeden z jego synów, to jakiś cud. Albo znak, że różne bajania Ada mogą się stać rzeczywiste. Czytałam twój artykuł o nastoletnich matkach. Ciągle się okazuje, że nie wiem, w jakim kraju naprawdę mieszkam. Szukasz tematów, które mnie dołują.

Wawro wrócił do poczty od Majki Egipskiej. Przekaz był krótki: *Wawro, Twoje pojawienie się przy Adamie zbiło mnie z tropu. Musiałam zrobić sobie przerwę w pisaniu historii mojej rodziny. Wyciągnęłam pisane jeszcze w erze przed komputerami maszynopisy powieści o Adamie. Chciałam wklepać w pamięć komputera jak leci, ale to niemożliwe. Jak przepisuję własne, muszę zmieniać. Ile wklepałam, posyłam Ci. Ale pamiętaj – to ma być fikcja, to musi się różnić od Waszego życia. Nie przyjmuję sprostowań, reklamacji, ingerencji.*

Wawro wydrukował tekst załącznika od Majki na zacinającej się drukarce ojca, zaparzył kawę. Sześćdziesiąt trzy strony. Czytał. Był zmęczony, a powoli nad zmęczeniem zaczynała górować irytacja. Przez to zmyślanie, przekręcanie. I przez to, że obca wie – czy udaje, że wie – o ojcu więcej niż on, syn. A jednocześnie musiał bronić się przed wzruszeniem. Po co wzruszał się tym pisaniem obcej kobiety o ojcu, którego prawie nie znał?

W niedokończonej, miejscami porwanej na fragmenty, powieści Majki zatytułowanej „Stroje ślubne i żałobne" jego ojciec nazywał się Adam Basorny i miał pięćdziesiąt lat. Po chorobie nie wrócił do pracy. Jest sam w mieszkaniu umeblowanym antykami. Już wiele lat wcześniej został opuszczony przez żonę, która wróciła do poprzedniego męża. Opuścił też ojca syn-egoista, Laurent, syn robiący karierę w stolicy.

Adam zasiada przed biurkiem po ojcu-notariuszu, wyciąga z szuflad setki wizytówek. Rozsyła listy. Czy mnie jeszcze pamiętacie. Czy pamiętacie okoliczności, w jakich daliście mi swoje wizytówki, czy przechowaliście moją kartę – przypomnijcie, proszę – co tam na niej napisałem. Adam Basorny odgrzebuje kalendarze, spisy telefoniczne – adresy, osoby, zatarte terminy i tematy spotkań.

Gdy odzywają się niektórzy ze znajomych, zasypuje ich listami. Wyjaśnia swoją samotność, pyta, czy wiedzą, co z Magdą, jego byłą żoną. Żona została sama, ale czy mogłaby wrócić?

Przecież już wracała – nie do niego. Kilka lat minęło odkąd wróciła do poprzedniego męża, artysty, dekoratora wystaw, a Adama zostawiła z synem przedszkolakiem. Po wypadku samochodowym ten artysta wymagał opieki. Był sam, bo w tym samym wypadku zginęła ta, dla której artysta porzucił Magdę. Po tej młodej piękności została sierota – córeczka Dobrochna, która też wymaga opieki. A Magda zawsze chciała mieć córeczkę właśnie.

Po latach to właśnie Dobrochna chce ukarać tych dwu – Adama i jego syna – za ich twardość, za ich solidarność w potępieniu Magdy. Został Dobrochnie po pięknej matce strych-pracownia z projektami, modelami, kolekcją lalek. Czym jest ten strych, Laurent dowiaduje się pośrednio, dopiero wtedy, gdy opowie mu kolega, który tam przenocował. Laurent – powiedział – to erotyczna magia. Manekiny w ślubnych strojach, manekiny żałobne. Wydruk od Majki Egipskiej kończył się kilkoma wersjami opisu tego strychu, wyraźne próby naśladowania poetyki Brunona Schulza, faulknerowskiego mitologizowania historii rodziny.

Wawro odłożył plik kartek.

Co w tym takiego podniecającego, na tym strychu, gdzie ta magia? Zobaczyłaby taka Dobrochna ten las martwych choinek, ten kalendarz.

Pomyślał, że coś wynika z tej niedokończonej opowieści, z tego steku przekręceń, aroganckich zmyśleń i fantastycznych zbiegów okoliczności. Dlaczego zmieniła Wawrę na Laurentego, wykreśliła z rejestru żywych Kamila? Czas nie bardzo się zgadza, kiedy niby miała dorosnąć ta Dobrochna? Tak naprawdę to obydwaj z Kamilem nic nie wiedzieli, co zostało po tamtej stronie życia Barytona. Temat jego żony, czy kochanki tylko, nigdy nie był dotknięty w domowych rozmowach. Jeśli nawet pomyśleli o tym – nijak było pytać matkę, jeszcze niezręczniej jej męża, który zdradził, zafundował sobie wyskok. Żadnego wypadku samochodowego nie było. Nowotwór, przerzuty, operacje, chemia. Ale przecież wcześniej była jakaś piękna i młoda, za którą poleciał Baryton, jak w dym. I po śmierci Barytona też nie zapytali, nie szperali. Papiery poszły do pieca. Czy postacie Dobrochny i jej matki całkowicie pochodzą z fantazji pani Egipskiej? Co ją skłoniło do tego, aby parę razy precyzować opisy erotycznej magii w pracowni projektowej na strychu? A do tego jakby mimochodem wtrącone, że na tym strychu nocowała przygodnie sprzątaczka ukraińska, Swietłana z Odessy, i jej córka Rada, studentka odwiedzająca matkę.

Przecież Swietłana to ktoś, kto istniał naprawdę.

Zaparzył jeszcze jedną kawę, nie wypił. Patrzył na filiżankę i rozpoznawał ją. Cieniutka złota opaska, już wytarta. I pastelowy widoczek miasta nad zatoką. Bez spodeczka. Bo spodeczek i reszta serwisu jest u mamy. Czy ojciec ukradł tę jedną? Czy miał ją jak cierń pamięci, jak te choinki – kalendarz rozstania. Łyk kawy, gorzki. Przydałaby się raczej jakaś senna szatanka, żeby zasnąć i nie myśleć bzdur. Nie myśleć, że jest obojętny wobec ojca, chociaż coraz bardziej zależy mu na tym, aby ojciec żył i zdrowiał. Ale to nie kwestia miłości. To kwestia pytań, które można by mu zadać. A także – potrzeba bycia synem. Chyba tak, trzeba się do tego przyznać. Niech oprzytomnieje, żeby wiedzieć, że ma syna, niech odzyska mowę, aby pochwalić Wawrę za porządki, podłogę, uprasowane koszule, nowe firanki. Może jeszcze coś da się porobić przy aucie, mówił Rudnik, że jest tu solidny warsztat od blacharki i lakieru. Krzątanina podszyta niepewnością. Bo jak będzie? Kiedy – być może – weźmie się ojca ze szpitala, to ojciec i tak nie będzie mógł mieszkać sam. A po drugie, o której Samanta wróciła do domu?

Rano obudził go telefon matki. Nie pytała o zdrowie ojca. Opowiadała o dziewczynie, z którą przyjechał Kamil. Wierząca, dobre maniery i taka pozbierana, już drugi raz w tym roku zmienia posadę na lepszą. Interesowała się przepisami wigilijnymi, zapisywała w notesie, jak mak na makowce dosmaczać, jak farsz do uszek…

Wawro słuchał, słyszał też pytania, które matka przemilczała – nie tylko o ojca, także o tę drugą synową, na którą czeka, a której nie widać. Mógł odpowiedzieć, aby policzyła – Kamil starszy o cztery lata, więc spokojnie, spokojnie. Powtarzał tylko: No to cieszę się, mamuśku, no to wszystko będzie dobrze.

I słuchając coraz mniej uważnie, pomyślał o zmyślonej postaci, o fikcyjnej Dobrochnie, o jej dziwnym strychu. Spróbował jej liczyć lata. Baryton poszedł od matki do nieznanej piękności. Dopiero wtedy matkę poznał i poślubił Adam. Gdyby jakaś Dobrochna przyszła na świat – mogła być rówieśnicą Wawry. Spytał w końcu matkę, czy dziewczyna, którą przywiózł Kamil jest ładna. Jaka jest?

– Za ładna, za elegancka. Wysoka, szczupła, brunetka, duże oczy, zadarty nosek. Kamiemu trudno będzie upilnować, bo ona chce się podobać. Ach, jak bardzo chce! I umie się ubrać, ja ci to mówię.

Wawro spojrzał na stare zdjęcie na ścianie i pomyślał – taka była matka Kamila.

W mieszkaniu ojca pracowało mu się dobrze. Mało wychodził. Nie było gdzie chodzić, nie znał tego miasteczka i nie chciał znać. Tyle lat myślał o tej nazwie, że jest wrogim hasłem, zawołaniem podłego plemienia. Wyczytał w postrzępionym przewodniku po okolicy – była tu kiedyś, setki lat temu, szkoła katów.

Teraz redakcja przysyłała materiały do recenzji, a on po dwu, trzech dniach był gotów z robotą. Siedział w domu, gdy znużył się robotą przy komputerze, brał się do domowego majstrowania. W niedzielę poszedł z Rudnikową na wczesną mszę do franciszkanów na górce. Warowny klasztor, w kościele barokowy krucyfiks z koroną cierniową rozbudowaną wzwyż, jak bermyca. W poniedziałek do banku po pieniądze na blacharza. Majsterek porządnie wyszykował skodę ojca. Kolejny raz zadzwonił do Kamila, mówił o ojcu, o dziwnym utworze pani Egipskiej. Kamil poprosił, aby przysłać. I nieoczekiwanie dodał: „To jest dziewczyna życia, życzę ci, żebyś spotkał taką".

Wawro pomyślał: tylko że nie taka jest mi potrzebna – i znowu spojrzał na zdjęcie pięknej matki Kamila.

I poczta w komputerze.

Jaga do R.Jerzego.

Kiedyś dobrze określiłeś polskie nasze rodziny „małe spółdzielnie egoistów". Szukałam pracy dla jednego z moich dawnych uczniów. U nas każdy pracuje u szwagra, rozkłada ręce, roboty nie ma, czasem się co znajdzie dla kuzyna czy siostrzeńca. Ja też w końcu. Znalazłam coś, ale aż w Nowym Targu. Wra-

95

całam przez Zakopane, bo ciągnie na szlaki szalonej młodości. I tam w małej prywatnej galerii na Witkiewicza trafiłam na wystawę. Jakieś grafiki, nie znam się za bardzo. Subtelne. A mimo to tam znowu poczułam, że przeszłość już zaczyniła czar. Graficzka czy malarka nazywała się Sophie Kumpera. I w katalogu jej zakopiańskiej wystawy trafiłam na taki fragment autobiograficzny: „Porto było dla mnie «ogrodem dzieciństwa», gdzie dorastałam i chodziłam do szkoły. Pamiętam targ i żelazny most Eiffla, tego samego, który dał Paryżowi wieżę sławną. Wiosną przeprowadziliśmy się do domu z dużym ogrodem, pełnym kwitnących rododendronów i kamelii, które tworzyły szpaler z dwu stron, oddzielających ogród od sąsiednich domów. Ogród był podzielony na cztery części. Od frontu rabaty w różnych konstelacjach owalnych i wielka palma. Przy tarasie rosły krzewy i drzewa owocowe, a dalej łąka z wysoką trawą i kwiatami polnymi. Ów dom uzmysłowił mi, że można żyć w symbiozie z przyrodą. Mieszkałam w przestronnym pokoju na poddaszu. Wieczorami wsłuchiwałam się w szum morza. Kilka lat później z mamą i siostrą wróciłam do Portugalii, tym razem do Lizbony…”.

Próbowałam policzyć lata. I wypadało na to, że zapewne tej samej wiosny – bodajże 1971 roku – i ja, z mamą i małą Swietłaną, przeprowadziliśmy się w Odessie, do mojego „ogrodu dzieciństwa”, na Tormożną, przy plaży Lanżeron. I dalej wszystko się zgadza, zajęłyśmy pokój na poddaszu nazywany „wieżą”. Były rododendrony, palma, klomby, szum morza. Nawet łąka, choć trzeba było iść kawałek na skarpę, pod górę. Były jeszcze psy – Bosman i Nera. A kilka lat później już nie było mamy, z Odessy wywiózł nas stróż Nazar, a jak ja trafiłam do sanatorium, zgubiła się Swietłana, była gdzieś w sierocińcu. Zabrana do prijutu – tak mi powiedzieli.

– Znowu ta – zdziwił się Wawro. – To znaczy wspólne

ogniwo. Ta z Odessy ich łączy. Swietłana, młodsza siostra Jagi. Matka wypominała ojcu jakiś romans ze Swietłaną. A Majka Egipska pakuje ją do swojej powieści, dodaje jej córkę. Od ojca o niej słyszała? Co słyszała?

Następnego dnia ojciec poznał go. To było widać po oczach, zrobiły się przytomne. Nie mógł nic powiedzieć, ale chciał.

– To ja, Wawro, tato, poznajesz mnie? Zamknij oczy, jeśli poznajesz.

Ojciec zamknął oczy. Zacisnął powieki, mocno. A potem zaczął oddychać spokojnie i wolno. Zasnął.

Napisał o tym zdarzeniu do wszystkich trojga. Coś o nadziei, bo sam nie wiedział, co czuje. Co się powinno czuć w takich razach.

Pierwszy odezwał się R.Jerzy.

Myślałem o tym, co się Panu przydarza, Wawro. Nie jestem nazbyt uczuciowy, staram się zresztą, aby nie rządziło mną coś, co nie jest racjonalne. Ale teraz muszę Panu podziękować, że jest Pan tam. I Pana poprosić, niech Pan jeszcze wytrzyma, niech Pan będzie dobry dla Ada. Za mnie. Wie Pan, nigdy nie byłem w Bieczu. Od czasu jak Ad mnie znalazł, trzymam się jak na łańcuchu, aby tam nie jechać. Ad znalazł mnie, kiedy jeszcze nie było takich internetowych sztuczek jak portal „Nasza klasa". Znalazł mnie, aby dać mi adres Jagi. A ją, Jagę, jeszcze trudniej było znaleźć. Ale i ją namierzył, aby dać jej mój adres. Z pewnością wierzył głęboko, że pojadę do niej, na skrzydłach pofrunę, do Skarżyska, a ona padnie mi w objęcia i zapłacze. Czekał, podpowiadał. Zawiedliśmy go oboje. Stara miłość zardzewiała i w puch! W pył, jak Pan woli. Ale przez te skrzynki, parę lat znów jesteśmy razem, przez tę łatwość listową. Nie wiem, lepiej to czy gorzej? Ale jest, jak jest, dzięki Adamowi, zrobił to – zrobił z serca.

Po godzinie odezwała się Jaga.

Pan Wawro, jak przypuszczam? Jest Pan tam? No to niech Pan udźwignie trochę prawdy. Więc prostujmy kłamstwa. Nie z potrzeby serca była zrobiona ta manipulacja. Ad poniósł życiową klęskę w swoich sprawach. I potrzebny mu był choćby tyci tyciuteńki sukces w rządzeniu się cudzymi sprawami. Teraz do R.Jerzego. Kompensujesz sobie. Sam jesteś bez serca, więc wymyślasz dobre serce Ada. Nic takiego. Co zrobił, to jakieś schematy myślowe. Harcerski dobry uczynek. Papierowa miłość bliźniego odpisana z katechizmu. I wiesz, R.Jerzy, i niech to wie Wawro, syn Ada – tak jest gorzej, nie lepiej. W puch i w pył. Niczyja wina, prawda? Po kilkunastu latach każde idzie w swoją drogę, zacierają ślady, ale niczyja wina, wszystko w porządku, co? Wiesz, jak podręczniki określają symetrię, wiecie to, Panowie moi? Estetyka dzikich. Kiedy kobieta i mężczyzna mijają rozstajne drogi, ta na lewo, ten na prawo, to symetria jest tylko geometryczna.

R.Jerzy woli myśleć „symetria, czyli wszystko w porządku, czyli może lepiej, może gorzej". I teologowie nadworni z powagą kiwają brodami i filakteriami. Ale Wawro przeżył rozstanie swoich rodziców – może on wie, że symetria to trujące kłamstwo. Nie zna mnie, ale R.Jerzy trochę mnie poznał, może co pamięta. Wbrew sobie, bo jemu wygodniej nie pamiętać. Dla świętego spokoju i niezmąconej symetrii. Więc do wiadomości Wawry posyłam taki opis z mojego dzieciństwa. Znalazłam go w powieści wielkiej pisarki. Chwalą ją, wydają, a zapomnieli wszyscy, jak ona kłaniała się podłości i sile:

„Te dziewczynki, te smarkate siostry, walczyły ze sobą z zaciekłością głodnych zwierząt. Pod ceglanym sklepieniem bramy, za którą było podwórze z trzepakiem, śmietnikiem, czeremchami wzdłuż ogrodzenia.

Sprowadziłam się tu niedawno, ale wiedziałam – to córki tych z parteru. U nich w oknie wisiała poplamiona pomarańczowa chusta. Tam było picie i bicie, do ich drzwi stukali nieraz usmoleni ludzie mieszkający we wrakach wagonów na bocznicy za ogrodami.

Gryzły się do krwi, drapały twarze, waliły pięściami i kopały. Pozabijałyby się, gdybym ich wtedy nie rozdzieliła. Gdy odepchnęłam starszą aż pod mur, gdy uwięziłam młodszą w klamrze ramion moich, dyszały i odwracały od siebie czerwone ze zmęczenia, pomazane krwią twarze.

– Dlaczego? Co ona ci zrobiła? A ty? Czego od niej chcesz? – zapytałam.

Nic. Starsza złapała sandał z urwanym rzemykiem i szmyrgnęła na ulicę. Puściłam wtedy młodszą i widziałam, jak tamta mała odchodzi, nie oglądając się, podciąga opadającą z ramienia sukienkę z urwanym rękawem, wspina się po trzepaku na czeremchę, dalej na dach wozowni przerobionej teraz na komórki na węgiel i rowery".

Przeczytałeś, Panie Wawro? Zdziwiłam cię, R.Jerzy? Moje drogi i drogi wielkiej pisarki skrzyżowały się. Ona była fetowanym gościem Instytutu Literatury Akademii Nauk Ukraińskiej Republiki Sowieckiej. Ja byłam dzikie zwierzę. Sandał z urwanym paskiem nosiłam jeszcze dwa lata, dwie zimy też, bo nic innego nie miałam na nogi. To było już po śmierci mamy. W Rohatynie. Mieszkałyśmy obie ze Swietłą u przybranej rodziny. To był Nazar, stróż z naszej willi w Odessie, i jego kochanka, Tatarka. Oni mieli czworo własnych. W sumie sześcioro wściekłych, wiecznie głodnych wilcząt. On był palaczem ogrzewania w szpitalu, wynosił stamtąd kradziony spirytus, handlowali tym. Głodowałam, stąd potem gruźlica.

I jeszcze do Ciebie, Panie Wawro. O Twoim ojcu, abyś wiedział, kto do Ciebie wraca z zaświatów, których nie ma. Ad sam był winien, że Twoja matka zabrała synów i poszła za tamtym śpiewakiem. Uparła się, że Adamowi pokaże, czym jest prawość. Kłuł ją w oczy swoją prawością, chciała mu pokazać, że ją na-

uczył. Prawość, zetknąłeś się z takim słowem? Co jej kazało po-
rzucić człowieka, którego wybrała i iść do innego, niekochanego?
Prawość. Idzie się, bo tam umiera samotny, umiera bez pomocy.
Załomotała zacinająca się stara drukarka ojca. Wawro
drukował kawałki korespondencji. Ten o dzieciństwie Jagi
także. Myślał o tym, że zaniesie ojcu, poczyta, może wtedy, kiedy zacznie mówić. Może wcześniej nawet? Lekarze
mówią, że to możliwe, że ośrodek mowy nieuszkodzony.
I mówią jeszcze, żeby rozmawiać, rozruszać pamięć,
odnowić kontakty. Żeby była chęć do życia. Koresponden-
cja Jagi i R.Jerzego jest dosyć denerwująca, aby rozruszać
mózg. Nawet, kiedy R.Jerzy pisze do Jagi: *Za wszystko*
w życiu płaci się czymś z życia. Ale od tych, co nie osiągnęli nic,
życie też pobiera opłatę. Miałem świadomość, że będę płacił ha-
racz i płacę. I ty, gdybyś się przed sobą przyznała, że płacisz swo-
ją część, może… No, nieważne, nigdy się do tego nie przyznasz.
Wolisz żyć z poczuciem krzywdy, z pytaniem „kto winien"?

I Jaga: *Ten winien, któremu do głowy przychodzą takie ba-*
nalne słowa jak przebaczenie, uniewinnienie, sprawiedliwość,
prawość. Między lodowatym niebem a czarną trawą – pamię-
tasz, to u Gombra? – Między lodowatym niebem a czarną ko-
smiczną trawą nie ma miejsca na złudzenia. Krzywda jest tak
samotnym faktem, jak ten skrzywdzony jest samotną osobą.
Krzywda nie jest negatywem szczęścia. Sama jest panią na swo-
jej semantyce, panoszy się w polu znaczenia, pod lodowatym
niebem. Nie daje się niczym obudować pojęciowo.

Wawro pomyślał: Sama sobie przeczy, jeszcze rano
chwaliła prawość, a teraz uznaje ją za banalne słowo. Jeśli
jednak ojciec był taki, że kłuł w oczy swoją prawością, to
pogłoska o Swietłanie, o zdradzie, musi być fałszem. Są-
siedzka plotka, chyba tyle.

Kiedy z początkiem marca ojciec zaczął mówić i lekarze wspomnieli, że wypiszą za tydzień – Wawro rozesłał

elektroniczne wieści. Tak się bał, tak kłopotał, że nie umiał się cieszyć. W podświadomości trwało pytanie: Z kim zostawię tego inwalidę.

Pierwsza zadzwoniła Majka.

– No, co pan, panie Wawro. Mogę przyjechać na tydzień, pogospodarzyć. Mogę brać urlop z biblioteki, należy mi się zaległy za tamten rok. Przecież ja znałam jego pierwszą żonę, pamiętałam jako uczennicę liceum, a potem spotkałyśmy się przed internatem w Wiśniczu, w stanie wojennym. Ona przyjechała z paczką dla Ada, a ja dla moich braci. Kamila miała przy piersi, parę miesięcy. Potem strasznie było, jak Adam został z Kamilem, no to trzeba było przy dziecku pomóc. Moja mama, świętej pamięci mama, najwięcej, ale ja też, chodziłam z wózkiem i wstydziłam się, bo wszyscy myśleli, że moje, że sobie panieńskie dziecko fundnęłam. A Adam szukał jakiej pracy, aż w końcu znalazł mamusię pana, panie Wawro.

Wawro sam zaproponował, że weźmie samochód ojca, skodę faworytkę, i przywiezie Maję z Limanowej do Biecza. Na wiadomość o tym nie odpowiedziała Jaga, a R.Jerzy przysłał tylko parę zdań.

Moje finansowe możliwości są teraz nader skromne, więc nawet nie ma po co zwracać się do mnie w tej sprawie. Jako realista zdaję sobie sprawę, że mogą być pilne potrzeby. Leki są drogie, no i sprawa pampersów. Maja Egipska to postać z tego czasu, kiedy Adam i ja wzajemnie straciliśmy się z oczu. To nie były sprawy polityczne, chociaż można to tak określić, bo jego zagarnęła polityka, opozycja, a ja uciekłem w naukę, w doktorat na Politechnice. Spotkaliśmy się tylko raz, on był bez pracy, a mnie był potrzebny pracownik fizyczny do obsługi prototypu. Kopaliśmy tydzień moją maszyną rowy melioracyjne nad Huczwą, potem nad Tyśmienicą. Po śmierci pierwszej żony Ad był psychicznie, no, po prostu wrak.

Wawro przeczytał nazwę rzeki „Huczwa" i nagle otworzyła się mu w pamięci jakaś zielona łąka. Czteroletniego czy pięcioletniego, prowadził go ojciec po gliniastej ścieżce nad wodą. Kamil biegł przodem, z wędką. Wszyscy trzej byli boso. Ojciec opowiadał o piorunach. Wawro napisał zaraz do R.Jerzego o tym wspomnieniu. Odpowiedź przyszyła następnego dnia, tego dnia, kiedy już miał jechać po Majkę Egipską.

Dziwne zygzaki pamięci. Nie, nie było tak, jak Pan myśli. Nasza robota to był upalny czerwiec, burze przechodziły, ale nie, żaden piorun nie strzelił w pobliżu. Za to Ad opowiadał o tym, że jako dziecko właśnie tam, nad Huczwą, pomagał swojemu ojcu i dziadkowi przy sianach. Były rzeczywiście olbrzymie połacie łąk, czasem z kępami olch, ze szpalerami wierzb. Nie jestem jakoś wrażliwy na tak zwane piękno krajobrazu (Pański ojciec – tak!), ale wtedy byłem jak zahipnotyzowany tymi dalami z mgiełką, z końmi, które jak bezpańskie błądziły, biegały, przyglądały się naszej robocie. Podczas deszczu było się jak na dnie jeziora, mokre trawy świeciły po prostu. Podczas którejś burzy schowaliśmy się z Adem pod wiatę na krzywych palach, w środku zardzewiała kosiarka, naokoło pokrzywy, które pod ulewą pachniały narkotycznie. Paliliśmy papierosy i czekali, że przeleci. I Ad opowiedział wtedy, jak przeczekiwał z dziadkiem burzę schowany w stogu. Tam stogi ogromne robią, czasem jakiś nad sianem daszek na drągach. I oni siedzieli w czymś takim, pod sianem, a obok strzelił piorun w stóg sąsiada, tam musiało być wysuszone siano, bo w minutę ogień ogromny – popiół. I wtedy użył Ad tego wyrażenia – przeszła blisko. Nawet nie wymawiał kto – śmierć.

Spotkali się na dworcu autobusowym, miał ją poznać po żółtej torbie na kółkach. Przyjechał wcześniej, telefonował znowu do Kamila, co się dzieje, ojciec na wózku, nie mówi, czasem niewyraźne słowo. Rozumie wszystko. Potem poszedł do kiosku kupić drożdżówkę i zobaczył Majkę z daleka. Pokiwał dłonią nad głową, odpowiedziała. Duża kobieta, w wiśniowym płaszczu z kapturem obszytym szarym futrem. Szła wyprostowana jak margrabina, a żółta walizka na kołach – jak tren sukni. Musiała być piękna kiedyś, rysy regularne, profil może i rzeczywiście klasyczny, grecki czy egipski. Bardziej jednak cygańska była niż egipska, ciemne włosy niemodnie uczesane w kok, twarz bez makijażu, ze złotymi kolczykami z koralem w uszach.

Przywitała go z bezpośrednią, rodzinną serdecznością. Jakby był siostrzeńcem w kłopotach. Uśmiechem, błyskiem wesołych czarnych oczu chciała dodać otuchy. Gdy pocałowała go w policzek, poczuł konwaliowe perfumy. W drodze – tak jak sobie obiecywał – próbował wypytywać pasażerkę o ojca. O te lata, kiedy go znała, a potem o czas, kiedy się nie widywali, ale pisywali przez internet regularnie.

Wypytywał Majkę, ale czuł, że ona nie mówi o ojcu, że zmyśla znowu postać z powieści, której nigdy nie napisze. Mówiła że o niej, o powieści, myśli nawet, jak się budzi w nocy. Rodzinne dzieje od szwedzkiego potopu. Opowiadała bałaganiarsko epizody. Gadała o pomysłach, ale przyznawała się – nie spieszy się z pisaniem. Niezliczone piękne wymówki, dlaczego to odsuwa. Wowro czuł, że nie dowiaduje się niczego, że po wyjaśnieniach jest ciemniej, zostają mgliste obrazy, zadry myślowe. Przecież ojciec nie był jej rodziną... Dlaczego użyła ojca, aby lepić fikcyjnego Adama z powieści?

Droga była sucha, czarna, marcowe popołudnie świetliste, niebo przewiane do błękitu. Góry w czapkach świerkowego lasu to bliskie, to dalekie, prawie przezroczyste. Słuchał silnika, gdy Majka milkła. Jak zegarek.

W osiedlach trzeba było uważać na dzieci, wysypały się ze szkół, w Szymbarku jak szalone kopały piłkę na szosie, kolorowy balet skrzatów.

Spytał Majkę, czy zna osobiście Jagę, czy się spotkały.

– Tak, widziałam ją raz czy dwa. Ale ona mi nie pasuje do całej mojej historii. Siedzę, a z pudeł, szuflad, półek, waliz na szafach gada milion słów gotowych wprosić się, wkręcić, wkolegować do powieści. Rodzinne listy, stare zdjęcia, papiery. Jadę do pracy do biblioteki – siedzę pośród tysiąca powieści, muszę ludziom mówić o książkach. Moja książka stoi mi za plecami – co w tym dziwnego. W niej o Jadze nic. Dla mnie ta część, w której występuje Adam, twój tata, jest ważna. Dwie miłości, jak dzień i noc – poznał matkę Kamila, jak była jeszcze licealistką, maturzystką, musiałam to widzieć. Mieszkałam w sąsiedztwie, twoja babcia i moja mama wołały do siebie ponad płotem, jak to sąsiadki. Wróciłam ze studiów i zostałam bibliotekarką w liceum. Adam przychodził do niej do czytelni. Miłość jak słońce. A potem – chorowała właściwie od urodzenia Kamila. Stan wojenny, leczenia nie było jak trzeba, odeszła cichutko. No i potem, znowu potem. Adam wyszedł z internatu, na pogrzeb żony miał przepustkę, ale tak zrobili, że się spóźnił. Jeszcze kwartał, przewieźli do Nysy. Wyszedł jak żywy trup. I bez pracy. Jeździł, szukał. I gdzieś spotkały się dwa nieszczęścia – Adam wdowiec i twoja matka oszukana, porzucona przez tego operetkowego amanta. Miłość jak noc, miłość księżycowa. Ja myślałam... ale w końcu dobrze się stało, że trafił na twoją mamę. Ja nie miałam takiej siły, tyle nadziei. Gdyby nie ten wypadek samochodowy...

– Ale przecież nie było wypadku – upomniał się o prawdę Wawro. – Nowotwór, przerzuty. Matka jeździła do Niemiec sprzedawać kiełbasę i masło, przywoziła leki, których u nas nie mieli.

– Ale pan pytał o tę Jagę?

– O Jagę, a R.Jerzy też ciekawy gość.

– Trochę wiem od Adama. Jaga z Rosji. Jako dziewczynka gruźliczka trafiła do sanatorium w Kisłowodzku, tam był lekarz Polak. Zadzwonił do Lwowa, że jest dziewczynka bez papierów, która ma rodzinę pod Krakowem. Faktycznie, żyła jeszcze jakaś ciotka Jagi w Bochni. Tą drogą znalazł Jagę polski konsul ze Lwowa i tak trafiła do Polski. Jest też materiał na romans, ale nie na moje pióro. A Swietłany nie znaleźli, bo jak Nazar poszedł do łagru, Tatarka uciekła, dzieci do prijutu. Do sierocińca, ale zapisane pięcioro jako dzieci palacza centralnego ogrzewania Nazara Mojki.

– Ale przecież znalazła się potem?

– Kto, Swietłana? Chwastu nie sieją, sam rośnie. Ona też się sama znalazła. Sprytniunia. Jak jej były potrzebne zaproszenia, wytropiła starszą siostrę w Bochni. Im się wtedy opłacało przyjeżdżać do Polski. Swietłana jako sprzątaczka zarabiała w Polsce pięć razy tyle, ile tam miała z dyplomem Pedagogiczeskiego Instituta. Adam był wtedy u Jagi i Jerzego, oni jeszcze parą byli. Był u nich w gościach, jak się ta Swietłana zjawiła. Z ruska po polsku, zapomniała języka. Ale buzia się jej nie zamykała. Podobno wtedy namówiła Jagę, aby szukać grobu matki. Daremnie jeździły obydwie do Władykaukazu i Krasnodaru, czyli Jekatierimdaru. Pewnie to były i handlowe podróże za jednym zamachem, bo czas był taki, że robili na tym ludzie duży pieniądz. Jedno wiem od Ada, że Swietłana odnalazła w Odessie obraz. Matka jej i Jagi w bretońskim czepcu. Ad nawet przysłał przez internet zdjęcie – portret, jakby amator powiedział – namaluję coś jak Paul Gaugin.

Wjechali już do Gorlic, gdy pani Maja poprosiła, żeby zwolnił. Wyjęła z torebki notes najeżony karteczkami, zakładkami, wizytówkami, szukała.

– Może mam dla ciebie niespodziankę – powiedziała nagle Maja Egipska. – Skręć do Gorlic, zawróć, spytaj się o ulicę 11 Listopada. Nie nadłożymy dużo drogi. Chyba nie muszę ci tak ciągle mówić pan, pan.

– No, oczywiście. Ale możemy nadłożyć – powiedział Wawro. – Mamy czas. A ta skoda ojca świetnie się toczy. Kupiłem zimowe opony. Już wiosna za pasem, ale przecież to służy latami. Co tam ma być na 11 Listopada?

Nie odpowiedziała pogrążona w lekturze zabazgranego świstka.

Skręcili, dojechali. Nie znał Gorlic, ale było tu coś takiego jak w Bieczu, Limanowej, Grybowie – aura niepokonanej galicyjskości, prowincjonalnego, zasobnego zasiedzenia. Zatrzymali się przed zieloną furtką. Siwy pan uciszył psa. Pokazał furtkę po drugiej stronie ulicy, wyżej. Majka dała znak, aby czekał. Znikła. Zobaczył ją tam, na ganeczku, rozmawiała z zakonnicą.

Wróciła pospiesznie, z energią trzasnęła drzwiami.

– Jedźmy – powiedziała i westchnęła. – Wszystko inaczej. Chciałam, żebyś spotkał Radę. Tu jest dom sióstr bazylianek, miałam wiadomość, że Rada jest tu w nowicjacie, wiesz, córka Swietłany. R.Jerzy pokręcił wszystko. Wie, że dzwonią, ale nie wie, w którym kościele. Była, pojechała. Do nowicjatu się nie wybiera. Studiuje sztuki piękne w Toruniu, a tu przyjechała w sprawie konserwacji haftu. Szaty liturgiczne, wiesz. I tak dalej. Może pisze pracę o tym?

– No to nie uwierzę w istnienie Rady – mruknął Wawro. – To już dla mnie zjawa wirtualna jak Dobrochna i jej strych z kukłami. Twórczość Majki Egipskiej w stylu fantasy. A może u ciebie Rada i Dobrochna to ta sama osoba?

– No już, nieważne – powiedziała Majka. Była pewnie trochę obrażona. – Jedziemy, szkoda czasu. Ten Jerzy głupieje na starość.

„Jedźmy" – to już było właściwie niepotrzebne. Dojeżdżali. Nie było czasu na rozpamiętywanie postoju w Gorlicach. Dlaczego chciała, abym poznał Radę? Czyją jest córką ta studentka z Torunia? Serpentyna, jedna i druga, Biecz z błyszczącymi od mżawki dachami, z wieżami kościołów. Wawro z tkliwością dotknął kierownicy. Wyszykowana przez majstra fura sprawiła się świetnie.

Jestem już w Bieczu właściwie niepotrzebny – pisał następnego wieczoru do R.Jerzego. – *Klikam w obcy keyboard, nie w pokoju ojca, ale w kafejce internetowej „E-mokka". Pusto, pewnie chcą już zamykać. Ojciec śpi we własnym łóżku, we własnym mieszkaniu. A ja mam prośbę do Pana. Jutro odwożę do Limanowej panią Majkę. Stamtąd do Tarnowa, to już blisko, skoda chodzi świetnie. Czy przyjąłby mnie Pan na pół godziny rozmowy?*

O wszystkim i o niczym? Więc zgoda? Co przywieźć do herbaty?

Wczorajszy dzień jeszcze mi szumi w głowie. Za Pańską (podobno) poradą szukaliśmy córki Swietłany, Rady, u bazylianek w Gorlicach. Nie zastaliśmy i to bardzo popsuło humor Egipskiej. Nie wiem, czego oczekiwała, dlaczego byłoby to ważne. Przyjechaliśmy, dałem jej klucze do mieszkania ojca, a sam wstawiałem auto do garażu, właściwie do komórki służącej ojcu za garaż, bo to rudera. W mieszkaniu jej nie było, odbiłem się od zamkniętych drzwi. Z okna na klatce schodowej zobaczyłem, że stoi na podwórzu z córką Rudników, Samantą. Rajcowały jak dwie stare znajome. Co wykluczone, bo M. nigdy w Bieczu, jak i Pan, jak i Jaga. Zeszedłem, ale dostałem tylko klucz i torbę do odniesienia. A także zapewnienie, że Maja Egipska najpierw wstąpi do Rudników na piętro, że zaraz będzie. Przyszła po dwu godzinach, na twarzy miała wypisane, że coś się dzieje, że podjęła jakieś decyzje. Musiałem więc spytać, co się dzieje. I dowiedziałem się, że moja matka przyjeżdża, ona będzie się ojcem opiekować. Co, jak? Muszę panu powiedzieć – zgłupiałem. Mała Samanta z dużą Majką uradziły i tak ma być. Argument – „Taka osoba, co poszła wtedy opiekować się umierającym i jeszcze brała sobie na głowę dwu gówniarzy, to jest żelazo, musi, a na pewno będzie chciała". Ci dwaj gówniarze, Pan się domyśla, to Kamil i ja. Stara historia, kiedy matka ratowała tego śpiewaka. A teraz, kto do matki dzwonił? Okazuje się – Rudnikowa. Jest sąsiadką, ma prawo. Taka logika w tym. Przywiozłem ojca dziś rano ze szpitala, chciało mi się i śmiać, i płakać. Biedniutki taki, nie był Herkules, a połowa została. Przytomny, głowę trzyma równo. Lewa strona sprawniejsza, to widać, dlatego taki trochę grymas na twarzy. Milczy, czasem coś szepcze, ale do rzeczy, logicznie. Ucieszył się jakby, że skoda wyszykowana. Matka przyjechała w południe, nie chciała, żeby ktoś był przy spotkaniu. A zaraz potem wszystko się zrobiło takie normalne, takie zwyczajne, że nikt się nie spodziewał. Matka-organizatorka. Spokojna, opiekuńcza. M. Egipska i Rudnikowa na wyścigi do pomocy. Ja oczywiście na posyłki, zakupy. Przydałbym się może, ale nie. Matka rzeczowo: Jedź do Poznania, rób dyplom, tym ojcu pomożesz.

No to jadę. Na weekend ma wpaść Kamil z dziewczyną. Już jutro tutaj dadzą sobie radę beze mnie. Przyjmie mnie Pan?

PS Pisałem chyba Panu o tym lesie suchych drzewek, jaki zastałem. Przyszło mi do głowy, że poza tatą Adem tylko troje ludzi widziało to dziwo – Samanta, jej ojciec i ja. I teraz chcę, aby wszyscy to zapomnieli.

PRZYŚLIJ ZDJĘCIE, PARĘ SŁÓW

OPOWIEŚĆ WIATRU POŁUDNIOWEGO

Drukarka bzyczała i wypluwała kartki, bzyczała i wypluwała, aż skończył się papier. Wtedy Hadrian podjął stos kartek, przeniósł je na biurko. Wybrał pisak z całego bukietu ołówków, długopisów i flamastrów, zabrał z biurka wydruki i poszedł do kuchni.

Hadrian był sześćdziesięcioletnim rosłym mężczyzną z niewielką nadwagą, mocno podłysiałym. Miał pospolite, grube, regularne rysy. Szpakowata broda dodawała mu lat, ale i powagi.

W przestronnej, zaniedbanej kuchni zatrzymał się, spojrzał na stół, a potem, przez szparę w zasłonach na ulicę. Stół kuchenny był starannie umyty. Za oknem, ulicą Włostowicką, jechały tramwaje pełne wracających z pracy ludzi. Był wczesny listopadowy zmierzch, płonęły już miejskie lampy. Na chodnikach studenci z Collegium Antropologicum w beretach koloru wątroby mieszali się przechodniami niosącymi zakupy w reklamowych torbach miejscowych marketów i sklepów. Hadrian przetarł jeszcze stół rękawem, położył listy na blacie i zaczął je starannie podpisywać. Trzeba to było robić w kuchni, światło nad okrągłym stołem w pokoju było słabe, a biurko zajęte przez komputer, kosz wizytówek i tekturowe pudła pełne kopert – w jednym zaadresowane i ze znaczkami, w drugim czekające na znaczek i adres, na razie tylko opieczętowane adresem domowym Hadriana. Renta pozwalała mu na wysyłanie dwustu listów miesięcznie. W maju albo na początku czerwca cała robota będzie zrobiona, a kosz z wizytówkami opustoszeje.

Szanowna Pani lub Szanowny Panie, Drogi Przyjacielu czy Miła Przyjaciółko – tak zaczynał się każdy list. Treść wszystkich listów wysyłanych przez Hadriana Rogatko była taka sama, chociaż obok wersji polskiej przygotował też rosyjską, francuską i angielską.

W przyszłym roku skończę sześćdziesiąt lat. Z całego mojego życia zostały mi wizytówki, jakie wręczaliście mi przy rozmaitych okazjach – w Toruniu i Bydgoszczy, w Warszawie, a także podczas naszych wakacyjnych podróży po Polsce i moich służbowych wyjazdów za granicę. Piszę do was wszystkich w nadziei, że przynajmniej część adresów jest jeszcze aktualna.

I do każdej, do każdego z was kieruję tę samą prośbę.

Przypomnij sobie Hadriana Rogatko. Przypomnij sobie, kiedy i gdzie mnie spotkałeś. Czy może spotkałaś. Odezwij się. Przyślij choć kilka słów, przyślij zdjęcie – aktualne czy dawne. Możesz skorzystać z internetu, mój e-adres jest w nagłówku listu. Przypomnij sobie mnie, a jeśli będziesz w pobliżu, nie wahaj się mnie odwiedzić.

Jestem dość samotny, ale pełen ciekawości ludzi. Co u Ciebie słychać, jak potoczyło Ci się życie? Ja miałem dobre życie – ostatnio już nie jest tak dobre. Dwa lata temu opuściła mnie Rena, moja żona. Dzieci poszły za nią. To jest w porządku, to nie były moje dzieci, chociaż córka Betka parę lat temu zgodziła się przyjąć moje nazwisko. Jarek został Młynowiczem, a ona zechciała być Elżbietą Rogatko. Moja żona Rena wróciła do Młynowicza, swojego pierwszego. Swojego ślubnego przez ślub kościelny. Można powiedzieć, że to też jest w porządku, wróci-

ła do niego, gdy dowiedziała się, że jest bardzo chory. Gdy napisał – umieram. Nowotwór, przerzuty, chemia, radioterapia. Był chory, samotny, naprawdę umierający. Ślubowała, że go nie opuści aż do śmierci. Kiedyś tak ślubowała. Wróciła do niego, przegadaliśmy to na wszystkie strony. On też ślubował, że jej nie opuści aż do śmierci – opuścił z dwojgiem malutkich dzieci i nie było go dwadzieścia lat z hakiem. Ani się odezwał. Kariera za granicą, nowa holenderska żona, nowe dzieci, chyba były tam jakieś dzieci. Opuścił Renę – ale od czego jest przebaczenie?

On zdrowieje. Teraz zdrowieje. To bardzo ważne. Często przychodzi mi do głowy zawstydzająco głupia myśl. Mógłbym mu życzyć śmierci wtedy, kiedy Rena odchodziła. Mógłbym powiedzieć, kiedy już spakowała się i wyjechała – niech Młynowicz umrze, odzyskam ją, dzieci też. Nigdy nie życzyłem mu śmierci. A ta moja głupia myśl jest właśnie taka: On wyzdrowiał dzięki temu, że nawet na sekundę nie życzyłem mu źle.

Zostawmy Młynowiczów. On zdrowieje, ona się nim opiekuje, skrucha i przebaczenie. Jarek i Betka studiują w Hadze, mają tam dobre warunki. Nie odzywają się prawie, ale czy mają jakie ważne wiadomości? Nie można nikomu zarzucić niewdzięczności. Wychowywałem ich, przyjąłem jak syna i córkę – i prawie dwadzieścia lat mogłem się nimi cieszyć. To były dobre dzieci, także dobre dla mnie i byłem z nich dumny.

Dwa lata temu opuściła mnie Rena. Rok temu ja też chorowałem, ciężko. Ale nie było to aż tak, aby musiała do mnie wracać. Nie chwaliłem się zresztą moją chorobą, dałem sobie radę. Straciłem oszczędności, mieszkanie musiałem zamienić na mniejsze, ale mam dosyć dobrą rentę i umiem gospodarzyć. Tyle lat sam gospodarzyłem, nim spotkałem Renę.

To nowe mieszkanie jest bliżej śródmieścia, urządziłem się bardzo wygodnie, nie zapraszałbym, gdybym nie był porządnie urządzony. Nie odzywałbym się do Was – Szanowni Państwo, Znajomi, Koleżanki i Koledzy, gdybym nie miał pewności, że *komuś mogę się przydać. Nie jestem ani chory, ani słaby, ani biedny. Napisałem na początku listu, że moje życie nie jest ostatnio dobre. Mam jednak jakiś zapas pogody ducha, która byłaby jeszcze pogodniejsza, gdybym się mógł nią podzielić.*

Napisanie tego listu było dla Hadriana łatwe. Oczywiście prócz tych dwu ostatnich zdań, nad którymi męczył się prawie dwa tygodnie, tworząc niezliczone, niezręczne warianty. Aż przyszedł termin, który sobie sam wyznaczył na skończenie listu i wtedy wybrał wersję pierwszą z brzegu, nie była dużo gorsza od pozostałych.

Jeszcze w grudniu odezwali się pierwsi. Napisała córka bliskiego przyjaciela, byli razem w Komisji Rewizyjnej Regionu „Solidarności", nie widzieli się od czasu internowania w Wiśniczu. Przez kilka lat dzwonili do siebie, wymieniali kartki z życzeniami, ale coraz rzadziej. Zapomniał potem o Lońku, Loniek zapomniał o nim. Teraz dowiedział się, jak chorował, jakie były cierpienia i kłopoty z lekarstwami, jak umierał, kto był na pogrzebie. Jeszcze nim odpisał z kondolencjami córce Lońka, w środku nocy zadzwonił telefon.

– To ja, Maks Siejka, słuchaj, Hadrian, wzruszył mnie twój list. Moja też mnie rzuciła. Najpierw wpakowała mnie na odwyk, wracam, a zamki w drzwiach...

– Kto mówi?

– Maks, Maks Siejka! Byliśmy w Rowach... czekaj, który to był rok? Uczyłeś syna pływać i moją córę przy okazji... Pamiętasz taką winiarnię przy plaży, „U Ratownika"? I winko czerwone do karkówki z grilla, co?

– No, pamiętam... – powiedział niepewnie Hadrian. Byli w Rowach raz, Jarek miał wtedy dwanaście lat, a pływał świetnie już jako ośmiolatek... Jaki Siejka? Córka jakaś?

Maks Siejka gadał długo, opowiadał dzieje swojego rozwodu, wstąpienia do Anonimowych Alkoholików, wystąpienia, powrotu do grupy terapeutycznej. Hadrian słuchał cierpliwie, potakiwał. Mam, czego chciałem. Jestem potrzebny. Powinienem zaprosić alkoholika Maksa. Nie zaprosił. Powiedział jednak:

– Jesteś dzielnym człowiekiem, Maks. Dzwoń do mnie czasem, pogadamy. Dzwoń, ile razy pomyślisz, że mogę ci być potrzebny.

Wilma Makaric otrzymała list od Hadriana w ostatnim dniu roku. Przyjechała do Zagrzebia zaraz po Bożym Narodzeniu, aby sprawdzić, w jakim stanie jest mieszkanie na ulicy Medimurskiej, które od lat wynajmowała dentyście, dalekiemu kuzynowi swojego męża. Bliskość torów i dworca nie przeszkadzały dentyście, płacił regularnie, ale co do remontów, trzeba się było z nim dogadywać. Miała już wracać do siebie, gdy doktor Drago, ten dentysta, zadzwonił – poczta dla ciebie. Od piętnastu lat nie mieszkała na Medimurskiej i poczta.

List z Polski. Kim jest jakiś Hadrian Rogatko?

Przeczytała i przypomniała sobie od razu człowieka, który pożyczał żaglówkę od Cirila. Grubawy brodacz z blond żoną, dużo młodszą, i miłymi dziećmi. Wszyscy czworo, cała rodzina Hadriana, chodzili boso po Szybeniku. Boso, jak Cyganie. Tylko te nogi, nie śniade, a śmiertelnie białe. Wakacje, czas wyzwolenia od butów – mówił ów Hadrian. Chodzę boso, piję wino prosto z butelki i nie oglądam dziennika w telewizji. Polubili się z Cirilem i kiedy Ciril zginął, chciała nawet zawiadomić Polaka – ale nie znalazła adresu.

Teraz miała adres. Nie schowała listu z Polski do teczki z papierami mieszkania na Medimurskiej. Pomyślała, że czas w końcu sprzedać to mieszkanie w Zagrzebiu, nieruchomości drożeją, ale czy będą drożeć bez końca? Stała pośrodku dywanu małego pokoju w hotelu „Nova Slavija" z listem w ręku. Spotkała w lustrze swoje oczy. Dlaczego jestem smutna? Schowała list do torebki. Postanowiła, że skoro tylko wróci do siebie, do Szibenika, napisze list. Coś pocieszającego. Mogłaby też załączyć fotografię sprzed dwu lat, ładnie wyszła na dziesięcioleciu wydawnictwa „Dalma". Nie, fotografia to by było za dużo.

Hadrian klęczał na podłodze, przeglądając papiery wysypane z trzech szuflad komódki. Odgrzebywał kalendarze kieszonkowe i biurkowe, spisy telefoniczne – czytał słowa o wyjazdach i transakcjach, adresy. Kim były te osoby? Czego dotyczyły naprawdę zatarte terminy i tematy spotkań? Znał się na chemii surowców farmaceutycznych, znał się na tym od dołu do góry, od magazynów, próbek, laboratoryjnych testów aż po negocjacje na zapleczu stoiska międzynarodowych targów i pielgrzymki po korytarzach Ministerstwa Zdrowia. Znał się na tym tak dobrze, że mógł utrzymać rodzinę, podróżować wakacyjnie, coś odłożyć. Rodzina odeszła, oszczędności poszły na leczenie, potem trzeba było także pozbyć się najpierw kolekcji pieczęci, sygnetów, insygniów i znaków cechowych, potem sprzedać piękne mieszkanie. Ale te pokoje na Włostowickiej, przy kampusie uniwersyteckim i centrum handlowym okazały się wygodne. Lepsze. Wiedział – jego chemiczne i handlowe doświadczenie nie przyda się już – to też było dobre. Zamknięta sprawa. Trzeba rządzić ostrożnie tym, co się ma. Renta, trochę gratów, trochę ubrań i butów.

Chodzenie po antykwariatach było przyjemne, ale puste. Coraz rzadziej zachodził do sklepów na Ruskiej, Białoskórniczej, Bóżniczej. Brał do ręki piękne przedmioty, pytał o cenę. Ale oni wiedzieli – Rogatko już nie kupuje. Nie było się czego wstydzić, ale chodził tam coraz rzadziej. Wolał na niedzielne targowisko staroci. No tak, przy dobrej pogodzie lubił. To tam, wśród sprzedających białą broń i odznaki wojskowe spotkał znajomka. Przez chwilę najpierw – nieznajomego. Szczupły, wysoki mężczyzna o wąskiej, kościstej twarzy i długich do ramion blond włosach, zerwał się na widok Hadriana z myśliwskiego składanego zydla.

Błysnął uśmiechem i zrobił taki gest, jakby chciał objąć przybysza ponad patrontaszami, kozackimi szaszkami i medalami na spłowiałych wstążkach.

– Ach, pan Hadrian. Dostałem pański list! Myślałem, że odpiszę, ale pan sam mnie znalazł.

Rogatko burknął coś, że też cieszy się bardzo. Cieszy się, ale nie przypomina sobie... I nie chce pomylić.

– No tak – powiedział blondyn. – W szkole musiałem być ostrzyżony i pod krawatem. Uczyłem Betkę w maturalnej klasie polskiego i francuskiego. Gaston Chlebniak. Dziewuchy się ze mnie śmiały i przezywały z francuskim akcentem Gastą de Szleb-Niak.

– Jeśli Betka, to przepraszam za nią.

Gaston potrząsnął głową. Miał dar łatwego uśmiechu.

– Nie, nie. Betka była świetna. Jak się jej dzieje? Ma męża, dzieci?

Jedno imię i nagle z przeszłości wynurza się teraźniejszość.

– Betka studiuje w Hadze, jak było w liście. Specjalność – ekonomika turystyki i wypoczynku. Pewnie chce być menedżerem hotelu – tak myślę. Ale mało się odzywa. Ma matkę blisko, brata.

Sprzedawca bagnetów i szabel musiał wyczuć smutek w głosie Hadriana.

– Odezwie się, jak zaprosi na ślub. Młodzi idą w swoje życie, w swoje światy. W szkole tak było – rocznik za rocznikiem. Ja się czasem spodziewałem, że obejrzą się za siebie. Ale, panie Rogatko – durnowato myślałem.

Napatoczył się Chlebniakowi klient zainteresowany tureckim jataganem, więc Hadrian w pośpiechu pożegnał się z byłym nauczycielem, zaprosił do siebie. Tamten obiecał, że przyjdzie, zawołał jeszcze za odchodzącym, że przyjdzie na pewno, z jaką butelczyną.

Nie przychodził. A Hadrian przestał zaglądać w tę uliczkę na bazarze, nad którą powiewały proporczyki na kawaleryjskich lancach. Nie chciał się narzucać. I teraz, grzebiąc w szufladach, trafił na zdjęcie całej klasy Betki. Pięć lat temu, rok przed maturą. Z przodu na krześle ojciec prefekt, zakonnik, zażywny, uśmiechnięty, z bukietem bzów na kolanach, dwie dorodne uczennice szczerzą zęby w przyklęku u jego stóp. Za kapłanem młodzi stłoczeni, aby obiektyw objął, a spoza ostatniego rzędu wystaje głowa ostrzyżonego na jeża Gastona Chlebniaka, jego ręce obejmują Betkę i jej przyjaciółkę Anię Jeż. Ta ze swoją urodą trafiła podobno do filmu. Betka z warkoczami, spogląda surowo z pionową zmarszczką między brwiami, jakby zazdrosna o tę drugą, bujną, jaśniejącą. Chyba zaraz potem obcięła warkocze.

Zawsze dobrze mówiło się o tym nauczycielu. Dlaczego nie uczy. Niż demograficzny? Tak, były reorganizacje w szkołach, zamknięto kilka. A może już było za trudno tak patrzeć jak odchodzą i nawet się nie obejrzą?

Ręce błądziły chwilę wśród papierów i szpargałów. Chwycił w końcu kołonotatnik z notatkami i adresami w okładce z wiśniowej skóry zdobionej logo Chempharmu. Co notował w tamtym roku, gdy stan wojenny zastał go w Lozannie? Pozgarniał rzeczy z podłogi do szuflad byle jak i usiadł przy kuchennym stole.

24 grudnia zapisał: *Dzwoniłem do Mamy z życzeniami.*

Mieli rewizję, nic nie znaleźli. Ojciec Lońka zawiadomił, że go wzięli na dworcu – powrót z Gdańska. Z wyprzedaży w „Stu-bai-Sport" kupiłem kurtkę puchową (prod. hiszp.) za pół ceny, zniżka, bo jeden zatrzask uszkodzony. Nie był uszkodzony, tyl-ko zakapnięty czymś czarnym, wydłubałem i dobrze. W kurtce poszedłem przez zaśnieżone winnice nad jezioro. Matka mówi, nie wracaj. A Loniek siedzi. Poszedłem na mój półwysep. Ptaki, jakby nie było zimy, chmury pędzą od Alp. Obmarźnięte jachty. Szkoda, że bez kaptura.

To się odnosiło do kurtki, rozpruta pod pachą, ale jesz-cze jest. Wrócił i dopiero w ośrodku internowania ucieszył się, że wrócił. Spotkał Lońka, pogadali, pożałował, ale na chwilę, na krótko, że wrócił. Potem było już dla niego jasne, jakby został i pojechał do La Rochelle z zaprzyjaź-nioną w laboratorium w Lozannie chemiczką, nigdy nie spotkałby Reny stojącej przed osiedlowym samoobsłu-gowcem po szynkę. Stała tak na mrozie z dwojgiem ma-łych dzieci w kulawym na cztery kośławe koła wózeczku. Potem. Potem przedtem. Przedtem i potem. Nie był dobry dla dziewczyny z La Rochelle. Byłaby jego własną żoną. Ale potem był dobry dla Reny, która była cudzą żoną. A potem Rena mogła być dobra dla chorego Młynowicza, ślubnego, bo przedtem... Czy teraz, teraz samotny, wy-słał list do Yvonne z La Rochelle, z czasów zaprzeszłych niedokonanych, do brunetki o bystrych ptasich oczach? Śpiewała coś tam z repertuaru Adamo *tombe la neige, im-possible neige...* piękny, piękny miała głos i uśmiech też miły. Tu właśnie w kołonotatniku oprawnym wiśniową skórką powinien być jej adres. Sprawdził, nie było – nie było kilku stron ze spisu adresowego za kalendarzem. Co się stało? Zapomniał. Sam wyrwał, żeby śledczy nie mieli trefnych adresów? Śledczy wyrwali, bo przydały się im jakieś adresy?

– Przecież osiemdziesiąty pierwszy się skończył i osiemdziesiąty drugi zaraz się skończy – po co to panu? Tak któryś żartował, gdy upomniał się o kalendarz. Ale oddali. Bez tych stron. Bez Yvonne, bo przecież zbliżał się czas Reny, maleńkiej Betki, małego Jarka. Odszedł od chłopaków, od konspiry, załatwił im chemikalia do druku na parę lat, odszedł, bo był czas rodziny.

Wstał podszedł do biurka i wystukał w internetowej wyszukiwarce „Yvonne La Rochelle". Wyskoczyła mu informacja o grupie chrześcijan w La Rochelle wyznaczających sobie nocne dyżury modlitw w akcji modlitewnej przeciw torturom, jakaś Yvonne była wśród garstki tych, którzy zgłosili się modlić przynajmniej kwadrans między trzecią a piątą rano. Aby cały świat był wolny od tortur.

Od morza płynęło chłodne powietrze ze zmieszanymi zapachami wodorostów, dieslowskich spalin, mączki rybnej z zakładów „Ribarski Progres". Z tarasu był widok na lampy w porcie, wąską jak fiord zatokę ze światłami statków wycieczkowych i kutrów. Struga jasności z latarni morskiej raz po raz lała się na białą kaskadę marmurów starego weneckiego cmentarza wysoko nad portem. Wilma Makaric siedziała z przyjaciółkami z wydawnictwa nad czerwonym winem w kafejce „Cicarija". Zjadły baranie ragoût, a potem zamiast lodów zamówiły jeszcze jedną butelkę „domaczego", za dobrze się gadało, aby się rozchodzić. Beba opowiadała o swoim nowym chłopie, który wrócił z Monachium i rozglądał się za kupnem parceli pod budowę pensjonatu na wybrzeżu. Biserka, córka hotelarzy z Rovinja, była ekspertem – wiedziała, gdzie turystyka schodzi na psy, a gdzie są perspektywy. Wyspy będą modne. To psychologia – na wyspach ludzie się czują bezpieczniejsi. Im więcej terrorystów, tym grunt na wyspach będzie droższy.

Wilma wyjęła list od Hadriana i położyła na czerwonej serwecie. Nakryła go dłonią, jakby to była karta atu do zagarnięcia całej puli.

– Co masz? – spytała Beba i nakryła dłoń Wilmy swoją. Z tym diamentem w pierścionku, który przyjechał z Monachium.

– Najdziwniejszy list świata. Z Polski.

– Chcą przyjechać, szukają miejsca na wakacje?

Wilma się uśmiechnęła.

– Licytuj dalej, nie zgadniesz. Nie chcą przyjechać. I nie szukają pokoju z łazienką i telewizorem blisko morza. Nie wiem, czego szuka ten Polak.

– Ciebie – powiedziała Biserka. – Chłop szuka baby. Zawsze tak jest.

– Nie mnie. On nawet nie wie, że Cirila zabili Serbowie. Ciril pożyczał mu żaglówkę. Wieki temu to było.

– Właśnie, co z tą żaglówką – spytała Beba. Była tak psychicznie wypakowana pieniędzmi z Monachium, że kupowałaby cały świat.

– Sprzedałam za grosze. Zoran kupił, Zoran, szwagier. Pływa, zabrali mnie kiedyś na Hvar.

Pamięta słońce, wiatr pachnący lawendą, białe skały na wyspie i kwitnące pola nad nimi. Ostatni raz płakała wtedy za Cirilem.

– Pan mnie nie pamięta, ale ja pana znam – mówił młody głos w telefonie.

– Numer dał mi pański przyjaciel z Rowów, Maks Siejka. Byli panowie w Rowach, prawda. No jest sprawa, nie na telefon. Wpadłby pan do pizzerii „Sorrento", albo ja zajrzę. Adres mam od Siejki, no.

Hadrian się zgodził, tamten nie przyszedł. A potem jednak przyszedł, godzinę spóźniony.

Krępy, niewysoki trzydziestolatek w długim paltocie, w studenckim wiśniowym berecie. Znaczek Wydziału Weterynarii na kieszeni marynarki od szarego garnituru. Przyniósł butelkę mołdawskiego czerwonego. Hadrian czuł, że rozpiera go radość. Ktoś przyszedł, i to nie byle kto, młody, mocny, wesoły. Patrzył w brązowe oczy przybysza, cieszył się jego szeroką twarzą o grubych rysach, z kartoflowatym nosem i dziurką w podbródku. Wystrzyżony ten gość, wygolony, pachnący jakoś modnie i po męsku. Modest. Przedstawił się tylko imieniem, Modest, a on sięgnął do serwantki po kielichy, otworzył szwajcarskim scyzorykiem-trybuszonem, rozlał hojnie, po wręby. Maks Siejka mówił – Hadrian lubi czerwone wytrawne.

Trącili się kielichami, uśmiech odbił się w uśmiechu. Wypili. Niezłe było to mołdawskie. Siarkowane, ale dobre. Hadrian zaproponował, że otworzy puszkę fasolki, odgrzeje pulpety drobiowe. Do wina dobrze coś zjeść, kolacyjna pora. Bał się, że gość pójdzie sobie zaraz. Gość pokręcił głową. Powiedział, że dopiero jadł obiad. Nalał.

– Jak Maksiu Siejka powiedział, że pan zna się na chemicznych sprawach, to pomyślałem – z nieba. Z nieba taki człowiek…

Za szybko nalewa, przemknęło przez myśl Hadrianowi Rogatce. Słuchał. Tamten mówił. Mała, chałupnicza produkcja, a potrzeba fachowca.

„Moja chemia – zamknięta sprawa – trzeba godnie rządzić, czym się ma" – przypomniał sobie, kiedy usłyszał, że nieduża sprawa, ustawienie aparatury, a zarobki lepsze niż myśli. Nie myślał. Bał się. Przestał słuchać. Była już taka pokusa po internacie, kiedy byli bez roboty, bez grosza.

– Jasne, jasne – powiedział Rogatko i rozkaszlał się. – Jasne, jasne, aparatura. Idę.

– Gdzie pan idzie? – zaniepokoił się Modest. – Wypij
pan.

Wyglądało na to, że gospodarz nie słyszy. Odszedł
z jakoś dziwnie przekrzywioną głową, powłócząc jedną
nogą. Zaraz wrócił i rozstawił pięć głębokich talerzy.

– Co pan? Dla kogo to?

– Bars robię z kostki. Barsc. Barszcz – poprawił się. –
Starcy na pięć. Maks Siejka z żoną, pan z żoną. A ja ni mam
stary mówił niewyraźnie. – Jasne, jasne, idę.

Modest czekał stropiony. Hadrian wrócił za chwilę.
Jasne spodnie miał posikane w kroku, z niedopiętego
rozporka wystawał rąbek koszuli. Nie siadał, kolebał się
dokoła stołu na niepewnych nogach. Gadał przez zdrę-
twiałe, niedomykające się wargi.

– Pulpety dam do barscu, fasolkę dam do barscu, jasne. Pan u Siejki pracuje? Oj, to jest Maksiu! Jest, on jest,
Siejka Maksiu, jasne, jasne.

– Pójdę – powiedział niepewnie interesant. – Jeszcze
przyjdę w tej sprawie.

– Czekaj, jasne. Taka sprawa, jasne.

Gospodarz nachylił się nad gościem, łapiąc się za stół,
wywracając nalany dla siebie kieliszek mołdawskiego.

– Siejka Maksiu to jest, jest – szepnął przybyszowi
w ucho, opryskując go śliną. – On żonkę twoją rachu-cia-
chu, prawda! Nasz Maksiu!

Tamten wstał. Wytarł ślinę z policzka i wino ze spodni.
Rzucając grubymi przekleństwami, pognał do przedpokoju.

– Gdzie mój płaszcz?

– Jaki płasc?

Przybysz podbiegł do gospodarza, walnął go w kark.

– Płaszcz!

– Jasne, jasne. Do chemicnego pranka. Tu jest.

Interesant od chemii podniósł swój płaszcz z podłogi w kuchni. Pchnął wściekle Hadriana na wieszak w przedpokoju, z przekleństwem zatrzasnął drzwi.

Hadrian zdjął spodnie, wrzucił do wanny, usiadł przy stole w kuchni. Rozcierając kark, myślał o demonach, które tak łatwo obudzić. Wątpliwe, aby to był koniec. Wątpliwe, aby tamten dał się nabrać na przedstawienie. Tamten wie, że jego twarz została zapamiętana. Tu, blisko kampusu akademickiego, ludzie od narkotyków są silni. I chwalić Boga, że Betki i Jarka tu nie ma, mogli wyjechać. Tyle że z Hagi mają blisko do Amsterdamu i te same demony mogą się o nich upomnieć.

Podszedł do stołu, elektrotechnicznymi cążkami wziął kieliszek Modesta i ostrożnie wstawił do dużego słoja. Jak długo zostają na szkle odciski palców?

Napisał na kartce MORDERCA, przycisnął ją w słoju twistową zakrętką. Odstawił słój na najwyższą półkę, włożył robocze spodnie i zabrał się do porządków. Nie miał już ochoty ani na pulpety, ani na fasolkę.

Wilma Makaric zadzwoniła z hotelu „Soplicowo".

– Pan mnie pewnie nie pamięta. Ale żaglówkę „Wilma" z Szybenika musiał pan zapamiętać. Jutro mam samolot do Lwowa, jadę na zjazd tłumaczy Brunona Schulza do Drohobycza. Zobaczyłabym się z panem albo teraz, albo w powrotnej drodze.

– Teraz, bardzo proszę.

Oczywiście pamiętał tę Chorwatkę, bo mówiła po polsku. Pożyczał żaglówkę od jej męża Cirila. Piękną byli parą – on wysoki, żylasty, czarny jak Cygan, z ostrymi rysami, ona jakby narysowana najmiększym ołówkiem B6, krótkie kędzierzawe włosy w kolorze słonecznego cienia, karnacja twarzy w tej samej tonacji, ale rozświetlona. Gościli Hadriana z rodziną u siebie, tylko Ciril i siwy ojciec Wilmy zasiedli do stołu, gospodyni krzątała się, podawała potrawy, wtrącała się z tłumaczeniem, gdy były jakieś kłopoty z porozumieniem się po angielsku. Tłumaczka polskich książek dla dzieci po slawistyce w Bratysławie. Mówiła z pamięci wierszyki, a Jarek i Betka zaśmiewali się, to były inne książki dla dzieci, niż te, które znali.

Potem Hadrian, Ciril i siwy zasiedli na tarasie przy butelce rakiji, przy politycznych dysputach, a Wilma i Rena miały swoją godzinę babskich rozmów w kuchni podczas zmywania, potem w pokoju z kieliszkiem orzechowego likieru.

Żaglówka, którą popłynęli na wyspy, też nazywała się „Wilma" i, chciał nie chciał, pamiętał dymne złoto skóry, złotawą szarość włosów kobiety o tym samym imieniu. Wspominał ją, chociaż tak dobrze było z Reną i dzieciakami na kamienistych plażach.

Znalazła u Hadriana dużo tego spokoju, którego zawsze brakowało u Cirila.

Zjedli obiad, jaki sam ugotował, a potem nie szło już odkleić się od biurka z komputerem. Wspomniała przy mielonych kotletach, że chce sprzedać w końcu to mieszkanie w Zagrzebiu przy dworcu, na Medimurskiej, niepewne to wynajmowanie, korowody wieczne z kosztami remontu. A on przyznał, że nagle zachciało mu się wynieść ze śródmieścia, z sąsiedztwa kampusu i studenckich klubów. Wydeptał już w internecie dogodne ścieżki w dżungli handlu nieruchomościami, w portalach prognoz cenowych, wycen, kredytów. Pędzili więc przez cyberprzestrzeń od tabeli do tabeli, od okazji do okazji.

Nie, nic nie zostało powiedziane, to były tylko porównawcze kalkulacje, wynikało jasno, że za mieszkanie w Zagrzebiu nic się nie kupi na terenie Unii Europejskiej, w starej Europie. Gdyby jednak sprzedać mieszkania w Zagrzebiu i Szybeniku, dołożyć to, co – całkiem teoretycznie wyliczając – dostałoby się za mieszkanie na Włostowickiej, to w zasięgu ręki jest dom gdzieś w najpiękniejszej okolicy starych sadów i wapiennych skałek, pół godziny autem od centrum – w Woli Modlickiej czy na Burgrabsku. A jakby mieć minimum szczęścia przy transakcjach – starczyłoby też na żaglówkę jak tamta. Niech stoi gdzieś w Splicie czy Trogirze, niech czeka czasu urlopowego.

Wszystkie rozmowy ledwie zaczęte, ledwie zdążyli w milczeniu wypić za żołnierską śmierć Cirila, a już Wilma musiała wracać do hotelu, samolot do Lwowa był o świcie. Obiecała, że zatrzyma się w powrotnej drodze, już nie w hotelu. W samolocie myślała o Hadrianie i jego losie, o tym, że życzył zdrowia człowiekowi, który odbierał mu żonę i dzieci, bo wykombinował sobie, że dzieje się sprawiedliwość. Fizycznie zmienił się tylko trochę, przytył – ale nie pamiętała, aby wtedy w Szybeniku tak promieniowała z niego siła, cisza jakaś wewnętrzna. Panował nad tym małym światem, do którego się wycofał.

Wilma zjawiła się, gdy jej potrzebował. Nie chodziło o samą tylko pustkę, o bezludne dni. Teraz był także strach. Wiedział, że po przygodzie z Modestem ci z narkobiznesu nie zostawią go w spokoju. Chcieli chemika, a on odmówił. Gorzej jeszcze, zapamiętał twarz wysłannika. Nie może udawać bez końca debilowatego degenerata, nie może czekać zmroku, aby wychodzić na zakupy. Trzeba się wyprowadzić z Włostowickiej jak najdalej, utonąć w podmiejskiej anonimowości. Wilma była aniołem wybawienia – była w niej energia, nadzieja. Duża, mocna, bałkańska kobieta z dalmatyńskim smakiem do życia, z poczuciem humoru.

Chodził z głową pełną planów przeprowadzki na Burgrabsk albo i dalej do, Niweczy, kiedy pojawił się Gaston Chlebniak, handlarz szabel i ryngrafów. Jednego dnia przyniósł tylko kawę i pączki. Gadało się świetnie, więc zaraz na następny dzień umówił się z nim na obiad. Wiedział, że gdy wspomni w rozmowie Betkę, już będą mówić tylko o niej, a to będzie coraz smutniej. Wybrała go jako ojca, zgodziła się przyjąć jego nazwisko – była w tym obietnica, nikt nigdy nie wypowiedział jej głośno – a potem jednak pojechała. Obietnica została złamana, ale niedobrze o tym mówić. Nie mówili więc o córce, Chlebniak plotkował trochę o swoich klientach, o łatwowiernych snobach, o kutych na cztery nogi pośrednikach- -cwaniakach, wreszcie o tych najcenniejszych – znawcach z instynktem łowów, z religijną wiarą w traf szczęśliwy. Potem Hadrian zaczął wspominać swoją sprzedaną kolekcję, zadziwił gościa fotograficzną pamięcią, zakodowanym w głowie katalogiem. Nie mówili o Betce, a ona się i tak przypomniała. Handlarz militariów wyszedł przed północą, Betka zadzwoniła z lotniska w Poznaniu kwadrans po północy.

Początkowo myślał, że wypiła coś, tak pośpieszna, zawiła, z zapaściami w szloch była ta gadanina. On, tato, nie miał szansy przeżyć... kierowca TIR-a, co tam jechał, mówił, że błysk – jakby cysterna pieprzła, jakby cysterna benzyny pieprzła tam wysoko. Ratują go, ze śmierci klinicznej wyciągnęli, na tlenie jest.

– Ale Betka, spokojnie, kto?

– Przyjedź, tato, przecież ja już zapomniałam, jak się po Polsce poruszać, z kim załatwiać. Hank nie ma żadnych dokumentów, wystartował z lotniska Tempelhof, ze sportowego w Berlinie. Kombinezon się stego, pokazali mi, okopcone szmaty zostały.

– Ten Hank to twój chłopak?

– Mirelli chłopak. Ale ona nie może z nim być, bo dostała robotę w banku. Zresztą, co by tu ona… Ja znam polski…

– A ty się mogłaś zerwać z pracy?

– Teraz jestem na socjalu. A i tak miałam płynąć na rejs z Oggy.

– To nie studiujesz? Oggy? Co to jest?

– Mój man. Przyjedź, potrzeba chyba pieniędzy. Wszystko ci powiem, przyjedź. Szpital Jana Bożego, będę chyba spała tam w holu, bo muszę być przy Hanku. Zapisz sobie. Hank Kroebe, przeliteruję ci, intensywna terapia, ordynator, doktor Kapota.

Było już bardzo późno, ale zadzwonił do Gastona Chlebniaka. Opowiedział w dwu słowach o nieszczęsnym chłopaku niejakiej Mirelli, który wylądował ze swoją motolotnią na linii wysokiego napięcia gdzieś między Goliną a Słupcą. Powiedział, że pędzi do Poznania najwcześniejszym pociągiem Intercity, a przecież przyjeżdża z Drohobycza Wilma Makaric. Ktoś musi jej dać klucze do mieszkania i trochę opieki. Pokazać bibliotekę opactwa choćby. „Tak mnie nauczyłeś, tato, jak przyjaciele są w kłopotach, trzeba być blisko". Czy naprawdę uczył tego Betkę? Gdy miał kłopoty – byli przyjaciele blisko? Czasem tak. Teraz jest na szczęście Chlebniak.

Był rano na dworcu, wziął klucze.

A potem – okropne, męczące trzy dni – szpitale, urzędy, faksy do ambasady Holandii, telefony do Hagi, odnajdywanie pogubionych kuzynów rodziny Rogatko, bo dzieci ciotki Femy z Przeworska pokończyły medycynę w Poznaniu, mogły mieć dojścia jakie do ordynatora. Helikopter zawiózł rudego Hanka na oddział oparzeń w Siemianowicach Śląskich. Tamtejsi lekarze mówili –

nie takich łatamy. W szpitalnej aptece spotkał kumotra z „Solidarności", z komisji rewizyjnej regionu, poszli z nim i Betką na obiad, i to było wytchnienie – przerwa w kłótniach z córką. Cała renta poszła w rozkurz. Wyczuwał – Betka była w nerwach, bo liczyła, że wspólny z tym jakimś Oggy rejs będzie przełomem w jej niesprecyzowanym związku z tym osobnikiem. Dopiero w drodze powrotnej coś dowiedział się o tym, którego nazwała „mój man". Ogrodnik, właściciel szkółki drzew w Kornwalii, trzy razy była u niego na wakacyjnej pracy zarobkowej, zanim zorientowali się, że coś do siebie czują. Był na wigilii u matki pod Rotterdamem, teraz mieli jechać w rejs. Do Skał Świętego Pawła czy coś w tym rodzaju. Dzwonił z Atlantyku i to było w porządku. Nie mógł zrozumieć, że Betka nie popłynęła z nim, bo pomaga chłopakowi swojej przyjaciółki, i to było żałosne. Ani mu w łeb głupi kornwalijski nie strzeliło, że on sam powinien plunąć na to, że rejs zapłacony, i być tu. Słów brak. A na zdjęciu wyglądał solidnie i poczciwie. Betka chwilami była pewna, że ściągnie ogrodnika do Polski i tu wszystko da się połączyć – jej pensjonat i jego magnolie, miłorzęby i klony purpurowe. To już było zbyt wspaniałe, aby traktować serio.

Byli parą – ci dwoje. Gaston Chlebniak i Wilma Makaric. Hadrian poczuł to w lot, nim które zdążyło się odezwać. Pomyślał, że teraz powinien paść i umrzeć na zawał. Zdradzony, trafiony, zatopiony. Zatopione nadzieje, żaden dom na Burgrabsku nie dla niego, żadna jesień życia z tą kobietą, której przez śniadą skórę prześwitywało złoto obietnic. Betka rzuciła się na szyję Gastonowi – jejku, pan profesor, jakie loki, w życiu bym nie poznała, a w oczach Wilmy zajarzyła się zazdrość. A Hadrian nie dostał zawału. Myślał o tym, że renta przeputana na przejazdy, noclegi, na szpitalne prezenciki, a tu trzeba robić kolację dla czworga.

Przyglądał się Gastonowi – giętki, barczysty, długie włosy starannie umyte – wyprostował się, odmłodniał. Pomyślał, że on też by odmłodniał przy kobiecie.

Bogu dzięki Gaston właśnie miał jakiś grosz, zamówili pizzę. Opowiadał z zachwytem, jak to od razu zgadali się z Wilmą, Danilo Kiš, Dubravka Ugresšič, błysnął jej nazwiskami, ale co tam – Wilma zakochana w poezji Jerzego Lieberta, a on, jakich używał forteli, aby te Betki i jej koleżanki przymusić do lektury wierszy i listów Lieberta, a Wilma – jakże, przecież to epoka Brunona Schulza, musi znać wszytko... I zaraz odezwała się strofą: *Na wsi dzień kładłaś, jak ściętą różę / W karty powieści, / Słysząc, jak obok drzewo, a w górze / Chmura szeleści.*

Gaston odpowiedział jej: *A dziś pod miasta kopułą ciemną / Serce masz znojne, / Pochylasz czoło smutne nade mną i niespokojne...*

Nie dostał zawału, słuchał, jadł pizzę i pił ukraińską perecówkę przywiezioną przez Wilmę z Drohobycza. Smutne i niespokojne powinno być jego znojne serce, a on jakoś głupio się cieszył – ludzie dokoła stołu, Betka na chwilę odzyskana, tamten rudy zdrowieje w szpitalu, przytomny, sam oddycha. Potem Gaston umówił się, że nazajutrz Hadrian pokaże mu te ścieżki w internecie do okazji i wycen w handlu nieruchomościami, poszedł, całując Betkę w policzek, Wilmę w policzek.

Wilma dostała łóżko w sypialni, dla Betki Hadrian posłał w pokoju na kanapie, sobie rozłożył brezentowe łóżko polowe w kuchni. Niby wygodnie i ciepło, ale szybko się zorientował, że nie zaśnie. Kręcił się, przewalał z boku na bok zawstydzony tym, że myśli o pieniądzach. Majowa pełnia waliła w szyby, zazgrzytał nocny tramwaj.

– Nie śpisz? – zapytała Betka. Obudziła ją skrzypiąca podłoga.

– Nie, spałem trochę w pociągu. Muszę tu z biblioteki… takie tam papiery. A ty śpij. Chcesz może wyżej pod głową?

Tak się zagłębił w rozłożonych na kuchennym stole starych notatkach, że nie zauważył, że Betka stoi w drzwiach.

– I co tam masz?

Odwrócił się ku niej i pomyślał, że taka wysoka i szczupła była Rena, kiedy się poznali.

– Pamiętasz ciocię Femkę? Raz byliśmy u nich w Przeworsku. Mała byłaś, zakochałaś się w ich psie, taki kudłacz. Ciotka jeszcze żyje, dzwoniłem do niej z Poznania. I to ona miała taki pomysł… W Szwajcarii, wieki temu, pracowałem nad barwnikami do żywic, nawet myślałem coś opatentować, ale zamiast tego wylądowałem w internacie w Wiśniczu. Femki wnuczka, a raczej jej mąż, ma w Rozwadowie nieduży zakład, barwi granulaty dla firmy szkutniczej. Tu mam takie… można by się dogadać. Pojechałbym na jakiś czas… może nawet to mieszkanie szłoby sprzedać. Rentę mam nie najniższą, ale i tak – do pierwszego – sama wiesz.

– No, wiem. Wiem, tato. Dzwonił Oggy. Żeglują pod pełnią. Ma wachtę przy sterze.

– I co? Co z tym Oggym?

– Chyba wszystko dobrze.

*Ogólnie mówiąc,
przejebane…*

PRÓBA CZYTANA

– Nie musieliśmy brać tego modnego Anglika, on po prostu przerabia na scenę niedzielne dodatki do paryskich dzienników. Bierze paradoksy od świeżo wylansowanych filozofów i dokłada do nich bluzgi w stylu hip-hopu. Kogo dziś szokuje brukowy język?

– Hola, hola, panienko! Bastuj, bastuj!

Marcjan wstał i zamachał rękami przed nosem Klary. On jeden przychodził na próby w garniturze, w jasnej koszuli i krawacie. Był kiedyś prezenterem w telewizji, a w teatr się wżenił. Małżeństwo potrwało niecały rok. Wera, zrazu rusałka, potem oszustka, odeszła od niego, ale on nie porzucił teatru. Pozostał, ale przywykł pokazywać swoją odmienność. Był jak oni komediantem, tyle że on przecież nie musiał. HE, HE, HE!

Teraz nie udało mu się uciszyć Klary. On wstał i ona wstała. Wspięła się na palce i zajrzała mu w oczy. Wyrzuciła w górę ręce – miała opanowany ten gest, kiedy jej krągłe ramiona strzelały jak rakiety z szerokich rękawów burego swetra-kolczugi.

– A jak zbastuję, zrobi się mądrzej? – spytała. – Będziemy tu wymyślać pozy na sceny lesbijsko-sadystyczne, będziemy stroić ton do lewackich ataków na system

131

czy tam układ… On tego. On nie ma wyczucia teatru! On w ogóle..

– On kto? Autor czy nasz? – przeciął ostro Marcjan.

Klara Zips siadła tak płynnie, jakby to był wyższy kurs tai-chi, w tym samym ruchu odwróciła się do niego plecami. Gdyby ją taką wyrzeźbił Rodin, mógłby to nazwać „rozpacz pogardzająca". Z tym skłonem szyi, wąskimi opuszczonymi barkami, dłońmi jak porzucone wachlarze.

– Leć za nim do bufetu, naskarż na mnie, że podrywam autorytet, sieję zamęt – powiedziała starannie frazowanym półszeptem. – Idź, Marcjan, idź. Oni tam siedzą, pompują się. Intelektualne orły nad espresso bez śmietanki. Idź, my głupole tu czekamy na rozkazy. Zagramy wszystko, bo my kukły idealne.

Marcjan zdjął marynarkę i starannie powiesił na oparciu krzesła. W teatrze wiedzieli wszyscy, że dzięki jego koneksjom z ludźmi telewizji można dostać rolę w serialu, filmie, spektaklu telewizyjnym. A on sam się domyślał, jak go za to nienawidzą. W telewizji nic już nie mógł w tych nowych układach, ale im łatwiej było myśleć, że odmawia pomocy. Wygranych podejrzewali, że układają się z Marcjanem po cichu. A przegranych było zawsze więcej.

– Idę zapalić. Nie będę się tam wciskał do stolika proroków. Wiem, co ta sztuka znaczy, jak ją czytać. Wiem i co z tego? Mnie nikt nie zapyta.

Marcjan poszedł i dopiero teraz odezwała się Bella Kuchara.

– Wiesz, co mówią o naszym Marcjanie? Szykuje się coś za trzy lata. Będzie kandydował na prezydenta.

– Mówiłam ci, Bella, nie wyjeżdżaj z tymi plotami z „Klaudii". Czytaj, bo to cię odpręża. Ja też czasem kupuję „Kosmopolitankę" albo „Życie na gorąco". Depilacja, antykoncepcja, życie seksualne Hollywoodu – niezłe kawałki. Ale o tym w naszym teatrze – sza! Tu Brecht, tu się mówi o dekonstrukcji Derridy, o Verfremdungseffect, indyjskich sztuczkach Petera Brooka. Teatr no, teatr kabuki, teoria supermarionety. Tu jesteś skazana na permanentny lifting mózgu.

– Ale jak jesteśmy dwie, ty i ja?

Klara przycisnęła dłonie do ust, przychyliła się do Belli i wyszeptała.

– Ściany mają uszy, Bella. Może gdzieś kiedyś. Na dalekiej plaży w Chorwacji. Tu Verfremdungseffect albo nic. Jakie to perfumy?

– To Chanel numer pięć – powiedział Cocomatura, który dotąd siedział pochylony nad tekstem, z czołem podpartym dłońmi, z grubymi paluchami zanurzonymi w szpakowate zmierzwione kudły. – Nie jesteście tu same dwie. Jak już jesteśmy troje, to wiecie, ja studiów nie mam, ja nie wiem, kto to Gordon Craig. Pomóżcie, szepnijcie, o co tu biega? Te one, to jak?

Klara wzruszyła ramionami i powtórzyła pytanie:

– Te one, to jak? Te one, to trzy damskie role. Zapewne damskie. Póki on nie powiedział, to nie mamy prawa myśleć cokolwiek.

Zawiesiła głos i nawinęła na palce krucze pukle po obydwu stronach śniadych policzków. Wpiła w pospolitą gębę Coco wielkie magiczne oczy

– Ale póki nie słucha, to powiem. Ten stary, ty go zagrasz…

– W życiu, nie – zaperzył się Cocomatura. – To nie jest rola dla mnie.

– Słuchaj, zagrasz. A te one, to trzy dziwki, które on sobie sprowadza do więziennej celi.

– Pleciesz, Klara – sprzeciwiła się Bella. – Gdzież do celi! On jest w więzieniu, ale jako psycholog, naukowiec.

Badania nad przestępcami. A one to są więźniarki, chcą go wykorzystać, żeby wyjść...

– Nie ma to jak być magistrem sztuki aktorskiej – westchnął Coco. – Wszystko się kuma. Ale po mojemu, to wyście to więzienie wzięły z sufitu. To jest rezydencja tego starego. Albo szpital, w którym on robi eksperymenty na ludziach. On je jakby sklonował ze swojej spermy. Czyli jako córki. No, tak było w *Królu Learze*, nie?

– Ściany mają uszy. Z Szekspirem nie wyjeżdżaj.

Ściany, kotary, meble. Teatralny zapach kurzu, kleju, kosmetyków. Mała sala prób, wygospodarowana na półpiętrze po remoncie, była oświetlona przeraźliwie białym i nadmiernym światłem. Te żarówki podobno oszczędzały energię, a z pewnością zabijały energię psychiczną. Zostali we troje wpatrzeni w komputerowe wydruki tekstu, usiłując – każde po swojemu – wyczytać między wierszami spektakl, siebie, swój ukłon przed kurtyną. Klara Zips pomyślała sobie, że to jest jak szukanie grzybów w spalonym lesie. Kolczaste słowa kruszyły się na miał przy każdym odczytaniu.

Marcjan wypalił połówkę papierosa i stanął w drzwiach bufetu. Na stoliku proroków scenograf Bawidło rozłożył kalki, papiery. Długimi palcami wirtuoza biegał po szkicach i wyjaśniał, co znaczy, co chciał powiedzieć modny Angol.

– Ja wiem to jeszcze zawczasu – mówił głosem pełnym sugestywnego entuzjazmu. – Wyskakuję przed orkiestrę. Ale jeśli mamy się zakwalifikować na Edynburg, to jest nawet za późno. Wiem, co mi chcesz powiedzieć. Że festiwale to małpiarstwo, jarmark męskich dziwek. No, może. Ty chcesz coś powiedzieć polskiemu widzowi, szlachetnie, jestem z tobą. Tak rozumiem teatr – służba. Duchowa służba. Nie, tak nie mówisz, ale czy ja cię nie czuję po tych latach? Tylko ten nasz widz, to żałosne, żałosne. Musi być coś obdzwonione w Edynburgu, żeby ten nasz widz przyszedł. I dlatego – patrz, ja w nocy nie śpię, kombinuję. Nie zakochałem się w tej sztuce, zabij, nie potrafię. Ale siedzę w nocy i myślę – co by... Ty nie trząś łbem, Miszka.

– Nie trzęsę, ale... – odezwał się asystent. – Ale tego... możemy usiąść nad tym z aktorami?

– Za wcześnie – sprzeciwił się reżyser. – Zadałem im, główkują. I nie przekreślałbym tego, co wymyślą. Ale ja chcę do nich wyjść z gotową koncepcją, ze strukturą znaczeń. Pokazać im od razu wektory napięć. Słuchajmy, jaka jest pierwsza wersja scenografii – i na razie sza. Zobaczmy przestrzeń, domyślimy się ruchu. Osoby wejdą w smugi ruchu, prawda. A kiedy mówię o osobie, to co?

– No to chodzi o motywację – odpowiedział Miszka.

Bawidło rozprostował kalki na stoliku i dalej opowiadał o swojej wizji. W bezbarwnym, burym i szarym świecie poziomych podestów i pionowych ścian poruszają się figury szachowe. Biały król i trzy czarne gońce, potem garść białych i czarnych pionów, biała wieża, czarny koń. Przez pierwszy, drugi i trzeci akt te wszystkie figury uczłowieczają się z wolna, nabierają kolorów ziemi, ognia, roślin. A przez ten czas elementy pionowe dekoracji i poziomy podestów ulegają rozchwianiu, zmieniają się w skosy, nawisy, pochylnie. Z neutralnych barw wykwita biel i czerń, układ kwadratów szachownicy.

Ledwie Bawidło zaczął opowiadać o swojej koncepcji, Marcjan, stojący u wejścia, ledwie dotąd widoczny za malinową kotarą, zrobił krok naprzód i wyciągnął szyję, aby dostrzec cokolwiek na szkicach. Reżyser zauważył go, skarcił surowo wzrokiem i zaraz potem zrobił zapraszający ruch ręką.

Marcjan zbliżył się na palcach i przysiadł na krzesełku sąsiedniego stolika. Uprzejmy, ale pełen godności i powagi.

– Myślę, żeby przenieść spektakl do teatru telewizji – powiedział reżyser, nie kierując tej wypowiedzi do nikogo.

– Podoba mi się ta czarno-biała maskarada na początek i różnicowanie się barw potem – odezwał się ostrożnie Marcjan.

– To jest organiczne. Na początku, gdy wchodzimy w jakąś sytuację, zdaje się, że rozpoznajemy złych i dobrych, sprzymierzeńców i wrogów. A potem... albo jak na wiosnę jest ta polna grafika – czarne skiby i białe resztki śniegu w bruzdach, potem coś się zieleni, rudzieje, kwitnie niebiesko, żółto.

Słowa „organiczne" i „energia" były własnością reżysera. Kto ich używał, składał mu hołd, kto od niego te słowa usłyszał, jakby dostawał order.

Asystent Misza, chłopiec zbyt piękny, ozdobiony bródką i wąsami muszkietera, poczuł się wywołany do odpowiedzi.

– Kluczowe będą te trzy à la pionki na początku. Arsena, Beretta i Cykuta – musi być potężna energia w ich przemianie – najpierw prawie niezróżnicowany zbiorowy obiekt erotyczny, a potem okazuje się, że za działaniem każdej stoi inna struktura motywacyjna...

– Dobrze, Miszka – pochwalił reżyser. – Kombinujesz. Ale w tekście, gdzie konkretnie masz to w tekście?

– Skoro mi to przyszło do głowy, musi być w tekście – zaripostował Misza. – Gdzieś między słowami może, między linijkami. I tu, idąc za dynamiką, za smugą, trzeba budować rolę czasem przeciw tekstowi, przeciw didaskaliom nawet, aby wyzwolić energię zderzenia.

– Miszka sugeruje właściwe sprawy – wtrącił się scenograf Bawidło. – Poza tekstem. W początku trzeciego aktu jest w didaskaliach taka wzmianka: „obok tapczanu jakieś wiadro, jakaś miednica, cokolwiek, choćby telewizor". A ja – patrzcie panowie – idę dalej – wstawiam tu telebimy, jeden, drugi, trzeci. I akcja ze sceny przecieka na telebimy, aktorzy gadają ze zjawami elektronicznymi, to się da przetworzyć, że ludzie spierają się z olbrzymami z tęczowej mgły. A na kolejnym ekranie – cienie. I ta scena, w której Stary nie widzi dziewczyn, ale każe Cykucie, aby opowiadała, co robią Arsena i Beretta…

– To jest jawne nawiązanie do platońskich cieni w jaskini – popisał się Misza. Miał trzy lata filozofii, zanim się stoczył w teatr.

– Kluczowe jest to, że Cykuta kłamie, a okazuje się, że kłamstwo ma podwójne dno, to Profesor aranżuje oszustwo, bo żadnej z trzech kobiet już nie ma, Cykuta jest nagranym głosem, a tamte dwie są tylko zapisem video.

Reżyser spojrzał czujnie na Marcjana.

– Znalazł pan to w tekście czy między wierszami? – spytał agresywnie. – I co według pana znaczy, że kobiet już nie ma? Skąd taki domysł? Cykuta w następnej scenie uwodzi Profesora, mam pomysł na ostrą, drapieżną inscenizację. A tej kobiety nie ma?

– Chyba nie doczytałem – wycofał się Marcjan. – To tylko taki domysł…

– No właśnie – powiedział surowo reżyser. – Pan wie, gdzie pan teraz powinien być. Za czterdzieści minut będę u was w sali prób i będę chciał posłuchać logicznie czytanego aktu pierwszego. Logicznie, to znaczy – ze zrozumieniem. Misza, dokończ!

– Ze zrozumieniem drugiego dna motywacji – dokończył Misza.

– Lear to nasza mądrość – oświadczył Misza sześć godzin później. Z tymi słowami wsiadł do samochodu Igi

Madziarek, swojej narzeczonej, zdobywającej rozgłos dziennikarki śledczej. Ich relacje były od początku zwichnięte. On wiedział, że Iga jest dla niego za mądra, za prawdziwa, tak jak ona wiedziała, że taki młody i piękny Miszka to nie dla niej. Od roku telepało ich nieprzystosowanie wzajemne, gryzł brak nadziei, a coś, co było większe od erotycznego magnetyzmu, trzymało ich razem.

– O tej sztuce mówisz. O Angolu. Reżyser się uparł?

Misza kiwnął potakująco. Zatkał już sobie usta kanapką z łososiem, patrzał z podziwem, jak Iga nalewa mu herbatę z termosu, nie zwalniając na pętlach ulicy Karowej.

– Dokąd jedziemy? – spytał, otrzepując ze spodni okruchy po trzeciej kanapce.

– A, tam. Tak byle-byle jedziemy – odparła lekceważąco. – To mówisz, że reżyser się uparł i poleci przez tego brutalistę po szekspirowsku.

– Uparł się, ale nie poleci nigdzie. Pokłócił się ze wszystkimi. Podarł kalki pana Bawidły, to wspaniały scenograf. Jakieś pomysły tam były. Obraził Marcjana. No, w ogóle z aktorami i aktorkami to na noże. Przez Nieporęt lecimy? No właśnie, szczególnie z aktorkami. Klara Zips, ta wiesz, co w serialach zawsze... No! Myślałem że mu da w mordę. W końcu strzeliła drzwiami. Bo tam jest taka scena, no, nie rozbierana, raczej nawet nie erotyczna... Stary jeden, szef gangu, czy tam dyrektor psychiatryka, odwraca się i nie patrzy. Dwie kobiety coś tam, coś tam, a szef tylko chce, żeby mu ta trzecia opowiadała, co robią. I to ma grać Bella Kuchara. Nie znasz? Lekka nadwaga, kolosalna intuicja. Tyle, że ona kłamie. Ona – postać. Cykuta – takie imię ma postać. Kłócili się jak wściekłe psy o to, a mnie przypomniała się... – bo wiesz, Iga, ja tam jak na węglach. On w każdej chwili może mnie zahaczyć o motywacje, o znaczenia. Co te słowa znaczą. A mnie właśnie przypomniała się... Rozumiesz, Bella ma grać Cykutę, więc musi wiedzieć, dlaczego kłamie – mówi, że tamte dwie całkiem coś innego robią.

– Co robią? A właściwie, co ci się przypomniało?

– Przypomniało się, że teraz robią seanse kinowe dla niewidomych, dostają słuchawki i słyszą opowiadacza, mówi, co na ekranie. Niedawno coś takiego zaczęli.

– Tak słyszałam... a w sztuce co te dwie robią?

– W tekście tego nie ma. Coś rozpinają może. Rozpinają na sobie, jedna drugiej. Pewnie reżyser będzie chciał, żebym ja wymyślił, co jak dlaczego. Dlaczego – to ważne. Jestem tam za chłopca od motywacji. Postać coś robi, a ja mam mówić aktorowi dlaczego i jeszcze głębsze dlaczego.

– Wymyślisz – powiedziała Iga i dotknęła kolana Miszy. – Zawsze coś wymyślasz. Lubię twoje pomysły.

Marcjan zadzwonił do Wery – nie był pewien, czy mieszka jeszcze na Księżych Sadach. Telefon najpierw zajęty, potem nikt nie podnosił słuchawki. Zadzwonił na komórkę, wydobycie numeru komórki kosztowało go butelkę whisky. Nic. Zostawił wiadomość na poczcie głosowej i poczuł, że zrobił błąd.

Mimo że był po dwu piwach, wsiadł do auta i pojechał na ulicę Księże Sady. Spodziewał się, że będą wille, były dość nędzne domki. Wera była w domu. Sama – i wyglądało na to, że mieszka sama.

– Nie spodziewałam się ciebie. Wejdź, Marko – i nie podała mu ręki na powitanie. Była bez makijażu, w czarnych dżinsach i białej koszuli z nierówno obciętymi rękawami.

– Ja też się nie spodziewałem... że trafię. Że zastanę w ogóle...

Furtka była zamykana na drucianą obręcz, w przekwitłych bzach niski drewniaczek. A za sionką z psim barłogiem – proszę – takie mieszkanie. Może małe, ale urządzone jak dobra scenografia. Zasłony, narzuty, fotele, w różnych tonach szarości, lnu surowego, grafitu. Stare czarno-białe zdjęcia na ścianach. Rodzinne chyba.

Wera zniknęła w łazience i wróciła ze spiętymi na karku włosami.

– Czemu nie siadasz? Co się dzieje?

Siadła na fotelu, podciągnęła kolana pod brodę. Bosa.

– Dzwoniłem – powiedział, siadając naprzeciwko. – Ale chyba numery nie...

Unieważniła kwestię telefonów lekceważącym gestem dłoni i powtórzyła:

– Co się dzieje?

Wera, była dla niego kiedyś bosą rusałką, potem okazała się oszustką.

– Co się dzieje?

Powiedział, że to teatralne sprawy, że w teatrze zaczynają się próby *Syndromu strażnika*, reżyser doprowadził do jakiejś psychozy, zupełnego zamętu. Skłócili się, zanim zaczęli rozumieć. A on czytał, że w Zielonej Górze *Syndrom strażnika* był w próbach, a ona, Wera, była tam właśnie dwa sezony.

No tak, zaczynali. Ale nie wyszło nic, bo Holender, który miał reżyserować, zdolny gówniarz, zaplątał się w narkotyki. Wyleciał, wrócił do Hagi, nie było nikogo na jego miejsce. Ten, co przyszedł po miesiącu, chciał Zapolską. I grali. Przez miesiąc były komplety.

– Ale. Wera... (znów wymawiał to imię), ale z tym Holendrem. Jak? Była koncepcja? Klucz odczytania jakiś?

– Miałam grać Berettę – Wera westchnęła i zamilkła.

Zapatrzyła się w ciemne okna, aby mógł sobie przypomnieć jej profil, swoje w jej profil zapatrzenie dawne.

– Miałam grać Berettę – powtórzyła i nagle zaśmiała się

cicho. – Holender przywiózł tekst z Warszawy. Był dumny, jakby okradł bank narodowy. Nowy, niedrukowany jeszcze tekst legendarnego Duncana. A my żartowaliśmy, że Duncan pisał *Syndrom strażnika* jako przeróbkę bajki o trzech małych świnkach i złym wilku. Naświntuszył, ile wlezie.

– Ale poważnie. Powiedz, to mi bardzo potrzebne.

Zamyśliła się, pionowa kreska między brwiami.

– Teraz myślę, że to było o nas.

– Czekaj, Wera. W jakim sensie?

– O panie,
Jeżelim winna, przeto że mój język
Nie ma giętkości dosyć i biegłości
W mówieniu czego nie myślę (Co bowiem
Serce mi radzi, to nie mówiąc czynię)…

– Wera, to przecież z *Króla Leara*.

– Stary przekład Paszkowskiego – potwierdziła. – Jest tam dalej:

Nie mnie pierwszej
Przyszło w złe popaść przy chęci najszczerszej
Zrobienia dobrze….

Ten Hank Groeme…

– Kto?

– Holender. Tak się nazywał, Hank Groeme. On niegłupio kombinował… Ale ja cię o suchym pysku trzymam. Dalej pijasz zieloną herbatę?

W ciemności paliła się tylko przeraźliwie biała lampa nad zjazdem z wiaduktu i nieco bliżej neon barwy różowej landrynki „Cafe Rendez-Vous", nad baraczkiem z zatrzaśniętymi okiennicami.

Iga zakręciła na placyku, przejechała krawężnik i zaparkowała. Stali tak bez świateł, z opuszczonymi szybami. Od knajpki pulsowała brzękliwa muzyczka. Milczeli, nadsłuchiwali. Tylko psy szczekały, daleko. Czas rozpędzony autem zwalniał, napełniał się nocą wysoką, ich czuwaniem. Czuwaniem razem.

– Byłeś już kiedy w Nowym Dworze Mazowieckim?

– Nie, przejeżdżałem. Tysiąc razy – odpowiedział Miszka. – Czekamy na kogoś?

– Boże, chciałabym to wiedzieć. Kto tu na kogo czeka. Mamy czas w każdym razie. Opowiedz mi jeszcze raz tę sztukę. Bo jak opowiedziałeś dotąd, to jakieś hojdy-bojdy. Kim jest Stary? Jaką ma władzę nad Szefem i tymi trzema kobietami? Dlaczego chce wszystko zniszczyć, i to cudzymi rękami? Zjadłabym batonik. Sięgnij na tylne siedzenie do torby.

Misza przechylił się i sięgnął za siebie. Zamiast torby namacał aparat. Nowy, z teleobiektywem.

– Redakcyjny?

– Nic nie mają te dziady. Kupiłam sobie.

– Kurde, klasa. – Misza obejrzał z podziwem aparat i powiesił go sobie na szyi. To już tworzyło postać sceniczną. Iga podsunęła mu pod nos pudełko z batonami. Pokręcił głową, że nie. – Jak to opowiedzieć? – westchnął. – Wiesz, w pierwszej scenie tylko Szef i Stary. Ustawiają na półkach jakieś przedmioty, przeszkadzają sobie nawzajem, ale nie zauważają się niby. Jeden drugiego.

– Jakie przedmioty?

– No właśnie. Reżyser nagle mnie o to zapyta, a ja nie będę wiedział. To też muszę wymyślić. Scenograf Bawidło proponował książki i reżyser go zrugał. Za małoduszne skojarzenie – półka – ustawiać – co? Książki. Prostackie skojarzenie. Ale zostawmy. W drugiej scenie coś się zaczyna dziać. Te trzy kobiety coś wiedzą o Starym, bo jedna drugiej opowiada jaki on jest. Tyle że…

– Dokąd idziesz? – zapytała Inga poirytowanym głosem. – Nie idź...

– Muszę. Wypiłem ci cały termos herbaty i jeszcze kolę. Jakoś panicznie łapała go za rękaw. Ale Misza wysiadł i ruszył w stronę zarośli za stacją transformatorową. Wracał zamyślony – jak to opowiedzieć Idze, jak opowiedzieć, żeby poczuła rozdzierającą pustkę tej sztuki. Ledwie wyszedł na placyk przed kafejką, w tę aurę różowego neonu, dostrzegł kogoś wysokiego, z grzywą siwych włosów rozmawiającego z Igą przez otwarte drzwi auta. Zrobił trzy kroki i uprzytomnił sobie, że siwy drab w skórzanej marynarce trzyma drzwi, które Iga próbuje zamknąć.

– Hej, panie starszy! – zawołał Misza. Stary odwrócił się, a Misza, prawie bez myśli, podniósł wiszący na szyi aparat i pstryknął. – Uśmiech proszę – zwołał i pstryknął raz jeszcze, i jeszcze, nim pojął, że siwy, usta otwarte, czarna jama wrzasku, wyciągnął pistolet i strzela do niego. Potem zakotłowało się wszystko. Coś walnęło go w bark, padając, zobaczył, że Iga rusza, wywija na placyku rajdowego młyńca, rusza wprost na niego, najeżdża, noga, noga boli, a ona wlecze, wciąga poturbowanego, broczącego. Gaz potem i auto, rycząc na wysokich obrotach, czmycha, czmycha. Na wiadukt i w stronę szosy gdańskiej...

Bella Kuchara skończyła zmywanie po kolacji i przysiadła się do męża, który tkwił przed telewizorem na kanapie z białej imitacji skóry i pilotem klikał z kanału na kanał. Zatrzymał się chwilę na zawodniczkach walących piłkę przy siatce, przeskoczył na jakiś film sensacyjny – dziewczyna w szaleńczy sposób prowadziła białe auto. Ścigała ją czarna limuzyna i czerwony wóz terenowy pełen przeklinających drabów.

– Wyłącz na chwilę, dostaniesz piwko.

– Przecież nie jestem uzależniony – odpowiedział i wrócił do siatkarek, które właśnie wygrały coś, bo cieszyły się bardzo sympatycznie i prawdziwie. – Nie jestem uzależniony – powtórzył Zyga mąż. – Nie musisz przekupywać piwem, żebym wyłączył. Albo mogę sobie sam wziąć z lodówki i oglądać dalej, nie?

Przerzucił znowu na kino akcji. Dziewczyna jedną ręką prowadziła auto po serpentynach, drugą tamowała krew tryskającą z ramienia bezwładnego przystojniaka.

Bella przysiadła się na kanapę, cmoknęła go w policzek, wetknęła w rękę puszkę z piwem, wyjęła z drugiej ręki pilota.

– Nie wyłączasz – zdziwił się Zyga mąż.

– Bo reklamują ten krem, co go nie kupiłam. Wyłączam. Muszę ci powiedzieć, co w teatrze.

– Kłócicie się. – Wypił pół puszki, nie odejmując od ust. – No… zimne. Tego było mi trzeba.

– Piekło się zrobiło, ale przynajmniej już wiadomo o co. Po tych recenzjach z Różewicza reżyser strasznie chce jeszcze. Żeby go chwalili. Żeby iść za uderzeniem, jego pięć minut. Złapał się za modnego Anglika, może nawet wie, jak to wystawić, ale najpierw musi nas przeczołgać przez tekst. Musi pokazać, że my durnie, a on ratuje nas, podciąga, stawia na poziomie. Tam jest taka scena, że ja – bo mam grać pielęgniarkę dziwkę… Nazywam się Cykuta i robię Staremu masaż serca, sztuczne oddychanie usta-usta. Takie sztuczki z pogranicza burdelu i ojomu. Wychodzi z zapaści i mówi – ten Stary – żebym nie składała parawanu, tylko wyjrzała, co robią tamte dwie, niby koleżanki moje. Żebym smacznie opowiedziała. Ich nie ma. Uciekły, może umarły, a może były tylko przyśnione. Ja muszę zatrzymać Starego, mieć go. Nie widzę nikogo, ale opowiadam Staremu jakieś takie – z sekstelefonu dla

sadystów. Ale nie opowiadam tak a tak, ale raczej niedo-
powiadam, wyciągam z niego, co on by chciał zobaczyć.
To jest taka gra i nawet nieźle napisane, że opowieść, co ją
mówię, nie jest ani jego, ani moja, gdzieś powstaje między
nami, między nimi znaczy – Cykutą i Starym – podpro-
wadzam, podpowiadam, on majaczy, potem się okazuje,
że zapaść była udawana, majaczenie też. I reżyser mnie
męczy – pyta, co ja robię, kiedy mu to opowiadam, po
której stronie parawanu jestem, dotykam Starego czy nie.

– Lepiej nie dotykaj – powiedział Zyga, mąż. – Z tej
sztuki będzie klapa. Ja to czuję.

– Ale ja muszę coś proponować…

– Ja proponuję zamianę.

Zyga wziął pilota z ręki Belli, a jej dał pustą puszkę.
Zanim jednak włączył, pojawiła się Zoreńka. Jakby wy-
pełzła spod dywanu.

– Mama, ja wszystko narysowałam. Można grać do teatru prosto z tego.

Klęcząc przed rodzicami jak paź przed parą królew-
ską, mała wręczyła im wielkie tekturowe pudło po wło-
skich, dopiero co kupionych kozaczkach Belli.

– Początek jest wewnątrz, a potem oliwa sprawiedliwa
na wierzch wypływa i dalej jest na przykrywce, a kończy
się pod spodem, ale to niespodzianka. No więc tak – są
trzy złe księżniczki, a nie wiadomo, która jest dobra…

Pudło zarysowane było gęsto kredkami świecowymi
i flamastrami.

– Zoreńka – jęknęła Bella. – Ale skąd ty… przecież to
są dorosłe sprawy!

– Telefonowałaś do pani Klary, a potem pani Klara do
ciebie. Ja więc się wtedy bawiłam w bal lalcyny u mnie
w Barbilandii. – Nawet mówiłaś do pani Klary, nie płacz,
nie płacz, a ja ją bardzo lubię, prawda, że jest gwiazdą

piękna? I z tego narysowałam tak – tędy – tędy i hop! Tu jest na denku niespodzianka, ten Stary był drewniany, pusty w środku. Otwierają się drzwiczki jak w koniu trojańskim i tam w nim jest trzech królewiczów. Trzech dobrych królewiczów, ale jeszcze nie wiadomo, który okaże się zły. A może są to trzej królowie monarchowie, tylko jeszcze młodzi, jako studenci. Widzisz, tato? Trzej. Ten trzeci trochę zasłoniony, bo już było mało miejsca.

– Widzę – powiedział Zyga, tata. – Raz, dwa, trzy. Zgadza się. Co z tego dziecka będzie, jak ty je tak wychowujesz... Jeszcze sobie wezmę piwo.

Poszedł z piwem do komputera, na kanapę już nie wrócił tego wieczora.

Misza ocknął się na tylnym siedzeniu. Był ranny, krwawił pomimo opatrunku, jaki zrobiła Iga ze swojej bluzki i pokrowca zdartego z oparcia fotela kierowcy. Za oknem był różowy neon „Cafe Rendez-Vous". Wsiadła Iga w staniku. Ruszyła ostro.

– Po aparat. Wróciłam po aparat. Jest. Pasek przestrzelony, dlatego zgubiłeś. Nie ruszaj się, nogę masz złamaną.

– Ty mi złamałaś – jęknął.

– Nie chciałam, sorki. Ale po prawdzie zasłużyłeś. Fotoreporter-partyzant. Ale słuchaj, jak nie chcesz mieć kłopotów, jak nie chcesz, żebym ja miała wielkie kłopoty, to trzymaj się tej wersji, co ci powiem. Zabrałeś mnie na wycieczkę w celu erotycznym. Przejeżdżaliśmy przez Nowy Dwór, bo rozglądałeś się za jakimś hotelikiem. I bęc, zabłąkana kula. W szoku zatrzymałeś auto, spadłeś z nasypu, noga złamana. Nic więcej nie było, nikogo nie było, nie widziałeś aparatu, nic. Powtórz, proszę. Zaraz będziemy w szpitalu na Bródnie. Mam tam kogoś, czekają. Powtórz, co było.

– Kurde, po co. Noga puchnie.

– Powtórz, to ważne. Boże, bardzo ważne, zrozum, Miszka.

Zanim dojechali przed izbę przyjęć na Bródnie, powtórzył dwa razy, potem urwał mu się film.

Przy zielonej herbacie było niby milcząco, ale tak ciepło, z takimi rusałkowymi uśmiechami i spojrzeniami, że Marcjan się rozmarzył, już zerkał, które drzwi do sypialni. I zamiast tego Wera pociągnęła go na spacer. Psi spacer. Stalker jak się nie wybiega wieczorem, to w nocy nie daje spać. Stalker był wielki, czarny, kudłaty, żywiołowo i wilgotnie serdeczny. Szli wśród domków i warsztatów uliczkami o dziwnych nazwach – Żużlowa, Kraterowa. Ciepła noc, mimo gwiaździstego nieba. Pierwsza taka w tym roku. Wera, niepytana, zaczęła opowiadać o tym, jak Hank Groeme, Holender, próbował odczytać *Syndrom strażnika*. *Król Lear* to starość bez mądrości, bez godności, tragedia, która próbuje skompromitować tragedię, a nawet podważyć jej sens tragiczny. *Najgorzej jeszcze nie jest, póki człowiek może powiedzieć: Teraz mi najgorzej* – znowu w tłumaczeniu Paszkowskiego. Ślepy prowadzi szaleńca, szalony król w karnawałowym stroju z chwastów prorokuje cynizm, szydzi z moralności. Trzy kobiety w *Syndromie strażnika* odczytywać należy poprzez kwestię szaleńca. I tu Wera zacytowała z pamięci:

Podły pachołku, odejm krwawą rękę!
Za co ty chłoszczesz tę dziewkę? Bijże się
Po własnym grzbiecie! Pożądasz jej chamie,
A każesz ją za pożądliwość?

Jest w *Syndromie strażnika* taka scena, w której Stary chce zabić Szefa i nie może.

– Ano jest – potwierdził Marcjan. Czuł, że coraz mniej

obchodzi go reżyser, teatr, sztuka Oswalda Duncana, coraz bardziej samo słuchanie Wery. Pies, który szalał i krążył, póki szli w milczeniu, szedł przy nodze, odkąd jego pani zaczęła mówić, jakby i on lubił jej słuchać.

– Widzisz – podjęła Wera. – Hank Groeme twierdził, że od tego momentu, że właśnie wtedy Stary zaczyna traktować Szefa jak nieśmiertelnego, jak Demiurga czy nawet Boga. I przeciw niemu kieruje wściekłe oskarżenie, niby bredzi o genitaliach, ale to jest oskarżenie samego fenomenu płci, rozdwojenia.

– Jest coś takiego w tych bluzgach. Oskarżenie przeciwko temu, że jedni są mężczyznami, a kobiety kobietami.

– Nie, nie takie rozdwojenie – Wera roześmiała się, jakby powiedział dowcip. – W każdym człowieku jest to rozdwojenie. W kobiecie tak samo jak w mężczyźnie – walka o władzę między mózgiem a genitaliami. I każdy przez to przegrywa, jak Lear, bez królestwa i bez godności.

W milczeniu przeszli stromą, schodzącą ku przejazdowi pod torami ulicę Popielną. Pies buszował w ogrodach, korzystając z przewróconych płotów.

– Pogadam z reżyserem. Klara gra Berettę, Bella Kuchara Cykutę – zaczął niepewnie Marcjan. – Arsenę miała grać taka jedna po krakowskiej szkole, ale ją podkupili do serialu *Serce za serce*. Wyleciałaś od nas po awanturze, ale kiedy to było… Ty byś zagrała Arsenę. Reżyser powinien się zgodzić, on ciągle myśli, że ja mogę załatwić przeniesienie na scenę telewizyjną. A może będę mógł, tam w wierchuszce ciągłe zmiany… Bo to myślenie Holendra, to już jest jakaś sprawa, to może… Słuchasz mnie?

– Nie bardzo. Przepraszam, Marko. Stalkera nie słychać. Stalker, Stalker, do pani!

– Wygodnie leżysz?

– Tak, ale panie doktorze…

– Skończ z tym panem doktorem. Mów mi Bruno. Prosiłem cię o to na pierwszej sesji. Światło nie razi?

– Nnnnie – mruknęła Klara Zips. A mimo to doktor Pszenic wstał, podszedł do lampy i starannie, zerkając na rozciągniętą na leżance pacjentkę, opuścił abażur stojącej lampy. Czterdziestoletni, po kociemu gibki, łysiejący, krótko przystrzyżony psychoterapeuta napełniał Klarę zachwytem i brzydził ją zarazem do głębi. W stu procentach upozowany – zawsze w zgniłozielonych sztruksach czy tweedach, dyskretnie pachnący męskimi perfumami, zakłamany, bo swoją władzę ukrywający w cierpliwym, wyrozumiałym kumpelstwie, zasłaniający się cynizmem i profesjonalnymi procedurami. I ta wypielęgnowana kępka włosów pod dolną wargą, naśladująca któregoś z amerykańskich idoli kina. Odżegnujący się od płci, ale uwodzicielski.

– Chyba jest dobrze – powiedział Bruno i przemknął za ogromne biurko. – Wiesz, po co ci jest potrzebny „pan doktór", wiesz? Chodzi ci o to, aby uciec w sytuację podległości, paternalizmu. Mała Klara i potężny tata. Wielki reżyser i posłuszna, pokorna aktorka. Pan doktór i uległa pacjentka. To przekreśla całą naszą robotę. Potrzebne jest partnerstwo. Wzajemna uważność – w buddyjskim rozumieniu tego słowa. Teraz słucham. Mówiłaś o bezsenności. Ale w końcu – zasypiasz.

– Trzecia, czwarta nad ranem.

– I wtedy coś się śni.

– Nic właściwie.

– Czyli jednak coś, przypomnij sobie ostatnią noc. O czym myślałaś, przewracając się bezsennie. Co pojawiło się, kiedy jednak zasnęłaś.

– Póki nie spałam, myślałam o tej sztuce, którą mamy robić. Mam tam grać kobietę, która jest ofiarą eksperymentów mózgowych. Na imię mi Beretta i jestem jakoś związana z drugą, Arseną. Nie jak bliźniaczki, ale raczej ja dzień i noc. I cały czas jest podawana w wątpliwość sama nasza obecność, istnienie nawet. Nie wiem, czy jesteśmy naprawdę na scenie, naprawdę w tekście, czy tylko ta trzecia, Cykuta, opowiada naszą fizyczność, naszą namiętność, ból, jaki sobie zadajemy – albo nie. Jak ja mam proponować reżyserowi pomysły na moje sceniczne działania, na moje motywacje do działań? On cały czas twierdzi, że moje istnienie jest niepewne, że może jestem pojedyncza, może podwójna z tą Arseną, a może nic, tylko się o mnie kłamie.

– A czujesz się Berettą? Może jest w tej sztuce jakaś inna, bliższa ci rola, może męska?

– Nie wiem, Boże, nie wiem nawet tego… Chciałabym Berettę, ale żeby ona miała coś do grania. Naprawdę, z jakąś prawdą w środku, z ruchem, z rozmachem, rozpędem. Żeby mogła wrzasnąć, uderzyć, zatańczyć…

– Stop. Zatrzymaj ten obraz. Jest rola, powiedzmy, że jest. I kogo tańczysz? Dzień czy Noc?

– Noc, oczywiście. No, tak… Noc.

– Nie wahasz się? Noc na pewno?

Teraz Klara Zips nienawidziła doktora Bruna. Czuła się przyłapana przez psychoterapeutę i nie wiedziała na czym. Doktor wstał, przemknął przez gabinet jak łasica – cicho i celnie, zatrzymał się nad głową Klary, ale poza zasięgiem jej wzroku. Gdyby otworzyła oczy. Ale ona nie otwierała, była nocą.

– I mówisz, tańczysz jako Noc i uderzasz, chcesz kogoś uderzyć. Kogo?

Ciebie, pomyślała Klara. I powiedziała:

– Tego świntucha, Starego.

A zaraz potem pomyślała, że dwieście pięćdziesiąt złotych jak w błoto rzucone. Sam Pszenic jej mówił na początku terapii, że seans, w którym okłamie się psychoterapeutę, to wyrzucone pieniądze. Zrobiło się jej żal kasy.

– Ciebie bym uderzyła – wrzasnęła, zaciskając powieki. – Ciebie właśnie!

– Bardzo dobrze – westchnął z ulgą psychoterapeuta. – Bijesz mnie. Co to jest? Bunt, zemsta, pieszczota? Ale jako kogo mnie bijesz? Jako napastnika? Jako władzę, ojca czy może reżysera? Jako mężczyznę?

Klara się rozpłakała.

– Nie mężczyznę, nie mężczyznę – szlochała. Poczuła, że doktor Bruno kładzie jej na wierzchu dłoni chusteczkę higieniczną.

– A teraz powiedz, kim w sztuce jest Stary. Może właśnie mężczyzną?

– Chce być mężczyzną – wykrztusiła Klara, opanowując łkanie. – Tam jest jeszcze Szef. Szef to porządek, rygor, dyscyplina. Stary przybywa, żeby zabić Szefa.

– Zabić porządek? Tak?

– Ale nie może. Nie może go zabić. Dlatego wzywa te kobiety. Chce je tego… no, przelecieć. A jednocześnie chce, żeby one go zabiły. I tu już się robi taki kotek z myszą, taki bełkot, że nie wiadomo. Przyszły go zabić, przyszły mu się sprzedać erotycznie, czy może wcale nie przyszły. A może tylko jedna.

– Lub dwie.

– Dwie albo trzy.

– No to spójrz na to, Klaro, inaczej. Przyszły trzy, weź to za pewne. Dwie złe siostry i jedna dobra, sierota, Kopciuszek, ty właśnie. I wszystkie gry idą tak: Książę chce odsunąć tamte złe dziewczyny, chce znaleźć ciebie. Po twojej stronie jest wróżka, ty masz za sobą Moce. Dlatego Książę, czyli Stary, szuka ciebie. Bo ty, przez swoją kobiecość, możesz mu dać męskość.

– Nie, tego nie ma w tekście – jęknęła Klara. – Przyniosę panu doktorowi tekst.

– O, znów jestem panem doktorem? Klaro, nie przynoś mi tekstu. Tekst nie jest ważny. Ważne jest to, co zagrasz, twoje własne życie.

– Nic. Nic nie zagram. Jestem zmęczona, Bruno.

Misza wstał w środku nocy i kusztykając na gipsowym opatrunku, opierając się na chodziku, powlókł się na poszukiwanie łazienki. Z przeraźliwie jasnych korytarzy przy dyżurce pielęgniarek i pokoju lekarskim skręcił w korytarz bez światła. Środki przeciwbólowe przestały działać, bolała noga, bolało ramię pod opatrunkiem, usta miał spieczone, język suchy jak kołek. Przez okno zobaczył migające światła. Przed izbą przyjęć zatrzymała się karetka, a obok niej policyjny radiowóz.

Dotarł na sedes, usiadł, załatwił się. Nie mógł wstać, przysnął oparty o ścianę zdrowym ramieniem i skronią.

Obudził się i poczuł, że gorączka spada. Pomyślał, że w pokoju dziennym, przy telewizorze jest elektryczny czajnik. Chciał się napić, ruszył w stronę pokoju dziennego, pchając przed sobą balkonik-chodzik, ale wyszedł w złą stronę z ciemnego korytarza. Zatrzymała go ściana z matowego szkła i napis: Blok operacyjny. Poczuł, że musi usiąść i cofnął się do ławki.

Z ciemnego korytarza wypłynął dziwny orszak.

Przodem szedł cywil z teczką, za nim dwu zamaskowanych kominiarkami antyterrorystów z bronią w ręku. Za nimi trzy pielęgniarki wiozły na chirurgicznym wózku potężnego gołego faceta. Był nakryty, przypięty, ale mimo to prześcieradło z niewielkimi plamami krwi zsuwało się. Na głowie też opatrunki. W żyłę miał wkłutą igłę kroplówki. Zaraz za pchającą wózek siostrą szedł jeszcze jeden antyterrorysta w kominiarce, z bronią w kaburze i z telefonem komórkowym przy uchu. Trzy białe pielęgniarki, trzech czarnych policjantów, jak trzy pionki białe i trzy czarne.

– Samostrzelnik jest przytomny – meldował zakapturzony policjant do telefonu. – Jesteśmy już na chirurgii. Jakby co gadał, to nagram, jasne.

Potem schował telefon do speckieszonki i wetknął słuchawkę w ucho.

Niespodziewanie zwrócił się do Miszy. Zatrzymał się, mijając skulonego pacjenta, zajrzał mu w twarz i odstąpił krok.

– A pan co? Tu nie wolno. Proszę stąd zaraz odejść.

– Już idę – wymamrotał Misza. – Już, już.

Teraz jedna z pielęgniarek, rosła pyzata blondynka, podeszła do Miszy.

– Co tam, kotku puszysty? Zasłabłeś? Odprowadzić? Która sala?

– Sam pójdę, już mi lepiej. Strasznie się pocę.

Przysunął do siebie chodzik, żeby wstać. Oparł głowę o parapet okna za sobą. Pomyślał, że powinien poprosić o coś do picia, jeśli ma iść do swojego pokoju. W tej chwili poczuł na sobie wzrok człowieka na wózku i rozpoznał go mimo obwiązanej głowy. To ten wielki z siwą lwią grzywą, który do niego strzelał w Nowym Dworze. Tamten chyba nie poznał. Iga nie chciałaby, żeby tamten poznał Miszę, to pewne. Misza opuścił więc głowę, oparł ją na spoczywających na chodziku rękach, ukrył twarz w rękawie piżamy. Trafiła mnie przypadkowa, zabłąkana kula – powtarzał jak zadaną lekcję.

Posłyszał, jak otwierają się, zamykają, otwierają drzwi w szklanej ścianie. Gadanie półgłosem. – Zerknął. Cywil z teczką gada z chirurgiem w szmaragdowym chałacie – szu-szu – nadzór prokuratorski – szu-szu – nie widzę zagrożenia – krwotok opanowany – czekamy na zdjęcia – szu-szu.

Siostry pośrodku korytarza ustawiły parawany. Nigdy się tak nie robi. Chyba nigdy.

Usłyszał głos, tego na noszach. Ochrypły baryton.

– Co się dzieje, siostro. Słyszy siostra? Co teraz robią tamte dwie?

– Leż, kotku puszysty. Zaraz cię wezmą na stół. Na kocie wesele się zagoi.

Mężczyzna na wózku zamilkł, słychać było chrapliwy oddech. A dalej, w tej oświetlonej jaskrawo części korytarza – śmiech. Miszka odwrócił głowę w tamtą stronę. Wysoka, ciemnowłosa pielęgniarka zdjęła fartuch i przymierzała zielony golf, utonęła w jego ogromnym kołnierzu tak, że majtał się na wolności tylko kosmyk związanych w koński ogon włosów, potem stopniowo wynurzała głowę, strojąc małpie miny. Ta niska, starsza, krótko obcięta, obeszła ją dokoła, obciągnęła sweter na biodrach mierzącej.

– To ikselka? – spytała wysoka.

– Elka. Elastik, nie? – odpowiedziała niska.

– Co one tam robią? – jęknął baryton zza parawanu.

– Nie rozmawiać z zatrzymanym – warknął czarny drab w kominiarce.

– Trzeba rozmawiać – zaripostował chirurg, przerywając cichą naradę z cywilem. – Jest podejrzenie wstrząśnienia mózgu. Nie chcę go mieć w śpiączce.

– Leż, kotku puszysty – powtórzyła blondyna. – Kto ciekawy, niechaj włoży nos do kawy. Wiśka z Iwoną zaraz cię odwiozą na ojom. Jesteś w dobrych rękach, kotku puszysty.

W pubie „Bugatti" było ciemnawo, pusto, powietrze pełne lodowatych podmuchów od klimatyzatorów. Nad barem majaczyły zabytkowe chromy starych karoserii, jakby zamurowane auta z lat dwudziestych usiłowały przebić ściany i wydostać się na swobodę. Cocomatura zdjął ciemne okulary i rozejrzał się bezradnie. A może to miał być pub „Ferrari"? Albo „Formula Ein"? Cztery studentki pogrążone w rozmowie obrzuciły go po kolei obojętnymi spojrzeniami. Ładne, choć nie stać je na porządnego fryzjera. Nie chodzą do teatru, to nie widzą, kto on. Z ciemnego kąta zamachał biały rękaw. Jest. Jest pan Bawidło. Wystylizowany jak zawsze, żywcem *Miesiąc na wsi* Czechowa. Lniana kurta, kamizela… Dał scenografowi znak, że zaraz, tylko…

Z dużym i pienistym piwem dotarł do stolika pod repliką plakatu rajdu Monte Carlo z czasów, kiedy auta Bugatti wygrywały te rajdy. Bawidło jak zawsze miał swoje teki i rulony, jakiś niedokończony, chlapnięty piwem szkic przed sobą. Ledwie się przywitali, scenograf spytał o Miszę.

– Nie przyjdzie. Nic pan nie wie? – zdziwił się Coco. – Straszna historia. W szpitalu na Bródnie. Przypadkowo postrzelony za kierownicą. Tak go skotłowało, że jego własna skoda złamała mu nogę. Jakaś wyprawa z dziewczynami. Jego to dyszel wodzi, słowo daję.

– Ale co, poważna sprawa, wyjdzie?

– Jasne, że wyjdzie. Reżyser jeździł do niego, na jutro mu szykują wypis. – A my tu co? – spytał Coco po pierwszym łyku, jeszcze z pianą na wąsach. – Czekamy jeszcze na kogoś? Ten esemes od pana był dość tajemniczy.

Bawidło uśmiechnął się i jednym pociągnięciem pisaka narysował na arkuszu papieru warszawską Syrenkę z tacą nad głową zamiast miecza. A potem raz i dwa – trzy kufelki na tej tacy.

– Czekamy na kogoś – powtórzył. – Na kobietę. I ona już idzie.

Tak. Już była. Trzydziestoletnia drobna szatynka z włosami rozdzielonymi prostym przedziałkiem. Miała kartoflowaty nosek, nierówną śniadą cerę, bystre oczy i ujmujący uśmiech. Kostium w smutnym, burym kolorze, tak nijaki, że pewnie kupiony w szmateksie.

– Jeremi Skórzak – przedstawił aktora Bawidło.

– W teatrze mówią na mnie Cocomatura – dodał przedstawiany. – Skórzak pojawia się na afiszach i już nie jestem pewny, czy to ja, czy nie.

– Agnieszka Jerych – powiedziała pani. A może dziewczyna. Jej drobna dłoń uścisnęła mocno szuflę Coco.

Cocomatura poczuł, że w mózgu otwiera mu się klapka.

– To pani tłumaczyła *Syndrom strażnika*!

W odpowiedzi parsknęła śmiechem jak mała dziewczynka.

– To ja do pani dzwoniłem – powiedział scenograf, wstając i wysypując ołówki na podłogę. – Grzegorz Bawidło. Co pani przynieść do picia? – spytał, podnosząc ołówki.

Poprosiła o sok, czy tam wodę. Piwo nie.

Bawidło poszedł po sok do baru, a Cocomatura został sam z tłumaczką.

– Ja u nas w teatrze to jestem dziwny ptak – powiedział, aby przerwać milczenie. – Wszyscy z dyplomami, intelektualcy, wykształciuchy, jak się teraz mówi. Ja jako ekstern zdałem egzamin w operetce, a nawet matury nie mam. Najciemniejsza tabaka w rogu. Miał być z nami jeszcze Michał, asystent reżysera, on po filozofii, bystrzak taki. Ale co, miał wypadek, filozofia tu nie pomoże, jak kogo dyszel wodzi. Zresztą zabłąkana kula nie wybiera.

– Myślałam, że zabłąkane kule to tylko na wojnie.

– I słusznie. Ale jak się trafi na wojnę gangów w jakim Wołominie, to jak front.

Pan Bawidło przyniósł sok, wodę, szklaneczki.

– Już się pani dowiedziała, że pan Jeremi nie ma matury?

Znowu roześmiała się w bardzo dziecięcy sposób.

– Tak. Dla mnie to bez znaczenia, bo ja jestem przeuczona. Myślałam, że jak do filozofii dodam anglistykę, to będę bardzo mądra. A z fakultetami tak się okazało, że one się nie dodają. A nawet chyba odejmują.

– No to, pani Agnieszko, czas na tajemnicę... – przypomniał Bawidło i stuknął szklanicą w szklanicę Cocomatury. – Będzie tajemnica!

Tłumaczka spoważniała nagle. Oznajmiła, że od początku wiedziała, że wszystko wyjdzie, jak szydło z worka. Jest internet, nic się nie ukryje. Uprzedziła sprawę, nadała znajomym żurnalistom, jutro będzie w gazetach. Albo w sobotnich dodatkach kulturalnych. Pomyślała, że teatr, ich teatr, który próbuje już sztukę, powinien wiedzieć więcej, wcześniej. Dlatego poprosiła o spotkanie. Tydzień temu obroniła tezę doktorską z Oswalda Duncana, jest w stałym kontakcie z jego agentką literacką we Frankfurcie. A sama jest taką podagentką na Wschód. I sama nie wie, skąd jej to przyszło. Męczyła się nad dramaturgią Duncana dwa lata, za własne pieniądze jeździła na spektakle do Berlina, Zagrzebia, Zurychu. Przetłumaczyła przedtem na polski wszystkie jego cztery sztuki.

A potem pisała doktorat, od nowa brnęła przez kloaczny język, przez wszystkie sytuacje okrucieństwa i poniżenia, w jakie zaplątani są bohaterowie. Z przemęczenia, z przeuczenia, z obrzydzenia, dopisała *Syndrom straż-nika*. Z bezsenności, jak nie mogła zasnąć, wstawała i stukała w keyboard komputera. Jakby chciała ze siebie wyrzucić Duncana, oczyścić się z rynsztoka, z gabinetu tortur i zboczeń. Wiedziała, że pisze byle jak, nawet w numeracji scen się myli, ale to było na złość. A potem, nawet nie przejrzała, co komputer ma w sobie. Zgrała plik na dysk i zaniosła do miesięcznika, bo tam kumpela powiedziała, że Duncana drukują w skróconym trybie. Jest na topie. Kumpela redaktorka zadzwoniła, że tekst poczeka parę miesięcy, a potem jeszcze raz zadzwoniła, że poznanemu w klubie holenderskiemu reżyserowi przegrała tekst, na pożyczkę, dla ciekawości, bo na nazwisko Oswald Duncan reagował jak pies Pawłowa. I było cicho. Nie domyślała się, nie wiedziała, że wielki polski reżyser, ich reżyser, zdobędzie tekst jeszcze przed drukiem, wyciągnie cichcem z redakcji, że teatr, ich teatr, wejdzie w próby, usłyszała wywiad z reżyserem w radio, zapowiedź rewelacji, światowej prapremiery…

– Zaraz – przerwał cichą, zawstydzoną opowieść Cocomatura. – Nie rozumiem, dopisała pani część tej sztuki?

– Nie wiem, skąd mi to przyszło. Całość dopisałam – przyznała się tłumaczka. – Dopisałam Duncanowi piątą sztukę do jego dorobku. Pewnie pójdę do więzienia. I wywalą mnie z uniwersytetu, właśnie teraz, jak mi się skończyło stypendium doktoranckie. Duncan się wścieknie. Agentka, pani Pulke, też. Ta, to już nie ma nic luzu czy humoru w sobie. Naruszyłam prawa autorskie i osobiste. Do tego wzięłam pieniądze za tłumaczenie, a przecież nie tłumaczyłam, bo od razu – po polsku. I dla państwa kłopot, dla teatru strata…

Cocomatura jednym haustem wypił resztę piwa i spojrzał na łzy na śniadych policzkach Agnieszki Jerych.

– Obronimy panią – powiedział. – *Syndrom strażnika...* trudno powiedzieć... smaczna rzecz, ale mocne. To jest chyba świetny teatr.

– Świetny – potwierdził Bawidło. – Zaraz dzwonię do Lesia Podhoreckiego, on jest w Londynie, handluje sztuką, projektuje wnętrza, znają się z Duncanem. Znają się, bo urządzał mu mieszkanie.

Scenograf odnalazł komórkę na dnie parcianej czechowowskiej torby, wystukał numer i gadając, odszedł w stronę baru.

Cocomatura dłonią jak łopata zagarnął dwie drobne dłonie pani Agnieszki.

– To jest najlepsza akcja promocyjna, jaką może sobie wyobrazić teatr. To, co pani namotała. Cały zespół będzie pani wdzięczny. Reżyser oszaleje, jemu skandal dawno był potrzebny. O czternastej mamy kolejną czytaną. Idzie pani z nami. Pani jest po filozofii, to przecież złamie pani te łamigłówy. Coś to wszystko musi znaczyć. Ja czuję, że pani to z serca pisała w tej bezsenności.

CZARNORĘKI

Rodzice Adriana byli artystami. Adrian miał tedy wygląd i świadomość syna warszawskich artystów, ludzi sukcesu. Jego przestronny pokój zdobiło kino domowe z dużym ekranem i głośnikami. To był wyznacznik standardu. Znakiem umiłowania wolności i luzu było posłanie na ziemi z pościelą w nieładzie. Co było tam jeszcze na tej scenie życia? Puszki po piwie i zestaw perkusyjny. Odczytaj to jako sygnał młodości i artystycznych zamiłowań Adriana. Poza tym pustawo. W pustawości rozległ się głos matki, dobrze ustawiony głos aktorki scen stołecznych:

– Adi, nie zdążysz. Dzwonili z dziekanatu, że termin we wtorek.

Wywołany tym głosem wyszedł z łazienki przepasany ręcznikiem, włosy mokre. Miał dwadzieścia trzy lata, wiedział, że nadal, mimo wizyt na siłowni, niezbyt jest atletyczny – lustro potwierdziło. Mamrotał niecenzuralne zwroty, wciągając portki zdobne wieloma kieszeniami.

– Ja nie zdążę. Z palcem w nozdrzu zdążę. Ty nigdy nie rozmawiaj, jak dzwonią z uczelni. Ja studiuję, nie ty. Co? Ojciec płaci? A kto mu każe? Tyle razy ci mówiłem, co będę robił, jak mnie wyrzucą. Zacznę żyć. Tak będzie.

Mówił cicho, aby matka słyszała ledwo-ledwo. Wiedział, że matce zdaje się, że głuchnie, więc to ciche gadanie ją denerwuje. Adrian sprawdził, że matka odeszła pocieszać się kosmetykami, i sięgnął po komórkę. Połączył się z przyjacielem, Mućką.

– Mućko? Co ty, śpisz w południe? Z którą? No, nieważne. Ty, czekaj, jest sprawa. Ta laska, co wczoraj była z Kingą, kumasz? Ta długa w czarnym topie. Skąd ona jest? Nie, co ty, ja z Reną po staremu, no. Stare dobre małżeństwo, no. Mam do tej laski interes. Nie świń, jest sprawa. Muszę coś zaliczyć na uczelni i takie coś – teatr muszę zrobić. Rena jest w tym, jasne, ale trzeba jeszcze... Zadzwoń do Kingi... No i tak będzie najlepiej. Masz u mnie całe piwo świata. Nara.

Odłożył telefon i zwrócił się ku bałwanom i fałdom pościeli, z której wysuwał się – jak proporczyk zatopionego okrętu – kosmyk rudych włosów.

– Rena, wstań. Poważnie, wstań. Musimy popracować. Wstań, obiecałaś. No, bądź grzeczną foczką.

Rena wygramoliła się spod pościeli. Osiemnastoletnia, drobna. Uzupełniając po drodze strój, skierowała się ku łazience. Potrzeba wypowiedzi zatrzymała ją w drzwiach.

– Obiecałam. Przyszłam popracować. Ale to było wczoraj wieczorem. Mój czas się skończył, Adik. Za godzinę muszę być w sklepie.

– Nie pleć, pleciugo, że musisz. Co znaczy musisz? W głosie Adriana wściekłość, złość na świat mieszała się z czułością adresowaną do Reny. – Nie jesteś wolnym człowiekiem, wolną człowieczką? Pójdziesz i będziesz czekać jak idiotka, że ktoś kupi parasol w słoneczny dzień?

Rena westchnęła.

– Jak jestem idiotką, to muszę tak zarabiać na życie.

Drzwi łazienki zamknęły się. Teraz Adrian musiał wrzeszczeć, co dawało mu pewną satysfakcję. Matka słyszała.

– Olej to, jak ja olewam! Tam jesteś idiotką, nie tu. Tu coś zrobimy...

– Już parę razy – odwrzasnęła Rena, włączając się w spektakl. – Parę razy robiliśmy.

Adrian pomyślał, że matka słyszy, że już jest pewna, że u niego jest dziewczyna. Uważa Renę za osobę lekkich obyczajów. Co jest bez znaczenia, bo ogólnie obyczaje zrobiły się bardzo lekkie. Najpierw więc krzyczał głośniej, niż było trzeba, teraz ukląkł i mówił do szpary między drzwiami a futryną.

– Co ty, foczka, co ty... Mówiłem wczoraj, mamy mało czasu.

– Ty masz – odpowiedziały okrutnie drzwi.

– Tak, ja. Ja mam mało czasu, a muszę to dać na uczelni. Za parę dni. Pomożesz?

Rena pojawiła się ubrana, umalowana, uczesana, nieugięta.

– Za pół godziny wychodzę. Masz te czipsy?

Adrian wyciągnął torbę z torby. – Nowość, dwieście gramów gratis. – Wygraj hondę z naszej zdrapki – przedstawiły się czipsy.

Adrian sięgnął do wnętrza i nabrał garść, potem podsunął torbę Renie. Chrupiąc i wdychając chemiczno-korzenny zapach buchający z torby, zasiedli obok siebie na legowisku.

– Trzeba coś zjeść, na głodnego nic – powiedział Adrian. – Jemy i rozmawiamy. To naturalne. Żadne tam dramaty z biblioteki. My o sobie. Mówimy prawdę o sobie i to jest dramat.

– No, jest – potwierdziła Rena mając, na myśli coś całkiem innego. Coś, co kojarzyło się jej z wypowiedzią zapłakanej, lecz pięknej bohaterki serialu *Lotnisko zakochanych*. Glorienda owa, cud piękności egzotycznej, mówiła nieraz o dramacie. Wtedy, na przykład, kiedy z powodu amnezji nie mogła odnaleźć swojej córeczki. – Dramat jest taki, że ty, Adik...

– Czekaj, nic więcej nie mów, bo się wyprztykasz. Zaraz włączę nagranie. – Adrian uruchomił dyktafon.

– Dramat jest taki – podjęła Rena matowym, nieobecnym głosem – że ty możesz szamać bez popijania, a ja nie. Masz kolę?

Adrian obrócił ją tak, aby dyktafon słyszał lepiej i potrząśnięciem głowy dał podwójny sygnał. Po pierwsze, nie ma koli, po drugie, nie po to w dyktafonie leci taśma, aby nagrywać bzdury o koli.

– I tak wychodzimy, można się napić po drodze – powiedział Adrian do literek MIC na dyktafonie. Uznał, że musi popędzić dramatyczny dialog. Zreferował: – Rena pyta: Masz kolę? Na to Adrian: Ani-ani. Piwa też nie ma. Zrobię herbatę. Potem. Na razie jemy czipsy i mówimy o sobie. Szczerość na maksa. Młodzi o młodych do młodych. Zero stresu. Ja, Adrian, biorę ciebię Renę za osobę dramatu i ślubuję szczerość aż do końca. Potwtarzaj: Ja, Rena, biorę ciebie, Adriana...

Rena spojrzała dziwnie i powiedziała:

– Ja, Rena, ślubuję... Niczego nie będę papugować. Zrób herbatę, za pół godziny mam być w sklepie. Nie ma jakiego jogurtu w lodówce?

– Dobrze idzie – podsumował Adrian. – Maks szczerości. Samo życie. Dziewczyna nie chce papugować. Chce herbaty. Musi do sklepu. A według mnie – nie musi.

Tak nagrał, ale pomyślał, że nie szło jednak dobrze. Z samej szczerości nie dało się wycisnąć dramatu.

Rena zaczytała się w torbie z chipsami. Pokazała palcem na promocyjną zachętę.

– O, tu jest. Złap hondę z naszej zdrapki. Muszę jechać. Jak mnie nie odwieziesz, spóźnię się do sklepu.

– Raz się spóźnij – powiedział Adrian i zaczął szukać kluczyków do auta.

A Rena patrzyła na niego z chwiejną miłością i myślała, że ma prawo do pracy w sklepie z parasolami. Ma prawo upomnieć się o kolę, kiedy tak jedzą chipsy. Ma prawo do serialu *Lotnisko zakochanych*, do egzotycznej Gloriendy, która dostała amnezji. To jest dramat, gdy ktoś nie wie, jak się nazywa, i nie może odnaleźć swojej córeczki. Ona, Rena, też nie może odnaleźć swojej córeczki, bo Adrian się zabezpiecza, żeby nie było dzieci. I żeby nie złapać AIDS-a od niej, gdyby ona złapała AIDS-a na boku. A ten teatr na zaliczenie to czysta głupota, głupsza nawet od parasoli. Parasol jest bez sensu, kiedy nie ma deszczu. A teatr jest bez sensu czy słońce, czy deszcz.

Adrian odwiózł Renę do sklepu z parasolami swoim rajdowo przygotowanym małym samochodkiem. Ruszał sprzed sklepu, gdy w komórce odezwał mu się Mućka, który zdążył już zadzwonić do Kingi. Wiedzieli więc, co trzeba. Dziewczyna w czarnym topie, która była na imprezie u Kingi i wcześnie wyszła, nazywa się Dagmara Żymura i mieszka w Podkowie Leśnej Zachodniej na ulicy Dzięciołów. Telefon taki a taki.

Adrian zatrzymał autko na słonecznej patelni śródmiejskiej ulicy nieujarzmionej metropolii. Wstukał numer w komórę, zadzwonił.

Powiedziała, że nie ma czasu, bo kuje do egzaminu, ale niech przyjeżdżają, bo już tego kucia nie wytrzymuje. Coś to było niemożliwie nudnego, prawo rolne czy ekonomika przetwórstwa spożywczego.

Mućka miał robotę. Z tego wyszło, że z butelką czerwonego kalifornijskiego wina Adrian wyruszył sam do tych Dzięciołów podmiejskich. Dagmara miała całą werandę wyłożoną książkami. Siedziała tam sobie w cieniu smukła i szarooka, a na niej cień jakby poczwórny. Ubrana w stare dżinsy i zielony stanik od bikini.

– Zawsze jesteś taka smutna?

– Tak się składa. O co chodzi?

Adrian wyciągnął butelkę z reklamówki.

– Kalifornijskie czerwone. Półwytrawne. Przyswajasz takie?

Dziewczyna Dagmara milczała.

Byli więc dwoje na werandzie. Ona siedziała z książką na kolanach, on stał w winem w ręce. Naokoło rozlatujące się wiklinowe meble. W kątach narzędzia ogrodnicze i konewki, sznur do suszenia bielizny z zapomnianą kożuszaną kurtką. Masa książek. Notatniki akademickie, kartki na podłodze. Kolorowe szybki, ogrodowa zieleń za oknami.

– Ale sprawa jest jaka? – spytała w końcu Dagmara.

– Trzeba tego. Korkociąga – odpowiedział Adrian.

Dagmara sięgnęła na framugę nad drzwiami po korkociąg. Wysoka była, jak wstała, wysoka i nadal zacieniona smutkiem. Adrian otworzył butelkę.

– Masz jakieś szkło?

– A jaka sprawa?

I tak Adrian musiał powiedzieć, o co chodzi naprawdę, zanim dziewczyna przyniosła szklanki.

Głupi zakład. Jak zrobi do wtorku, to wygra i Krygowicz wpisze mu zaliczenie z antropologii spektaklu. Krygowicz docent. A jak przegra, to już jest za późno nauczyć się tych dziewięciu książek, z których tylko jedna po polsku. I wtedy albo Adrian repetuje rok, to teraz płatne, albo

rezygnuje z rejsu, z wakacji, wakacje zamienia na dziewięć książek, tylko jedna po polsku, zdaje w powakacyjnym terminie. Jak nie kląć? Jedno złe, drugie gorsze. A czy
to jest taka filozofia zrobić teatr i coś tam wystawić? Kotara, dwa reflektory, jacyś nibyaktorzy mówią jakiś tekst.

Dagmara wysłuchała w milczeniu. Wyszła i zaraz
wróciła, postawiła na stole trzy kolorowe dziwne czarki
z porcelany cienkiej jak skorupki jaj.

– Dlaczego trzy?

– Żebyś nie myślał, że nas jest dwoje – odpowiedziała.

Adrian patrzył na nią i już wiedział, że trafił pod zły
adres. Taka wysoka, mocno zbudowana, z nosem lekko
orlim i ptasimi okrągłymi oczyma. Czuł się nieswojo.
Dagmara nie patrzyła. Wpatrywała się. Tak, ulica Dzięciołów to był zły adres. Ta bosa dziewczyna w starych
dżinsach i staniku od kostiumu plażowego nie pasowała.
Nie było żadnej nadziei, pomylił się. Ale wobec milczenia Dagmary nie miał innego wyjścia jak nalać wino do
naczyń i jeszcze raz powtórzyć o zakładzie, o zaliczeniu.

– No i? – spytała Dagmara, kiedy już wypili.

– I wtedy albo repetuję rok, albo rezygnuję z rejsu po
Mamrach, Śniardwach, z wakacji. Żadnych wakacji, żadnych żagli, piwka na luzie pod żaglami. Wszystko zamie-
niam na dziewięć książek, tylko jedna po polsku, zdaję
w powakacyjnym terminie. Jedno złe, drugie gorsze.
A czy to jest taka filozofia zrobić teatr i coś tam wystawić?
Byłaś w teatrze?

– Nawet lubię – powiedziała Dagmara i uśmiechnęła
się. No, nie całkiem. Ale jakby troszkę wyszła ze swojego
cienia.

– Ja nie – przyznał się Adrian. – Ale też kiedyś byłem.
No, co to jest? Jedna kotara, dwa reflektory, jacyś nibyaktorzy mówią jakiś tekst. Zgrywają się, udają kogo inne-

go. Najlepiej, jak się który rozbierze. Udają, że się dupczą albo mordują. Konflikt musi być.

– No to po co ja? – spytała i nadstawiła swoją czarkę. Adrian nalał, ciągle myśląc, że zły adres, zmarnowane wino i chyba trzeba uciekać. Ale uciekać było nijak, więc próbował tłumaczyć.

– Bo Krygowicz, ten adiunkt, czyli docent, zna mnie i Renę, zna Mućkę i jego laskę, balowaliśmy razem. Nawet u Krygowicza na daczy imprezki szły. Zrobić teatr do wtorku, teatr, nie jajco. Nie może być na tle kotary, jak my odstawiamy kolejne wice z ostatniej imprezy. Musi być trochę inaczej, żeby Krygowicz uznał. Serio, smutno, czy ja wiem jak? Ty jesteś poważna dziewczyna, jak ciebie weźmiemy, to będzie właśnie teatr.

– Chyba jestem za poważna. Nie widzę w tym siebie. W tym udawaniu dupczenia albo mordowania.

Jeszcze raz nalał wina do czarek. Milczał.

Dagmara położyła na stół pomazane flamastrami wydruki komputerowe.

– Tu, widzisz? Mam sto dziewięć pytań z ekonomiki małych gospodarstw rolnych. Z tego trzydzieści siedem opracowałam i nauczyłam się. Jutro egzamin o drugiej. Opracuję jeszcze jakieś dziesięć. Do piętnastu.

Zamiast wypić trzecią czarkę, zanurzyła w winie czubki palców i pokropiła winem podłogę werandy jakimś szybkim, wprawnym, rytualnym może gestem. Potem wypiła powoli, nie odrywając ust od naczynia ani oczu od oczu Adriana.

– Jeśli egzamin zdam na dobry albo lepiej, pomogę ci zrobić teatr. Co ty tak ledwo ledwo pijesz?

Adrian podniósł czarkę i zrobił nią niepewny gest, podniósł do ust, nie wypił, odstawił.

– Prowadzę. Nie wiesz, że pruszkowska drogówka stoi

i łapie? Dla warszawiaków nie ma zmiłuj. A ja nie mogę sobie pozwolić na stratę prawka albo na mandat. Ty pij, dobre. Kalifornijskie półwytrawne.

Nie piła.

– Znasz się na teatrze? Występowałaś?

Dagmara wykonała przeczący ruch głową i nadstawiła pustą czarkę. Adrian dolał, ona łyknęła znowu, ale jeden łyk. Odstawiła.

– Będę miała mniejszą połowę pytań opracowaną. Jeśli zdam, to znaczy, że mam z nieba rozkaz – pomóc. Mam taki temat, że ten twój adiunkt da ci celujący. Temat na teatr. Byłem tylko zdała… Wpadnij tu jutro po piątej.

Adrian poczuł się uwolniony.

– Zadzwonię – powiedział, myśląc, że nie zadzwoni, bo bez sensu.

– Nie. Przyjedziesz – powiedziała takim szeptem, że pomyślał, chyba trzeba. – To jest taki temat… Ta sprawa przyszła gdzieś od bogów i nie wiedziałam dla kogo. Może dla ciebie. Okaże się jutro.

– Jaka sprawa? Co znaczy, od bogów? – Ledwie się zdążył zdziwić, kiedy odezwała się komórka, w komórce matka.

– Gdzie ty jesteś, Adinku? Właśnie myślę, jak ci pomóc. Ja jestem właśnie u Basi, ona gra w Narodowym. Przecież ci pomożemy. Jest taki fragment w *Żabusi* Zapolskiej. Wziąłbyś to. Trzy sceny ci zagramy…

– To nie ma być teatr narodowy, mamo, ale mój własny – uciął. Chciał uciąć energicznie, ale wyszło histerycznie i po gówniarsku. Dlatego wściekły mówił dalej: – I do *Żabusi* trzeba jakąś żabusię, a nie dwie narodowe ropuchy. Nie mam czasu. Przepraszam, to moja matka.

Dagmara wzruszyła ramionami i wyciągnęła przed siebie rękę z pustą czarką. Adrian nalał. Ona odstawiła pełną czarkę na stół. Przez kolorowe szybki werandy wpadała żółta, czerwona i pomarańczowa słoneczność, na której chwiały się cienie przekwitających jaśminów. Dagmara delikatnie przesunęła naczynie z winem z żółtej w czerwoną świetlistą plamę. Potem spróbowała czarować kolorowym światłem rękę, twarz.

Po co mi antropologia spektaklu – myślał Adrian. – Nawet niezbyt mądra Rena z tego drze łacha. Mućko się z tego śmieje. Moje biedne studia, moja głupia uczelnia, pokątny handel nadziejami. Wylęgarnia lifestylowych snobów. Bardzo trendy przechowalnia bezrobotnych. Jak zrobię dyplom, to mogę go sobie podłożyć pod siedzenie, siąść i patrzeć, jak inni tną sałatę. To jakiś debilizm. Inni będą ciąć kasę, a ja będę siedział. Będę udawał cool i trendy. Albo wisiał przy lodówce mamy i taty. A potem na ich rencie.

– Taka sprawa – odpowiedziała półgłosem Dagmara. – Go-shi.

– Co?

– Go-shi. Trzy dni temu do sąsiadów ktoś przyniósł paczkę. Tam był stary numer miesięcznika „THE PARTISAN REVIEW" z 1973 roku. Takie amerykańskie pismo, nie ma nic wspólnego z partyzantką. Ten ktoś, kto przyniósł do sąsiadów, powiedział, że dla mojego ojca. Będzie wiedział od kogo i po co, dlaczego. Przyniósł do sąsiadów, bo u nas nie było nikogo. Ale mój ojciec nie wiedział od kogo i dlaczego. Jest bardzo poczciwym lekarzem od żylaków.

– Pomyłka – ośmielił się wtrącić Adrian zmieszany intensywnością spojrzeń Dagmary. No, nie tyle spojrzeń, ile patrzenia.

– Nie ma pomyłek, nie ma przypadków – odpowiedziała Dagmara i wyciągnęła spod papierów gruby postrzępiony miesięcznik.

Adrian wyciągnął rękę, ale dziewczyna nie dała mu pisma, odłożyła je za siebie.

– W tym piśmie czerwoną kredką zakreślony był jeden jedyny artykuł – podjęła. – Właściwie recenzja z książki holenderskiej dziennikarki, oparta na relacjach dwu misjonarzy – Holendra i Hiszpana, a także na kwerendzie po bibliotekach. Taki właśnie tytuł „Go-shi, nieznani mistrzowie". Wiesz, kto to są mistrzowie go-shi?

Adrian czuł, że Dagmara mogłaby spojrzeniem zawrócić walec drogowy. Milczał wobec nieznanego tematu nieznanych mistrzów.

– Go-shi to wędrujący po całej Azji na północ od Himalajów grajkowie. Mistrzowie zawsze są w drodze, ale zawsze tak, aby po paru latach wracać w te same miejsca. Rozumiesz?

Adrian nie mógł wydobyć z siebie głosu. Dagmara siedziała naprzeciwko i mówiąc przesadnie, dobitnie, pochylała się tak, że jej twarz i włosy (piersi także) były coraz bliżej.

– Wszyscy mistrzowie go-shi posługują się podobnymi instrumentami. Coś takiego składa się z łuku i garnka. Łuk typu mongolskiego, garnki z różnych kultur, zawsze obszyte skórą lub tkaniną. Do tego prymitywny, ale przemyślny zarazem drewniany mechanizm z dwu ślimacznic – dzięki pierwszej zmienia się długość struny, dzięki drugiej jej naciąg. Siła naciągu, rozumiesz?

– Ani ani. Słowa rozumiem, każde jedno. Partizan rewju, kwerenda. Siła naciągu, jak w rakiecie tenisowej.

Dagmara wstała, obeszła dokoła krzesło Adriana, oparła się na jego oparciu, jednym ruchem zdjęła klamrę z włosów, włosy się ospały. Adrian poczuł ich dotyk lekki, suchy i śliski, przez moment pogrążył się w ich ziołowym zapachu. Ale ona już siedziała po drugiej stronie stołu i wpatrywała się w niego jasnosiwymi ptasimi oczyma.

– No tak, rozumiesz – potwierdziła. – Wędrujący mistrz obserwuje chłopców w miejscowościach, które odwiedza, ocenia ich. Śledzi układ kostny dłoni i kształt czaszki. Od czasu do czasu wybiera jednego chłopca i zostawia mu swój instrument.

Wstała, jeszcze raz sięgnęła po czarkę z winem. Popiła i mówiła dalej, czasem zaglądając do „The Partisan Review".

Opowiadała o wędrujących grajkach szukających sobie uczniów, wybierających takich chłopców, których wzrost to mniej więcej wysokość instrumentu. Chłopiec dostaje instrument i przez kilka lat ma go strzec, a jednocześnie próbować – gdy nikt nie słyszy – wydobywać z niego głos. Po kilku latach pojawia się w tej miejscowości „czeladnik", młody grajek, grający tylko dla niezamężnych kobiet, wdów i dziewcząt. Po kilku dniach pobytu wykupuje lub porywa chłopca, który w tym czasie dorósł i oswoił się ze swoim przeznaczeniem. Zdarza się często, że chłopcy są niecierpliwi. Uciekają wcześniej ze swojej wsi, wędrują, żywiąc się użebranym, szukają tego mistrza, który ich naznaczył, albo innego.

Zdarza się, że nigdy nie znajdują – stają się „dzikimi go-shi". Grają, znajdują słuchaczy. Śpiewają pieśni tęsknoty, tęsknoty, tęsknoty za prawdziwym mistrzem. Nieraz mają własnych uczniów, tworzą „szkoły odszczepieńcze". Zawsze jednak szukają, szukają, szukają.

– Dlaczego powtarzasz trzy razy? Trzy tęsknoty, trzy szukają – spytał Adrian.

– Bo głupio powtarzać dwa razy. Trzy czarki wina. Postawiłam trzy, prawda?

Adrian był zrozpaczony. Podniósł się z krzesła, zrobił krok w stronę wyjścia.

– Co ty przytruwasz? – jęknął. – Ściema mi po co? Po co mi ci grajkowie?

Dagmara podeszła do Adriana tak blisko, że prawie go dotknęła.

– Masz rację – szepnęła. – Ty nie musisz nic wiedzieć o „dzikich go-shi".

Cofnęła się za stół. Znowu była rzeczowa, zdystansowana. Sięgnęła po czarkę.

– Dolej mi. Masz rację, trzeba się trzymać głównego tematu, drogi od chłopca do mistrza.

Ustawiła czarkę pośrodku plamy pomarańczowego światła i gdy Adrian zaczął nalewać, szybkim, pewnym ruchem chwyciła jego rękę. Poczuł, jak mocne, suche palce zaciskają się na przegubie, jak prowadzą rękę z butelką, aby wino lało się z wysoka, aby przelewało się poprzez smugę czerwonej poświaty w oranżowe naczynie.

Uwolnił się. Była szalona ta Dagmara z ulicy Dzięciołów.

– Zrobiłaś to, bo chciałaś mnie dotknąć – powiedział ochryple. – Chcesz się kochać? Bara-bara?

Przecząco potrząsnęła głową i odsunęła ręce Adriana już sięgające ramiączek stanika bikini.

– Co ty wygadujesz? Co jest grane? – Poczuł się tak, jakby to on wypił prawie całą butlę czerwonego.

– To, co jest grane, to teatr – wyjaśniła Dagmara tonem wykładowcy. – Przecież chodzi ci o teatr.

– O zaliczenie u Krygowicza.

– A o co chodzi w teatrze?

– O co może chodzić? Tylko o zaliczenie u Krygowicza.

– No to dobrze mówię. Trzeba się trzymać głównego tematu, drogi od chłopca do mistrza. Wysłannik wiezie ucznia do domu mistrza albo do jego jurty, tam przez kilka lat trwa nauka gry, nauka wiązania klamry a-Nagg i formacja duchowa. Zawsze zaczyna się jednak od tego, że chłopiec uczy mistrza, ty będziesz uczył tego twojego Krygowicza. Chłopiec pokazuje mistrzowi te układy rąk i serie dźwięków, do jakich doszedł, gdy był sam na sam z instrumentem. Chłopiec pokazuje mistrzowi swoje muzyczne wynalazki. Oczywiście nic tu nie jest zapisywane, używa się niewielu słów. Ważne są gesty, pamięć gestu, układy palców i związane z nimi dźwięki. Gesty, ruchy, układy palców – z tego się snuje muzyka go-shi. Taką muzykę Cyganie przywieźli do Hiszpanii z Dekanu i Dardżylingu…

Dagmara wstała, odeszła parę kroków, tam, gdzie na werandzie było więcej miejsca, tupnęła bosymi piętami, obróciła się, wyrzuciła w górę rękę. Widział już takie w telewizji. To był gest tancerki flamenco. Zatrzymany, z ostrym, napastliwym spojrzeniem na Adriana. Z pogardliwym trochę spojrzeniem. Z pełnym wyrzutu.

Wróciła za stół, usiadła.

– Ja tylko ci sygnalizuję, co jest w tym artykule – powiedziała oschle. – A jest tam też o mistrzach, którzy całymi miesiącami przyjmowali uczniów tylko nocą, tylko w ciemności, uczyli się od nich przez słuch i dotyk, potem tak samo przekazywali im wiedzę. Podobno są też jurty „mistrzów przemiany", w których prowadzona jest nauka strzelania z łuku. Mistrzowie go-shi nie chybiają. Bo łuk, który stanowi część she-shao, instrumentu, zawsze w razie potrzeby można odłączyć od instrumentu. Mistrzowie go-shi nie chybiają nigdy. Ich strzała nie zabija. Trafiony strzałą go-shi odchodzi po prostu. Znika. Nie ma grobu. Nie ma swojego ołtarza przodków. Nikt go nie wspomina. Nikt nigdy nie wymawia jego imienia.

– Chyba mnie trafiłaś – powiedział Adrian i wstał. – Idę. Nie wspominaj mnie, nie wymawiaj mojego imienia.

– Czekaj, nie... Już nie możesz odejść. Wiem, to też dygresje. Przepraszam. Proszę, nie idź! Pójdziesz, a mnie zostaną małe gospodarstwa rolne... Problem renty strukturalnej i dopłat bezpośrednich na hektar użytków.

Znowu mignął uśmiech, prawie uśmiech.

– Czekaj... Jeszcze jest kropla wina... Opowiem, co dalej z tymi chłopaczkami, co mają być czeladnikami. Gdy chłopiec przestaje rosnąć, otrzymuje rękawicę i klamrę – w ceremonii przypominającej *rites de passage* tajnych stowarzyszeń. Znakiem dokonanego wtajemniczenia jest rękawica. Ona jest naszyta blaszkami i kościanymi płytkami. Odtąd temu uczniowi do struny i garnka wolno dotykać tylko dłonią w rękawicy. To dla nich jest wstrząs.

Dagmara wstała i zaczęła grzebać wśród narzędzi ogrodowych spiętrzonych w kącie werandy. Znalazła ogromną roboczą rękawicę ze skóry i gumy, sztywną od zaschniętej farby. Włożyła ją Adrianowi na lewą dłoń, przez moment poprowadziła tę rękawicę po swoich piersiach i brzuchu.

– Wyobraź sobie, co muszą czuć ci uczniowie – powiedziała i wróciła na miejsce.

Czuł pożądanie, a zarazem, jak mu głupio w tej rękawicy i jaki to zły adres, ulica Dzięciołów.

Dagmara położyła przed sobą wystrzępioną broszurę po angielsku, pośliniła palec i poszukała strony z ilustracjami.

– Patrz tu, różne rodzaje są – powiedziała. – Piszą, że klamra odlana jest z mosiądzu, bywa też wyrzeźbiona z kości miednicy wielbłąda albo łopatki jaka. To też znak, że ktoś został przyjęty. Klamra służy do połączenia pasów. To taki rodzaj uprzęży na grajka.

Dagmara wstała, zerwała jeden z wiszących na werandzie sznurów, ze skupieniem i naukową powagą przywiązała go do stanika, zerknęła na ilustrację w kwartalniku naukowym, przesunęła sznur między udami, sięgnęła przez plecy, okręciła dokoła szyi, pod pachami...

– Pasy owinięte są wokół bioder, o tak – objaśniała. – Potem tędy przechodzą od pachwin do ramion i utrzymują klamrę w okolicach splotu słonecznego. Tylna, nieco wypukła strona klamry przekazuje muzykę „do wewnątrz", gdy gra się, opierając garnek rezonansowy o przednią stronę klamry. Rozumiesz, jakoś tak... Nie rozumiesz, nie szkodzi.

Zrezygnowana odrzuciła sznur, poprawiła stanik.

– Patrz tu dalej. To są zdjęcia z muzeum na Sarawaku. Piszą, że wyrobem instrumentów muzycznych, pasów i klamer zajmują się czeladnicy, stąd ich nazwa „czarne ręce", w języku turkmeńskim, mongolskim, perskim. Ćwiczą dalej grę, ale muszą też być lutnikami, rymarzami.

Adrian pomyślał, że może powinien jej powiedzieć, że traci czas. Że lepiej by było, aby zajęła się ekonomią karłowatych gospodarstw rolnych. Bo będą dwa oblane zamiast jednego. Jego obleje Krygowicz, ona obleje te pytania nieprzygotowane o urodzaju z hektara. Peluszki albo bobiku. Nie mógł się jednak odezwać. W jakimś odrętwieniu słuchał o tym, że nie wszyscy czarnoręcy zostają mistrzami gry, ale większość z nich. I o tym jeszcze, że decydująca nie jest sama biegłość muzyczna, ale skuteczność – oto grając przed audytorium kobiet, trzeba zostać wybranym przez jedną z nich. Po wieczornym graniu kobieta potajemnie przychodzi nocą do czarnorękiego i zostaje jego żoną. Wtedy zaczyna się okres ukrycia – trwający kilka, czasem kilkanaście lat. Czarnoręki pozornie zrywa z go-shi, przyłącza się do rodu żony, pędzi życie osiadłe lub koczownicze, jest rolnikiem, rzemieślnikiem. Albo rybakiem bywa. Często tacy czeladnicy, tacy czarnoręcy robią buty, siodła lub są garncarzami. Ćwiczą grę tylko nocą, w „białej połowie miesiąca" – czyli przed pełnią i po niej.

– Czekaj – wyszeptał w końcu Adrian. – Czekaj, Dagmara. To ma być ten mój teatr dla Krygowicza? To może starczy, co? Tylko to jakoś zapisz. I będziesz z tymi sznurami – jak pokazałaś…

Westchnęła, jakby kazali jej uczyć psa tańczyć.

– Jak to wystarczy? Jak, jak, jak? Nie wiesz, co najważniejsze! Pewnego dnia mistrz zabiera żonę, instrument i odchodzi. Dziećmi opiekują się wujowie. A co dziwne, nadzwyczaj rzadko zdarza się, aby wybierano uczniów spośród synów go-shi. Mistrz wędruje, koncertuje wszędzie tam, gdzie spotka słuchaczy, najczęściej idzie szlakami wielkich karawan handlowych – za jedwabiem, perłami, bronią, solą, haszyszem. Koncert mistrza trwa kilka godzin, czasem parę dni.

Dagmara wstała i ruszyła w powolny, rytmiczny marsz po werandzie. Krążyła, niby od niechcenia dotykała napotykanych w bałaganie przedmiotów – grabi, doniczek, nożyc do żywopłotu, uderzała w ściany – a wszystko to dudniło, dźwięczało, wibrowało, stawało się perkusyjnym akompaniamentem do jej opowieści o tym, jak to muzyka go-shi przyciąga i hipnotyzuje tłumy, mimo że jest bardzo uboga i jednostajna – taka przynajmniej wydaje się uszom Europejczyka. Żona mistrza słucha koncertu, stojąc za nim nieruchomo, ubrana w ciemny strój, nieraz z zasłoniętą twarzą. Towarzyszy mistrzowi, mówi się, że zachowuje „tantryczne milczenie". Nie przeszkadza to jej kilka razy podczas koncertu wydobyć z siebie przeraźliwego krzyku – oznakę zachwytu, sygnał do składania ofiar.

– Ooui! – wrzasnęła nagle dziewczyna, zamykając oczy. – Ooy! Oyoui, oyoui!

Coś pośredniego między rykiem osła a krzykiem pawia – tak się to Adrianowi wydało.

Jej okrzyki były coraz cichsze, potem zmieniły się w gardłowy zaśpiew. Wreszcie zaczęła mówić coraz ciszej, dziwnie modulując głos. Przechyliła się przez stół, wzięła Adriana za ręce, jego rękami wysączyła z butli ostatni kieliszek. Adrian poczuł, że zasypia hipnotycznie. Nie wiedział, kiedy osunął się za stół, ukląkł, położył głowę na kolanach Dagmary.

– Jeśli w miejscowości lub w pobliżu działa szaman – podjęła dziewczyna szeptem – po odejściu mistrza go--shi przez kilka dni zatrzymuje się on w miejscu koncertu, bywa, że stawia tam szałas lub jurtę, „wchodzi w chodaki go-shi". Oyoui ooy... Jego praktyki są wtedy bardzo skuteczne. Przełożeni klasztorów lamaistycznych i przełożeni szkół za-zen zabiegają o muzykę go-shi. Również kapłani-strażnicy świątyń hinduistycznych, dżinijskich, chrześcijańscy misjonarze, islamscy mistycy. Starają się zdobyć względy grajków, najchętniej zapraszają na występy starych mistrzów. Oyoui ooy... Czasami tysiące ludzi słucha starego mistrza, a tylko kilku stojących najbliżej wie, czy on jeszcze gra. Pozostali „płyną przez ciszę go-shi". Ooy oyoui... Starzy go-shi grają coraz ciszej, powiadają: „Uczeń hałasuje, czarnoręki gra, mistrz przychodzi i karmi mlekiem muzyki dziecinę milczenia". Ale ty mnie nie słuchasz. Obudź się!

Wstała, Adrian upadł na deski werandy i odzyskał świadomość. Wstał, otrzepał spodnie.

– Pojadę już... – wymamrotał. – Gorąco się zrobiło. Może gdzieś podwieźć?

– Przecież muszę siedzieć i kuć – powiedziała spokojnie Dagmara. – Sto dziewięć pytań. Nawet połowa nie przygotowana. Do jutra.

– Do jutra – odpowiedział Adrian. Nie mógł tak odejść.

– Idź już. Do jutra – powtórzyła Dagmara, smutniejąc, na ile to było jeszcze możliwe.

Stał. Stał, jakby wrósł w ten zły adres, w ulicę Dzięciołów.

– No, tak. Nara. Do jutra. Nara.

Dagmara odwróciła się i zaczęła porządkować swoje książki.

– Nara – powiedziała jakby do siebie. – Nara. Ale zaraz po piątej.

Wykrztusił ostatnie „do jutra" i wyrwał siebie – drzewo z tej werandy. Do samochodu. Uciekać, nie taki adres, to uciekać.

Następnego dnia, a był to już piątek, mały, rajdowo tuningowany samochodek Adriana tkwił w korku w Alejach, przed krzyżówką na Pruszków. I Adrian tkwił za kierownicą, z rytmiczną muzyką łupiącą decybelami z ekstragłośników przy tylnej szybie. Zabiegany, zziajany wewnętrznie i zewnętrznie.

Kawałek teatru już był. Już miał w samochodzie teatralne reflektorki zdobyte szastaniem się po zatłoczonej Warszawie. Reflektorki punktowe ze światłem efektowym, zmienne filtry. Za darmo? Kapitalizm jest. Nikt nie chce za darmo nic pożyczyć. Leasing, factoring, franchising. Trudno teraz coś załatwić za darmo. Jak jest rynek, to każdy chce zarobić. Co chwila czujesz w kieszeni niewidzialną rękę rynku. Płacić! Z czego płacić? Renia miała pobożną koleżankę, która śpiewała w chórze. I w końcu przez koleżankę Reni dojść można było do księdza salezjanina. Ksiądz Mirek dał bez pieniędzy, ale nie całkiem za darmo. Wprosił się na premierę. Cały dzień trzeba było jeszcze jeździć za tymi reflektorkami, za statywami, filtrami do nich. Od księdza Mirka do matki przełożonej, od matki przełożonej do proboszcza od świętego Annasza i Kajfasza. Dali za darmo, gdzie jeszcze by dali za darmo? No, nie komuś z ulicy. Matka występowała u nich z wieczorem patriotyczno-kolędowym. Ona jest wszędzie. Wszystko załatwi, wszystko ogarnie. Dzwoniła trzy razy. Pierwszy raz z samego rana, kiedy z Mućkiem otwierali teatr, na razie w remoncie.

To była praska filia Klubu Leśnika i Drzewiarza, w remoncie. Jak wszystko, załatwiona przez ziomali innych ziomali, za niejasne obietnice imprezy. Jak się we wtorek uda z teatrem, to od piątku wieczorem balują do ostatniego upadłego. Mućko załatwił, ale Adrian jeździł po klucz na osiedle Szmaragdowe Gaje, do szwagierki jednego, co robi w biurze dewelopera i tak dalej, i w tym sensie, bo klub był w remoncie, ale go nie robili, bo wyskoczyły inne priorytety, jak to u dewelopera może wyskoczyć, czy u szwagierki.

Adrian przywiózł klucz, więc to on jako pierwszy chciał otworzyć – aaa – takie miejsce, bracie, taki teatr, głowa mała, taki tu się zrobi teatr. Szamotał się z zamkiem. Klucz wchodził, ale nie dał się przekręcić. W końcu Mućko otworzył. Był bardziej fizyczny, siłownia raz, roboty dorywcze przy załadunkach i przeprowadzkach dwa. Ale nie burak, ziomal jak trzeba, powiedział, że otwierało się w życiu nie tylko piwko. No i otworzył teatr. Ledwie weszli, rozejrzeli się, co za zgliszcz-ruina, kiedy zadzwoniła komórka Adriana.

– Halo! Dagmara?

– Kto to jest Dagmara? – spytał sceniczny mezzosopran matki.

Adrian zmieszał się. I to wcale nie przez matkę. Ani przez Mućka.

– Poważna dziewczyna – odpowiedział. A potem odzyskał równowagę i wrzasnął: – O co chodzi? Nie mam czasu!

– Poważna dziewczyna? Nie wierzę. Ty i poważna dziewczyna. Jakim cudem ona... Nie, wykluczone. Ale ja dzwonię w sprawie ojca. Wiesz – nadciśnienie. Skoki ciśnienia. Właśnie powiedzieli mi w klinice, że to groźne. Unikać stresu. Żadnych wzruszeń. Więc, Adinku, nie lekceważ. Gdyby ci pan Krygowicz nie zaliczył, to ojciec...
– Nie mam czasu, mówiłem. Pa!

Adrian trzasnął klapką telefonu, wyciągnął gazetę z kieszeni, rozłożył ją na schlastanym wapnem krześle, usiadł. Mućko naprzeciw, na podium dla orkiestry. Była chwila. Mieli miejsce. Mieli klucz do miejsca. Miejsce pytało – co mi zrobicie?

I chyba dlatego, aby zagadać to pytanie, Adrian zaczął opowiadać, jak trafił na ulicę Dzięciołów, pod zły adres. I aby nie było słychać pytania, które przychodziło do nich od miejsca, mówił o Dagmarze, chociaż Mućko nie był taki, żeby mógł zrozumieć go-shi. Ale padły przedtem słowa: – Halo, Dagmara. I to. Poważna dziewczyna.

– No i co? Potrzymała ci? – spytał Mućko, który zawsze musiał świntuszyć.

Co takiemu można opowiedzieć o świetle cieknącym przez czerwone wino i o wędrownych mistrzach? Powiedział, że wypili winko, pogadali, że ma być u niej o piątej.

– Bara-bara? – spytał Mućko ze swoim świńskim uśmiechem.

– Ona ma jakiś pomysł, ale niedobry. My już w Europie, a ona Azję promuje. Muszę się tego złapać, bo to ostatnia brzytwa ratunku. Ale jakaś chora sprawa... Go-shi. Japoński teatr czy coś. Ma taką książkę i tego.

– I wszystko z japońskiej książki? – zdziwił się Mućko.

– Dokładnie... – odpowiedział Adrian myśląc o tych wszystkich rzeczach, których przenigdy nie będzie mógł opowiedzieć Mućkowi. Ani Renie tym bardziej. – Dagmara ma ekstragadane. Tak mnie skołowało, że jak wychodziłem od niej, to jakbym z kina, jakbym z filmu fantasy wyszedł, na ulicę.

Mućko niecenzuralnie zasygnalizował, że nawet tego nie rozumie. Adrian zaczął więc nieporadnie opowiadać, że był taki artykuł, artykuł o wędrujących muzykantach etno. Ale to znudziło Mućka od progu.

– No, no, mówiłeś – uciął. – Azją pojechała. Z tego, co mówiłeś, to ona szykuje taki à la samurajski film. Ta Dagmara. Bez dużego kung-fu, bez tych tajczi, ale na zaliczenie to powinno być. Ty miej wyczucie, Azja może być dobra. Europa sama sobą już rzyga i sika. Może Azja ma swoje pięć minut? Na przykład, japońskie samochody. A Ruskie boją się Chińczyków. W razie czego nie obronią Syberii. Już raz im tam Chińczyk wchodził. Ale wtedy Ruski był mocny, a Chińczyk słaby. A teraz? Chińczycy w Ameryce wykupili fabrykę Hummera, w telewizji było.

Adrian poczuł, że jego planeta oddala się od galaktyki Mućki, włazi w jakieś zarośla ciemności, w czarne dziury błota.

– Nie wiem, Mućka – jęknął. – Nie znam żadnego Chińczyka. Nic już nie wiem. Jak mogą być takie poważne dziewczyny. Butelka wina. Godzina gadki-szmatki. I ani chichu-śmichu, ani bara-bara. Jak jakiś biskup sufragan, i to w Wielkim Poście. Już czuję, jak pojadę do Reny, do tego sklepu parasolowego. Rena będzie się pytać, co załatwione, bo zazdrosna. I jak ja jej wytłumaczę tę Azję, zazeny, goszyny, jurty? Przecież ona pomyśli, że drę łacha, że jej robię żywiec z mózgu.

– To jej nic nie mów. Dziewczynom mów tylko to, co już wiedzą. A u Dagmary była jurta? Ja tylko na filmie widziałem. Miała jurtę w Podkowie Leśnej?

– Co ty, odwaliło ci? – jęknął Adrian. – Jurtę! Werandę

miała. Ale wiesz, jest sytuacja. Jest zakład, w tydzień teatr. U adiunkta nie ma zmiłuj. Zostało pięć dni, cztery, jeśli liczyć od piątej dziś. Co mamy?

Mieli lokal Leśnika i Drzewiarza w remoncie. I obiecane od czarnych reflektorki punktowe efektowe z filtrami kolor.

Zobaczyli jeszcze, czy toalety u drzewiarzy są w porządku i wyszli. Kafejka z ogródkiem była zaraz. Po piwie. Dobrze siedziało się w cieniu na ławach z grubych dyli jak prasłowiańska warownia.

– Azja, ja ci mówiłem. Azja od Dagmary może być dobra – oświadczył Mućko już po pierwszych paru łykach. – Olimpiada była na przykład w Pekinie.

– Nie wiem, Mućka. Nic już nie wiem. Jaka będzie widownia. Musi być…

– No to będzie. Jeszcze po piwku? – powiedział Mućko z zachętą i nadzieją w głosie. Adrian pokręcił głową, że wykluczone, i właśnie zadzwoniła jego komóra.

– Halo? Renia?

– Ta Renia to nie jest szczęśliwy wybór – odezwał się głos z dykcją ze szkoły Jaracza i Osterwy. – Wygląda jak szumowina, nie umie się znaleźć. Nie powinieneś tej prościuchnej dziewczynce…

– Mam świetny seks z tą prościuchą – odpalił Adrian. – A teraz nie mam czasu!

– Nie przerywaj tylko rozmowy, bo ja nie o Reni. Rozmawiałam z ciotką Bibisią i ciotka Bibisia otworzyła mi oczy, że matka adiunkta Krygowicza jest z domu…

– Jaraczówna-Osterwianka, co?

– Nie, Dowmontówna! To znaczy, synku, stryjenki mojej Dowmont-Laskowskiej kuzynka. Już dzwoniłam do stryjenki, ale nie zastałam. Przecież to zaliczenie można jakoś w rodzinie…

– Nie! – wrzasnął Adrian, aż poderwali się panowie z zieleni miejskiej biesiadujący po sąsiedzku. – Nie, mówię. To, co słyszysz, to jest – nie! Jak zadzwonisz do tej baby, to ja wyprowadzam się z domu. Mój teatr, moje zaliczenie! Jak zadzwonisz, to tego... A jeszcze przedtem będę się tatuował, po całym ciele. Części intymne też. Nic nie chcę! Chcę tylko pożyczyć zieloną kotarę i nic nic nic! Pa!

Adrian wepchnął komórkę do kieszeni i jednym haustem, rozlewając po tiszercie, dopił piwko.

– O czym mówiliśmy? – wchrypiał do Mućki.

– Mówiłeś coś o widzach.

– Najważniejszy widz adiunkt. Adiunkt Krygowicz. Teatr jednego widza.

– Dla jednego całe halo? – zdziwił się Mućko.

Adrian westchnął w odpowiedzi.

– Na zaliczenie – powiedział jakby do siebie. – Ale taka sprawa, może adiunkt sam siebie jako widza nie zaliczyć. Bo on tu nie będzie jako widz, tylko na kontrolę. A sam kiedyś mówił, że w teatrze widz jest najważniejszy.

– No, nie mów – zaoponował trzeźwo Mućko. – Widz nie jest najważniejszy, bo płaci. Jakby był ważny, to jemu by płacili.

Adrian poczuł się niepewny. Przy piwie waliła się w gruzy cała antropologia spektaklu.

– Płaci, ale ważny, bo Krygowicz tak wykładał – oświadczył niepewnie. – Widownia, znaczy, najważniejsza. Jeśli jest widownia, to jest teatr. Jak są tylko wierni, to jest rytuał. Ta Dagmara to jest jeden rytuał.

Mućko powiedział, że za bardzo się nie można przejmować dziewczynami. Dagmara z Podkowy. A Podkowa to wiocha. Wiocha buraczana. Przyniósł jeszcze po dużym. Adrian poweselał, gdy się skrzepił.

– Adi, jest teatr – zawołał Mućko i zadzwonił kluczami od drzewiarzy w remoncie.

Adrianem zakołysał przypływ, czy może tylko przepływ rapu.

– No! Jest lokal, jest kotara – zanucił. – Jest kotara, jest poważna Dagmara. Ja załatwię garnek i łuk, zrobię co będę mógł. Jeszcze dwa reflektory, już jestem od roboty chory. Ty załatwisz widownię, proszę cię niewymownie. Bo jak Rena z koleżankami przywali, to tylko śmiech na sali. Widz jest najlepszy w średnim wieku, trzeźwy nie musi być w krawacie, ze szkoły jakiej mieć świadectwo, byle by nie po doktoracie. Nieważna płeć i orientacja, byle nie zasnął, siedział w ławkach, na koniec musi być owacja, piwko, imprezka, laska, trawka. Tak mi się tu porapowało, ale to po piwie, dobrym chociaż mało.

Brawa od Mućki. I zapewnienie, że zna masę takich ludzi. Pięciu do siedmiu przyprowadzi i powinno starczyć. Adrianowi nie chciało się ruszać z piwnych ław prasłowiańskich, ale wytłumaczył Mućce, że trzeba jechać. Już jechać, jeśli w końcu przez jakąś koleżankę Reny doszło się do księdza salezjanina. Ksiądz Mirek da reflektory bez kasy, ale daleko do niego. No i trzeba coś ściemnić temu czarnemu, bo szykuje się iść na premierę.

– Niech idzie! Będzie widownia! – ucieszył się Mućko. – Nieważna płeć i orientacja. Jest widz. Czarny, ale widz.

– Albo widz, albo kłopot – zmartwił się na zapas Adrian, któremu ani rusz nie chciało się jeszcze jechać. – Podobno salezjanin to może się trafić wykształcony. Nie spodoba się coś księdzu Mirkowi, to zagada do Krygowicza. Wydaje mnie się mało poważny ten teatr, panie adiunkcie. Niski poziom, panie adiunkcie, młodzież nie dopracowała.

Mućko, który nie był byle jakim ziomalem, podchwycił bluesa.

– Bardzo niski, proszę księdza – powiedział tonem adiunktowym. – Dzisiejszej młodzieży wydaje się, że wszystko wolno. Dzisiejsza młodzież wszystko chce mieć bez wysiłku. Oni nie pamiętają, jak się pracowało na trzy zmiany, a po cukier i masło szło do kolejki. Młodzież chce bez wysiłku. Na wszystko kartki były... I to – ORMO!

– Bez najmniejszego wysiłku, panie adiunkcie. Ułatwione życie – potwierdził Adrian z księżowską słodyczą – Nie pamiętają, jak ORMO goniło, ZOMO biło, a w sklepach sam ocet. I, panie adiunkcie, nieuporządkowane życie erotyczne nagminnie przedmałżeńskie.

– I to jest prawda proszę księdza – rozpędził się w grę Maćko. – Oni są dziećmi epoki, która pokazała, że z człowiekiem można zrobić wszystko. Gułag, komsomoł, hitlersomoł, komsojugend. To ich tak zmęczyło, że chcą mieć wszystko.

– Już ich nikt nie wysyła, panie adiunkcie, aby orali ugory dla republiki rad – Adrian z mocą górskiego wodospadu pędził już po bandzie. – Nie muszą padać jak kamienie na szaniec. Niuejdż, trawka, kasa, fura i komóra, lawparada, seks grupowy. Tak powie ten mój Krygowicz, ten mój adiunktszaman z antropologii kulturowej i społeczeństwa spektaklu. Bo on nie wie, jak to jest, kiedy się nie ma nic za sobą. Najwyżej tonę wysranego już łajna. Najwyżej puszki po obalonym browarze. To po co mi taka rozmowa?

– Dokładnie tak. Z czarnym ryzyko. Jest ryzyko. No, taka prawda. To jeszcze browarek?

Adrian pokręcił głową.

– Ja nie, bo jeszcze mam jeżdżenie. Po te lampy salezjańskie. A ty nie będziesz pił beze mnie, bo kolega jesteś.

A kiedy odbierał już reflektorki od siostry furtianki na Służewcu Przemysłowym, kiedy dokładał do nich filtry w kartonowych pudełeczkach, żółte, niebieskie i czerwone, przypomniały mu się od razu okienka na werandzie u Żymury Dagmary, ulica Dzięciołowa z brukiem trawą zarosłym. I przypomniał sobie jeszcze to, o czym nie wspomniał Mućce. Tam ktoś był u poważnej w ogrodzie. Młody. Ostrzyżony. Z ręką w gipsie sterczącą z leżaka jak znak zapytania. Bo to było pytanie o tego na leżaku. Koleś czy kochaś? A może kuzyn albo brat? Z lampami na tylnym siedzeniu autka, z filtrami kolorowymi w bagażniku zjadł coś z grilla i zaczął się przepychać przez korki w Alejach Jerozolimskich, na Pruszków. Gdy zatrzymywał się w korkach, wracało mu jak nieświeży salceson to myślenie o młodym na leżaku, o gipsowej łapie wymierzonej w niebo nad poważną dziewczyną. Łamał więc przepisy, wyprzedzał przez trawniki i chodniki. Choć bał się drogówki. Chciał zdążyć do poważnej i zajechał do Podkowy na piątą zero osiem. Z zielonej bramki ze sztachetek antyterroryści w kominarkach wyprowadzali młodego wysokiego z ręką w gipsie. W dwa radiowozy przyjechali, zatrzasnęli, odjechali. Adrian też chciał odjechać, ale nie mógł. Trzęsły mu się ręce jak ćpunowi, kluczyk nie trafiał do stacyjki. Próbował układać, jak to opowie Renie. A potem pomyślał, dla Reny to żadna sensacja, bo tam, gdzie ona mieszka, w wielkiej płycie, to jest jak w wielkiej płycie. Margines mieszka i budżetówka. Policja u nich trzy razy w tygodniu, a to się pijaczek w komorze zsypowej podpali, a to coś. No i tak jest.

Więc mniej ważne, jak on to opowie Renie, teraz biedna Dagmara. Trzeba do tej biednej. Siedziała na werandzie w szarej długiej spódnicy i kremowej bluzce ze srebrną broszką. Z włosami w warkocz. Tak chyba, jak zdawała te swoje sto ileś pytań. Siedziała smutna, więc pomyślał, że do tego wszystkiego oblała. Popatrzyła na niego z horyzontu, zza oceanu, od strony Wysp Przeklętych.

– Cześć. Jestem – powiedział Adrian najsmutniej jak umiał. – Oblałaś chyba, że tak siedzisz.

Potrząsnęła warkoczem.

– Muszę ci pomóc. Zdałam na bardzo dobrze. Trzy pytania i wszystkie trzy opracowane.

Adrian wyciągnął butelkę z reklamówki.

– No to jest półwytrawne kalifornia mon amur. Trzeba oblać.

Dagmara chyba nie miała zamiaru wracać z tych swoich wysp nicdobrego.

– Najpierw gangsterzy złamali mu rękę w trzech miejscach, bo nie chciał się ich słuchać. Teraz zabrała go mentownia, bo przedtem słuchał się gangsterów. Podstawiali go na kołka te bandziory i kupował na kredyt dla mafii samochody, mieszkania, RTV. Narobił prawie milion długu.

– To twój chłopak? Brat? – spytał niepewnie Adrian.

Milczała.

– Nie otworzysz wina? – Odezwała się po chwili. – To bohater twojej sztuki – dodała. – Dziki grajek go-shi szukający mistrza. Wiesz, gdzie jest korkociąg.

Wiedział, otworzył. Poprosił o kieliszki.

Dagmara powąchała wino, odstawiła. Nie przyniosła tych swoich czarek-skorupek. Temat wina przestał dla niej istnieć.

– Teraz bębny – powiedziała. – Prawdziwy teatr musi być dobrze wybębniony. Chodź, pokażę ci bębny. Albo idź sam na górę, a ja się przebiorę. Nie, wino nie. Porzygam się. Pójdę po kawę. Wal w bębny.

Biedna Dagmara otworzyła wąskie drzwi z oszklonym okienkiem. Za drzwiami były strome schody tak zawalone książkami, że z biedą zostawało miejsce na jedną stopę. Za tą ścieżką wydeptaną przez piarżysko biblioteki znów były drzwi i dalej wielkie poddasze z podłogą wyłożoną ludowymi chodnikami ze szmat. Trzy fotele każdy z innej mańki, jakieś tekturowe pudła pod ścianami. Przy środkowym fotelu dwa bębny, niby afrykańskie, z pni, ale najwyraźniej domowej amatorskiej roboty. W tym miejscu, w którym skośne światło padało z mansardowych okien.

– Wal w bębny – poleciła, no to walił. Uczył się trochę perkusji, zrobili nawet jajcarskie nagranie w piwnicy u Mućki z osiedlowym zespołem. Zapomniana sprawa.

Teraz walił, bo chciał zagrać to, czego nie opowie Renie, bo Rena nie zrozumie. I Mućko. To było takie dziwne i nowe – mieć w głowie coś, czego nie zrozumie ani Rena, ani Mućko. Coś, co można tylko wybębnić. Może też coś, co można by powiedzieć Dagmarze. Gdyby przedtem mógł to powiedzieć sam sobie.

Grał godzinami chyba, a ona nie przychodziła. Walił w bębny, aż bolały go dłonie i ramiona. Rytmy i wariacje rytmów wychodziły gdzieś z pleców, przez ramiona i łokcie. Nowe, niespodziewane. Pot spływał mu pomiędzy łopatkami, kapał z nosa. Na tych bębnach można było wyłomotać światy, lasy, pustynie. On grał tylko ziarnka piasku, tylko listki i trawki, ale reszta też gdzieś była nad nim. Kiedy Dagmara w końcu przyszła, miała na sobie stare dżinsy i stanik od kostiumu plażowego. Nogi bose, w rękach taca – dzbanek z kawą i dwie cienkie czarki, większe niż tamte na wino. Te były brunatnoczerwone. Zabębnił cichutko na jej powitanie, a i tak wyszło za głośno, za głupio.

– Nie przerywaj sobie – powiedziała. – Dawno tu nikt nie grał. Cały dom się trzęsie, ale chyba tak trzeba. Szamani bębnieniem budują drabinę do nieba. Odchodzą tam i przyprowadzają duchy.

Więc Adrian grał jeszcze trochę, a Dagmara rozplatała i zaplatała swój warkocz smutno i rytualnie.

– Ręce już bolą – poskarżył się Adrian, bo bardzo chciał

się napić kawy. Przerwał bębnienie i wyciągnął rękę po kawę.

Dagmara nalała i zapachniało dobrze.

– Pojechałam rowerem aż do lepszego sklepu, po dobrą kawę. Nie ma cukru ani mleka. To już moja trzecia kawa dzisiaj. Egzamin, więc pierwsza. Potem, bo chciałam coś napisać. Na ten twój teatr. Jest mało czasu.

– Napisałaś coś?

– Nic raczej – przyznała się półgłosem.

Bardzo chciał ją pocieszyć.

– Ja też nie bardzo mogłem coś wybębnić. Tłukłem jak nigdy w życiu, chciałem zagrać to, no tego...

– No co? Co chciałeś wybębnić? Powiedz, bo to ważne.

– Jak nie mogłem wybębnić, to już na pewno nie powiem. Nawet nie wiem, czy mam to w głowie. Go-shi, partizan rewju, wygraj hondę z naszej zdrapki.

Westchnęła i pochyliła się nad kawą.

– A ja myślałam, że mam już w głowie ten teatr. Myślałam, że chwytam. Jak duszę, co odeszła.

– Duszę nie – zaprotestował stanowczo, myśląc o księdzu Mirku, który może być widownią. Nie lubiłby konkurencji.

Zadzwoniła komórka Adriana. Głos zasłużonej artystki scen stołecznych zawibrował z macierzyńską troską.

– Zostawiłam ci ozór i kopytka, przecież lubisz. Nic nie zjadłeś...

– Teraz właśnie! – wrzasnął. – Nie mam czasu! Jadłem pizzę w markecie! Nie dzwoń do mnie! Mogę cię prosić?

– Jesteś głodny? – zapytała Dagmara z symetryczną, kobiecą gotowością do nakarmienia wędrowca.

– Nie słyszałaś? – jęknął Adrian. – Jadłem, pizzałem, marketałem. Oblizałem ozorem kopytka. Ty chwytałaś duszę, a ja marketałem.

– Ciężki dzień – skwitowała poważna dziewczyna. – Ja też miałam. Najpierw egzamin, a potem porwanie. Zabrali dzikiego grajka go-shi. Zabrali z mojego domu. Narobił ponad milion złotych długu w Myślenicach i Makowie Podhalańskim. Potem gangsterzy posłali go, żeby podpisał umowę na kredyt w Suchej. Ale on wiedział, ze tam już będzie czekała policja. Nie chciał jechać do Suchej. No to mu złamali rękę. Lewą. Żeby prawą podpisał weksel.

– Ten teatr będzie o tym? – spytał, przypominając sobie docenta i zaliczenie.

W milczeniu, ważąc każdą sekundę milczenia, dopiła kawę.

– A ty nie możesz wyłączyć komórki? – spytała surowo.

– Nie, w życiu nie. Nie wiem dlaczego. Może to mój gułag, mój auszwic? A może czekam na mistrza go-shi? Czekam, aż zadzwoni… Ten teatr to nie będzie o muzykach azjackich, nie? O tym w gipsie piszesz?

– Nie wiem – zawahała się. – Nic jeszcze nie piszę, ale wiem, rękę mu złamali kopaniem. Powiedzieli, że drugą też złamią. Jak nie podpisze. Gdyby o tym… Pokazać, co się dzieje… To nie wiem, ale… Może…

– Co ty, jemu się nie pomoże. Co z tego, że adiunkt Krygowicz powie, że to dobre, bo współczesne, dotyka problemów społecznych, zrywa kokon obojętności. Co z tego, że ksiądz Mirek powie, że to moralne, że trzeba upomnieć się o odtrąconych. I doda: – Będę się modlił za tego biednego chłopca. Czy to coś nas obchodzi? Ja też jestem biednym chłopcem, a będę biedniejszy, jak nie dostanę zaliczenia.

Rzuciła mu szybkie spojrzenie spoza oceanu. Z tych swoich wysp.

– Chyba tak… Co tu pomogą adiunkt Krygowicz i ksiądz Mirek? Mogą najwyżej…

– Wygrać hondę ze zdrapki.

Zapadło milczenie. Parę razy Adrian niepewnie dotykał bębnów, a one odpowiadały głucho. Dagmara zaplotła ciasno warkocz i płynęła ku archipelagom. Była coraz dalej.

– Myślę, że sztuka na twoją scenę musi się zacząć od ciebie... coś o krzywdzie w twoim życiu – powiedziała w końcu. Kiedy kogoś zmusza się, żeby był złodziejem, to jest krzywda. Kiedy łamie się człowiekowi ręce, żeby był posłuszny, to jest krzywda. Kiedy musi oszukiwać ojca matkę i uciekać z własnego domu, to jest... Kiedy go łapią, biją, zakuwają w kajdanki – krzywda. O tym ma być...

Adrian pokręcił głową, chociaż miała rację.

– To nie moje życie – bronił się. – Moje ręce niepołamane, bez kajdanek. Nikt mnie nie zakuwa...

– Ci, co przyjechali po grajka go-shi, to, sama nie wiem, może policja, może przebrani. Może przebrane bandziory.

Bębny milczały, a on czuł pod opuszkami placów leciutkie drżenia. Dreszcze pustki. Jakby coś gdzieś szeptało. Powietrze na poddaszu szarzało, upał przemijał.

– Musi się zacząć od ciebie – powtórzyła z naciskiem Dagmara. – Trzeba robić o tym, co się zna. Czytałam wywiad ze sławnym reżyserem i tak mówił. Opowiadać o tym, co się zna. I na przykład zaczynam tak. O tobie. Że ty siedzisz rano w domu ze swoją dziewczyną. Jecie sobie czipsy. A ty jej zaczynasz opowiadać o wędrownych mistrzach go-shi. Dlaczego kręcisz głową. Masz przecież dziewczynę? Lubisz czipsy?

– Nie – skłamał.

I żeby to kłamstwo unieważnić i przykryć, zaczął znowu bębnić. Kiedy patrzył na poważną, jakoś mu lepiej to kołysanie rytmu biegło. I jej także. I jej w rytm tego lepiej rozplatał się warkocz, jakby sam ze siebie.

Zabrała kawowe czarki i dzbanek kawowy, odeszła – czy może już odtańczyła w stronę stromych schodów. I do odchodzącej mówił, do znikającej, do ledwie domyślnej.

– Opowiedz mi o tym, jak do czeladników gry go-shi przychodzą kobiety. Czy to jest jakoś tak? Podobno nie wszyscy czarnoręcy zostają mistrzami, ale większość z nich. Zostają, jeśli grają dla kobiet, a potem jedna z nich przychodzi w nocy.

Nie mógł jej słyszeć, jak mija tańcem pokój ze smutnymi wyspami mebli, jak wychodzi na werandę, jak siada na leżaku i szepcze do siebie:

– Po wieczornym muzykowaniu kobieta potajemnie przychodzi do czarnorękiego i…

A on tam na ciemnym strychu słuchał bębnów pod swoimi palcami, dłońmi, pięściami, palcami i powtarzał:

– Starzy go-shi grają coraz ciszej, tysiące ludzi słucha starego mistrza, a tylko kilku stojących najbliżej wie, czy on jeszcze gra.

W końcu pomyślał, że musi to powiedzieć poważnej Dagmarze. Zszedł, oblizując po drodze krew z popękanych palców. Nic nie czuł, kiedy bębnił. Stanął w drzwiach i powiedział jeszcze raz.

– Starzy mistrzowie grają coraz ciszej. Ludzie stoją i tylko kilku najbliższych wie, czy mistrz jeszcze gra.

– Pozostali „płyną przez ciszę go-shi" – odpowiedziała, nie patrząc na niego, tylko na dalekie lampy ulicy Dzięciołów. – Tak jak my. Powiadają: „Uczeń hałasuje, czarnoręki gra, mistrz przychodzi i karmi mlekiem muzyki dziecinę milczenia".

– Dziwka to dziwka – powiedziała Renia. Były już, uff, po przedstawieniu i siedziały obydwie z Dagmarą w prowizorycznej „garderobie aktorów" w Klubie Leśnika i Drzewiarza. Obydwie już bez kostiumów, w bieliźnie tylko. Renia miała lepszą. Zmywały charakteryzację. Ponieważ Dagmara nie odezwała się, Renia podjęła temat z pełną energią.

– Ale nie myślałam, ze Samanta jest taka dziwka. Ona, wiesz, chodząca z Maćką na stałe. Zawsze było tak, nie? Samanta, dziewczyna Maćki. No tak się mówiło. Jak pytali – kto ta blondyna kędziorowata? Samanta, dziewczyna Maćki. I tu mu tak narobiła dokoła pióra. Przecież ten Krygowicz to stary dziad, czterdziecha albo lepiej. Próchno. Wielki adiunkt na dziadowskiej uczelni. Samanta dostała kwiatki od adiunkta, powiedział, że jest wielka artystka, pan adiunkt, przedstawił panu z telewizji…

– A ty co, zazdrosna? – spytała Dagmara.

– Gówno zazdrosna – obruszyła się Renia. – Ona dziwka z dziwek. Wlezie mu do łóżka, co mówię, ona już w samochodzie go obsłuży na wszystkie strony, ta dziwka. I świństwo robi względem Maćki, bo jako jego dziewczyna, to nie wolno tak – cześć, śpij, kochany, śpij, ale ze mną cześć.

– Może. Ale po co mi to mówisz? Odegraliśmy. Adriano ma zaliczenie. Znikamy, bo czas. Nie ma Samanty, nie ma Maćki, ciebie też nie ma. Koniec. *Game over.*

– Jaki koniec? – Renia aż podskoczyła. – Nie słyszałaś? Ten w okularach, taki myszowaty z telewizorni, co mówił? Że trzeba przenieść to do teatru, na prawdziwą scenę. Wydarzenie, panie docencie. Świeży powiew młodości, panie docencie. Wykamerują nas i będzie puszczone w telewizji. My w telewizji. No i szmal, przecież tam płacą. Może być duża kasa. A jak mnie szefowa ze sklepu zobaczy w telewizji, to się posika.

– Nie zobaczy, bo to, cośmy grali, to kradzione. Nigdzie się nie przeniesie, nic się nie wykameruje. Kumasz, co to jest plagiat? O pirackich nagraniach słyszałaś? Mogło być, nie będzie. Nie puszczą w telewizorze, bo kradzione.

– No, bez ściemy! Jak kradzione? Co ja komu ukradłam?

– Co? Jajco – zgasiła ją Dagmara. – A wiesz, dlaczego Adriano zrobił zamiast mojej prawdziwej sztuki powtórkę? Ten mydlany serial? Bał się tego, co napisałam. Bo on się mnie boi. Boi się, że ja go, o tak, wezmę sobie jak ciastko z talerzyka. On woli być z tobą, bo ciebie trzyma na krótkiej smyczy. Moja Rena.

Renia spojrzała na Dagmarę z mieszaniną strachu i nienawiści.

– Ściemniasz teraz...

– Nie, tak mówi. Moja Rena. Każę Renie zrobić... każę przyjść...

– Gówno prawda! – wybuchła Reniea, a jej buzia zrobiła się nagle zła i brzydka. Sięgnęła po butelkę z piwem. Nie rzuciła. Pociągnęła z gwinta.

– Prawda, kochanie. Tak mówi! Każę przyjść i przychodzi. Każę zdjąć majty i już... A ty? To ty gówno rozumiesz. Ty nie kumasz, że moja sztuka to była moc go-shi? To była moja władza nad Adrianem? Że ja go mogę posadzić do bębnów i będzie walił w bębny bębny bębny, aż mu łapy spuchną? Do krwi, do czarnej krwi... Youi, yoaaa, youu... Ale on się przestraszył. Boi się, krwi się boi. Nie kumasz, co to jest czarna noc w środku Azji, w jurcie szamana, taka muzyka, co jest mlekiem milczenia? Youi, yuoa, youi... Nie kumasz, że on się mnie boi?

– Ty wariatka jesteś – powiedziała Renia z wyraźną ulgą. I dodała: – On cię nie kocha!

– O, o, jakie się dziwne słowo powiedziało! – zdziwiła się Dagmara. – I kulą w płot! Bo to wszystko jest tysiąc kilometrów od kocha – nie kocha. To są sztuczki marnego tchórza. Adriano miał skarb w garści. Miał wspaniałą historię dzikiego go-shi. I przestraszył się, że to może jest coś naprawdę. Wolał uciec w te bzdury, wolał ukraść tysiąc siedemset osiemdziesiąty trzeci odcinek serialu, którym wszyscy już rzygają. Pasażer zakochany w stewardesie. Stewardessa zakochana w strażniku. Stewardesa chce, aby strażnik awansował, więc wkłada bombę pasażerowi do kieszeni…

– To ja! – rozpromieniła się Renia. – Ale to sprytnie zrobiłam!

– Dokładnie jak aktorka w serialu. Ukradłaś to. Piractwo. Ale twój spryt nie jest taki duży, żebyś załapała, że to nie pójdzie w telewizji, bo już szło jako odcinek *Lotniska zakochanych*. Już tego nie wolno puszczać, wyczuwasz? Nie, nie wyczuwasz. Sprawa jest taka, że już za to ktoś wziął kasę. Piractwo! Takie jest prawo autorskie, że ma kasę ten, który to pierwszy napisał, pierwszy nakręcił. Ale nam kasy wziąć nie wolno. Musimy być amatorami.

– Jak to? Przecież w *Lotnisku* też jest to samo, co w innych serialach – próbowała bronić swoich praw Renia. – *W kochankach z miasta grozy* to było. Nie lotnisko, tylko hotel, ale to samo. *W rozwodzie Anabelli* tak samo. Tylko tam brat narzeczonego zmienia płeć i macocha narzeczonej się w nim zakochuje. To znaczy w niej. Ale reszta tak samo. To tu do telewizji trzeba trochę zmienić i poleci. Wszyscy chyba tak robią. Dodałaś te tańce flamengo. Adrian też coś doda. Ja to nie wiem, ja chyba nic nie wymyślę.

– Możesz się rozebrać – powiedziała Dagmara, patrząc na ciało Reni z pewną zazdrością.

– Rozebrać się i na rurę? – roześmiała się tamta. – To by szło po dwudziestej trzeciej. Za późno, ludzie śpią, nie ma oglądalności. Mućko umie chodzić na rękach, to może wystarczy.

– Jak wystarczy, to grajcie, ale beze mnie.

– Tak czy owak, są tu prysznice – Renia przerwała plany artystyczne i wyszarpnęła z torby różowe frotte. – Idziesz?

Dagmara poszła za nią.

Adrian zamknął za sobą drzwi magazynu farb i płyt wiórowych, wytarł twarz papierową chusteczką i wyciągnął z tylnej kieszeni dżinsów tekst. Krygowicz napisał, a on miał się nauczyć, żeby gadać na konferencji prasowej. To też chyba w dalszym ciągu na zaliczenie, ale jako pięć minut, które właśnie mają. On i Krygowicz przy okazji.

Tekst był właściwie oczywisty, ale czytał go głośno, z przeświadczeniem, że nie da się go tak wkuć na pamięć z marszu: – Staraliśmy się wyrwać z zaklętego kręgu doświadczeń teatralnych konsumujących potoczną rzeczywistość i przetwarzających ją w nabrzmiały znaczeniami gest sceniczny. Aktem wtórnej obecności aktora w aktorze przebijamy się w przestrzenie ekspresji położone poza tradycyjną kulturą i jej zniewalającym systemem imperatywów. Pozostawiamy innym teatr jako narzędzie poznania. – My sami – co on tu nabazgrał? – My sami jesteśmy kryterium bezwzględnego relatywizmu ukierunkowanego tylko na energię istnienia, na instynktowne i intensywne władanie wyobraźnią, i zawsze tylko we własnym imieniu. Przymuszamy widza, aby uczestniczył w naszym rozpadzie tożsamości, aby wyzwolić go, aby otworzyć przed nim przestrzenie alternatywnych systemów bytu, poznania i komunikowania. Taaa… poznania i komunikowania. Mało śmieszne.

– Mało śmieszne – usłyszał głos zacieniony smutkiem. – Krygowicz ci napisał i będziesz wygłaszał w telewizorze. Po co?

Dagmara stanęła w drzwiach. Miała mokre włosy.

Ubrana była bez sensu w białe dżinsy i ten czarny top, który miała kiedyś na imprezie u Kingi, dawno, w innej geologicznej epoce, sprzed teatru jeszcze.

– Wiesz co, ty chyba ślepa jesteś. Jaką ja jeżdżę furą?

– Fiatek stary. Sto dwadzieścia sześć pe. Historia motoryzacji. I co z tego?

– To, że teraz, mam zarobić na brykę full opcja, na wypasioną beemkę. Ty nie widzisz, że my dla nich to news, my to przebój sezonu? Nie było teatru. Co było? Kotara i dwa reflektorki. I wystarczyło, żeby się odbić. Jest teatr. Złapaliśmy to, trzymamy to, bo jesteśmy dobrzy. Zobaczysz, debeściarze idą stromo w górę. Krygowicz coś z tego ma, telewizory się przy tym zagrzeją, zgarną swoją kasę, ale my! Jesteśmy w środku. Ja i ty. I będę mówił. – Tu Adrian łypnął na bazgroły Krygowicza. – W tym nasyconym tragedią powtórki spektaklu przez gest sceniczny przebijamy się ku pustce, jaka jest naszym codziennym doświadczeniem. Nic, poza świadomością ogołocenia. Bo to jest na fali, bo to jest prawda. Jestem nasycony pustką codziennego jeżdżenia starym maluchem. Ty jesteś nasycona pustką stu pięćdziesięciu pytań z ekonomiki małych przedsiębiorstw rolnych. I przez gest sceniczny przebijamy się, wchodzimy na ekran niezależnie od tego *Lotniska zakochanych* i twojego flamenco, które też jest tragedią powtórki. I uważaj! Uważaj! Na konferencji prasowej będą pytali, dlaczego flamenco. Hiszpański premier nieżyczliwie się wyraził o dopłatach dla Polski, a ty flamenco. Masz odpowiedź?

Dagmarę jakby nieco ruszyło to „jesteśmy w środku, ja i ty". Usiadła na pochlapanym farbą remontowym taborecie i wbiła w Adriana jasnosiwe smutne spojrzenie. A potem pochyliła głowę i starannie zaczęła rozczesywać włosy.

Patrzył na nią i właściwie nie oczekiwał odpowiedzi. Przedziałek środkiem głowy i dwa warkocze za uszami. Kto się tak czesze?

– Nie ma tu lusterka, prawda? – spytała.

– Nie ma.

– No to jak możliwe jest weryfikowanie tez epistemologicznych? Jak to zrobisz, jeśli sam akt weryfikacji jest też epistemologicznie, epistemologicznie, epistemologicznie wątpliwy? – zapytała, wyrzuciła w górę dłonie bez kastanietów, á la flamenco.

Wstała, jakby była wybuchającym wulkanem i mówiła dalej, chodząc, a chodziła, tańcząc.

– Co więcej, dla naszego pokolenia wątpliwa jest sama potrzeba weryfikacji. Flamenco mnie wyprowadza w alternatywne przestrzenie. Przez poloneza albo oberka tkwiłabym w Polsce. Podkowa Leśna, ulica Dzięciołów. Przez jakiś kawałek klubowego dansu albo hip-hopu tkwiłabym w początku XXI wieku. Dziękuję, wychodzę. Dziękuję, ole! – Zrobiła jeszcze jakiś gest, dwa kroki, tupnięcie flamenco. – Wychodzę, Adriano. Wychodzę z ciebie i twojego teatru, wychodzę z Krygowicza i jego epistemologicznych aktów. Wychodzę z Reni, Samanty i wszystkich pięknych stewardes.

Adrian wiedział, że teatr to teatr, że jeśli aktor przyjął kostium na przykład, a aktorka chodziła tańcem i tak dalej, to nic. Jest aktorka, nic z Dagmary nie zostało.

A ona podkreśliła raz jeszcze:

– Ja wyprzęgam.

Myślał więc, że jak pójdzie, to i wróci. Tu wróci, gdzie coś się dzieje.

Dagmara trzasnęła drzwiami na korytarz – i już mniej wulkanicznie tymi do garderoby. Weszła i zajrzała Reni przez ramię w jedyne lusterko. Potem zapięła pasek dżinsów i zaczęła zbierać swoje rzeczy, wrzucała byle jak do torby.

– Ja wyprzęgam – powtórzyła. – Dalej beze mnie. Cześć.

Rena złapała za ucha torby Dagmary.

– Czekaj, nie bądź głupia. Czekaj. Przecież bez ciebie…

– Dacie sobie radę. Wy już jesteście artystki telewizyjne. No jak, jesteście?

Udało się jej wyszarpnąć torbę, ale koleżanka ze sceny zastawiła sobą wyjście z garderoby.

– Nie bądź głupia, nie jesteśmy – powiedziała pojednawczo. – Nic bez ciebie nie wyjdzie. Ja to wiem. I ty możesz się wytargować o grubszą kasę. Adrian wie, że bez ciebie nic. Krygowicz to samo. Samanta mu pasuje jako laska, ale on wie.

– Puść. Puść, słyszysz? – Głos Dagmary był groźnym szeptem. – Ze mną tak się nie załatwia. Cześć. Macie mój telefon. Na razie mam sprawy do załatwienia.

Wyszła, nie oglądając się, i usłyszała jeszcze na odchodnym:

– Cześć, królowo. Złap hondę z naszej zdrapki.

Renia dopiła piwo, za ciepłe. Przebierała się jeszcze, kiedy wparował Mućko z tym swoim płciowym chichotkiem.

– Ty, Renia, masz ciało. Lukslalunia.

Renia odwróciła się tyłem.

– Wiesz co? Świnia jesteś. Tak się nie wchodzi. I pilnuj swojej Samanty, bo ci ją ten Krygowicz przeleci, nawet okiem nie mrugniesz.

– Zejdź z Samanty – warknął groźnie łysol. – Gdzie Dagmara?

– Zmyła się. Do tej swojej Podkowy Leśnej. I z głowy.

– Co ty? Puściłaś ją. – Mućko dopiero teraz był wściekły. – Co ty? Ma być konferencja prasowa. Ten z telewizji mówił. Mysiasty.

Dagmara ma gadane, powinna być.

– Adik coś tam powie.

– Adi powie! – Mućko wzruszył ramionami. – Wiesz, co powie? Bla, bla, bla! Adi jest od hecy, a Dagmara to tego... Poważna dziewczyna. Trzeba było ją zatrzymać. Robi się obsuwa.

– Ale to Adik wymyślił przedstawienie – powiedziała Renia pewna swego.

Adrian był światem. Całym światem Reni.

– Nawalona chyba! On wymyślił? Co on wymyślił? Adi tylko nagrał z telewizora na wideo odcinek *Lotniska zakochanych*, dobrze mówię? I we dwie plus Samanta grałyście według nagranego te trzy stewardesy, dobrze mówię? Ja za strażnika i Adi za pasażera. Stewardesy luks. No super. Ale nie byłoby super, jakby Dagmara nie dodała coś od siebie. I nie zatańczyła tego hiszpana.

– Flamengo.

– No, flaminga – potwierdził ciągle wściekły. – Ale ona nie chciała grać tego kawałka według wideo. Miała napisane swoje o szamanach czy grajkach. Coś w jurcie po japońsku. I chciała dodać o swoim chłopaku, co go policja zwinęła za niewinność. On postawił się mafii i nie będzie miał życia. Dokładnie zresztą. Bo mafia ma wszędzie swoich, w policji ma, w sądzie ma, we więźniu ma. A jak go zapudłują, dopiero dostanie. Za kablowanie.

– To on kablował? – spytała Renia. Wiedziała, że kablowanie jest najgorsze. Mieszkała przecież w wielkiej płycie, gdzie budżetówka i margines.

– Kablował czy nie, zrobią z niego parówę. Spytaj się Dagmary. Jak nie kablował, też mu we więźniu dadzą popalić.

– Ja nie wiedziałam, że to jej chłopak… Ty, a co ten Krygowicz mówił na końcu? Coś tego tego, tragedia, tragedia?

– Tragedia powtórki – zacytował Mućko, który przecież nie był zwyczajnym ziomalem. – Mówił „tragedia powtórki". Ale to tak mówił. Bo Adi ma zaliczenie, bank. Nie będzie powtarzał roku.

– Ja piątą klasę w podstawówce powtarzałam, bo akurat ojczym pobił matkę i była w szpitalu – dorzuciła Renia coś z własnego doświadczenia – Uciekłam do ciotki, bo się ojczym do mnie dobierał. Do ciotki, do miasta Herby Nowe. Ale żadnej tragedii nie było. To znaczy Krygowicz nawijał tak dla telewizorów? Na ściemniaka?

– Co ty? Herby Nowe? Nie ma takiego miasta. Krygowicz teraz przyprawia z telewizorami, drugą flaszkę wiskacza obalili, blek label. Zadzwonili po koleżków z prasy. Mówił, żebyście przyszły w kostiumach jako stewardesy, bo jeszcze będą zdjęcia. Gdzie Dagmara?

– Co ty, upaliłeś się, czy głuchy? Do Podkowy Leśnej się zmyła. Mówiłam ci, a ty nie słuchasz.

– Ubierz się w stewardesę i idź – rozkazał Mućko i groźnie łypnął spode łba. – I niech Adi tu przyjdzie. Pokaż trochę kolana, niech się telewizory cieszą.

– Już im tam twoja Samanta stringi pokazuje, mają rozrywkę – powiedziała Renia i błyskawicznie, bezpruderyjnie wbiła się w strój stewardesy.

– Ty zejdź z Samanty, dobrze?

– Akurat mnie ona obchodzi, ta twoja – odcięła się, przekrzywiając furażerkę i wypuszczając spod niej rudy loczek.

Poprawiła cień na oczach i błyszczyk na szmince. Wyszła.

Mućko wystukał numer na telefonie komórkowym. Gębę miał mroczną.

– Samanta? Daj se siana, słyszysz? Źle ci ze mną? Niech ci się nie zdaje… Nie, właśnie teraz! Teraz ja mówię, a ty tylko słuchasz! Samanta, co jest? Ty wiesz, ja tak mogę przyfanzolić, że całą piękność… Nie, czekaj. Ja nie grożę, ja tylko mówię. Ja tylko mówię. Możemy raz po ludzku porozmawiać?

Rozmowa została przerwana decyzją wywołanej abonentki. Adrian zastał Mućka w dołku psychicznym. To było widać w twarzy.

– O co chodzi? – spytał i otrzymał symetryczną odpowiedź.

– O co chodzi?

– Mówiłeś Renie, że mam przyjść, nie?

– Bo ja chcę wiedzieć, co ma być – zaczął Mućko. – Zgodziłem się na dziś, przyprowadziłem trzech widzów, Samanta przebrała się za stewardesę i co ma być. Masz zaliczenie, dobrze mówię? No i czego? Po co dalej?

– Trzeba iść za ciosem. Co dalej? Nie pytaj, wczuwaj się. – odpowiedział Adrian. – Mamy swoje pięć minut? Mamy. No to jak? W tył zwrot? Słyszałeś, co mówił ta mysza telewizor? Wysoko postawili poprzeczkę. Powiew. To my.

Mućka te pięć minut nie ucieszyło, nie rozbroiło złości.

– Ale co ty kombinujesz? To ja chcę wiedzieć na dzisiaj. Co to jest tragedia powtórki na ten przykład. Twój Krygowicz mówił tragedia powtórki.

– To nic nie jest. Adiunkt musi tak nawijać naukowo – pocieszył Adrian, który już był na drugiej kolejnej uczelni. – Telewizory to nagrywały, a on czuje, że też ma swoje pięć minut. Zrobił się ważny. On, adiunkt, ma studenta, który w trzy dni zrobił teatr, to jest news, to jest hit.

– W sześć dni, licząc wszystko. Wy macie po pięć minut, a ja mam straty. Samanta świruje.

Adrian był pełen współczucia, ale przecież znał życie. Syn artystów scen. Druga uczelnia wyższa.

– Zawsze jakieś straty są – powiedział rzeczowo. – Ale popatrz, Mućko, Samanta nie jest dla ciebie. Z niej się robi kurwiszon. Eksportowy kurwiszon. I tak byś ją rzucił. Słuchałem w radio. Po roku mężczyźnie wysusza się testosteron do jednej baby i musi mieć drugą. Dzwoniłeś do niej teraz, nie?

– Nie, co ty? Po co miałbym... Dzwoniłem.

– No to nie dzwoń. Zostaw, zero stresu. I tak byś ją rzucił. Ty się lepiej zakręć koło Dagmary.

– Ona ma chłopaka, tego, co psy zabrały – stwierdził Mućko. Znał swoje szanse, nie był przecież zwykłym ziomalem.

– Tego w gipsie? Mówi, że to nie jej chłop, ale nie wierzę. Tyle że jego już praktycznie nie ma. Wakat. Gangsterzy zrobili go na słupa. Brał na kredyt, brał pożyczki, jak mu kazali. Odbierali mu kasę i znów kazali kupować...

– Mnie nikt by nie kazał – warknął groźnie Mućko. – Zabiłbym, gangster nie gangster.

– Ty? – Adrian prawie się roześmiał. – Samuraj mocny w gębie. Od bicia to oni są, od zabijania też oni. A ty im nie podskoczysz. Ja to najwyżej bym uciekł. Schował się w mysiej dziurze.

– Takiego byś uciekł. Jak policja szuka i gang szuka, to już się nie schowasz. Przecież ten w gipsie właśnie uciekł do Dagmary pod spódnicę. I psy wzięli go jak swojego. Antyterroryści, widziałeś. No i dobra. Ciesz się, bo ona teraz wolna.

– A idź że...

– Przecież tobie do niej tego-tego – rzucił Mućko z tym swoim świntusznym uśmieszkiem. – Pasowałaby ci do łóżeczka, nie? Jak tańczyła flaminga to widziałem...

– Gówno widziałeś. Ja… – zaczął wyjaśniać Adrian, ale właśnie zadzwoniła jego komórka. Nim usłyszał głos macierzyńskiego zatroskania, rzucił ostro: – Jutro zjem kopytka. Ozór na patelnię, będzie lepszy.

Nie chodziło jednak o gastronomię.

– Dobrze, Adrianku, ale chodzi o tatę… – Głos byłoby słychać na galerii w Metropolitan Opera.

– Wiem – przyznał pośpiesznie syn artystki. – Ma nadciśnienie, niech się nie wnerwia…

– Tata mówi, że jakbyś miał jakieś trudności z panem Krygowiczem, to nic. Jest na Krygowicza coś. Bo dyrektor, to wiesz, gdzie on przedtem pracował. I dyrektor tatusiowi sam zaproponował, po przyjacielsku. Informacja za informację, po koleżeńsku normalnie. To jest dość mocny hak, więc rozumiesz. Nie będzie trudności.

Adrian porozumiał się wzrokiem z Mućkiem, który pojmował więcej niż pierwszy lepszy ziomal z blokowiska przy Wiatracznej.

– Dobrze, mamo. Niech tato zadzwoni do dyrektora, że hak się przyda. Niech się dyrektor na haku powiesi. A tato niech go pociągnie za nogi, tylko nie za mocno, ze względu na to ciśnienie. Pa. Nie dzwoń już. Pa.

Wyłączył komórkę z westchnieniem.

– Widzisz, Mućko, co mam…

– A gdzie Dagmara? – spytał Mućko, który wiedział, że warto pytać wtedy, kiedy się zna odpowiedź.

– Zmyła się niby. Jak znam takie baby, to wróci. Chyba to nie jest jej chłopak, ten aresztowany. Mówiła mi. On ją interesuje jako żywa krzywda ludzka.

Na gębę Mućki wrócił śliski od płciowej jednoznaczności uśmieszek.

– Ale Dagmara pasowałaby ci do łóżeczka, dobrze mówię? Dagmara Bara-bara…

– Mam Renę – powiedział Adrian z resztkami heroizmu. – Stare dobre małżeństwo. No, nie jest tak?

– Ja miałem Samantę. Idę tam. I ty się nie zdziw, jak temu Krygowiczowi przyfanzolę, aż się własnymi jajami udławi.

Adrian przestraszył się nieco. Ziomal nad ziomale, ale w pewnych kwestiach drażliwy. Ten Mućko.

– Może ci załatwić mocny hak na niego? Propozycja była, słyszałeś…

Mućko nie podjął żartobliwego tonu.

– Lepiej mu przyfanzolę z biegu – powtórzył groźnie.

– Co ty, czekaj… Nie rób wiochy – poprosił Adrian solidnie już przestraszony. – Tolerancja, pełna kultura. Wpisz Samantę w koszty ogólne. Jak ma się skurwiszonić, to w teatrze. Większa estetyka, nie? Dziwka teatralna to już właściwie nie jest dziwka. Ona dla Krygowicza to jest eroticon ze sztucznymi ogniami. Tańce gimnastyczne przy rurze. A ty sobie takich Samant nałapiesz, ile dusza. Dagmarę na przykład.

Adrian sięgnął na wieszak po czapkę mundurową szamerowaną złotem, w której Mućko przed chwilą występował w epizodzie *Zakochanego lotniska*. Teraz, gdy wściekły, Mućko wyglądał w niej jeszcze groźniej. Resort przemocy w ustroju autorytarnym. Stan wyjątkowy z ostrą amunicją.

– Ty w tym stroju wyglądasz jak generał. Jak wystąpisz tak w telewizji, to szok. Każda twoja. Ale pamiętaj, Samanta spisana z ewidencji. Bo bez Krygowicza nie będzie telewizji.

Mućko przejrzał się w lustrze i nasunął czapkę na oczy.

– Idę tam. I ty się nie zdziw jak tego…

Adrian wyczuł, że groźba zażegnana. Aktor przyjął kostium, więc nic nie będzie naprawdę.

– Idź i napij się wiskacza z myszą – powiedział, popychając Mućkę w stronę drzwi garderoby. – Niech mu nie będzie smutno.

Na widowni praskiej filii Klubu Leśnika i Drzewiarza przybyło tymczasem gości. Mysiastemu z telewizorni udało się nie tylko ściągnąć z miasta paru fotografów i dziennikarzy, nie tylko sprawić, że przyjechała pani redaktor Miszeczko, owiana sławą skandalizującej reporterki śledczej. Ekipa telewizji kulturalnej przygotowała się do transmisji na żywo. A fotografowie musztrowali pełne wdzięku stewardesy, Krygowicz z namaszczeniem i swadą udzielał wywiadu rozgłośni mazowieckiej.

– Chwila cierpliwości, proszę państwa! – ogłosił Mućko w generalskiej czapie zza stołu nakrytego zieloną kotarą. – Reżyser spektaklu musi się odświeżyć! Za chwilę będzie do państwa dyspozycji!

Renia wniosła butelki z wodą mineralną i szklanki, ustawiła na stole. Nachyliła się do Mućki.

– Będzie bez Dagmary?

– No i lepiej – odpowiedział Mućko, łypiąc spod daszka czapy. – Ona mi już na nerwach grała. A ty już się zmyj stąd! Idź do fotografów, bo machają, że chcą mieć stewardesy. Dwie za trzy. Zdejmij co, to cię polubią.

– Ale ty jesteś świnia. Mścisz się za Samantę?

– Idź się wyginać! Ale już!

Mućko, który często wiedział, co mówić, zasiadł za mikrofonem. Zaraz mu dostawili jeszcze dwa. Błysnęły reflektory. Kamery TV wyciągnęły swoje ryjki w stronę stołu prezydialnego.

– Chwila cierpliwości, proszę państwa. Aby usprawnić, proszę pytania na kartkach. Mamy tu już zestaw pytań, czy są następne? Dobrze! Zaraz do państwa podejdę! Piszemy wyraźnie, najlepiej drukowanymi literami.

Z łaskawym uśmiechem dyktatora na paradzie ruszył

w stronę widowni, zebrał kartki, stos kartek zostawił na stole, sprawdził mikrofon.

– Raz, raz dwa raz, sześć pięć cztery... Adi, możemy jechać z konferencją. Raz dwa dwa dwa...

– Dobry wieczór – powiedział Adrian z wdziękiem i spokojem. Medialne obycie wyniósł z domu. – Witam wszystkich bardzo serdecznie. Po spektaklu, który był naszą małą improwizacją, witam na konferencji prasowej, która jest już wielką improwizacją, a dla mnie niespodzianką. Witam w imieniu zespołu naszego teatru, który właśnie się narodził, ale jeszcze nie został ochrzczony. Jest więc małym poganinem, prawda? Może to będzie dobra nazwa? Mały Poganin? Zostawmy to, bo pora jest późna, a pytań zebrało się sporo. Polecimy według tego, jak tu się one ustawiły... Proszę, pierwsze pytanie, redaktor Sroka z Telewizji Kanał Kultury... „Dlaczego dopiero teraz, dlaczego tak kameralna premiera?". Sprawa jest stosunkowo prosta. W naszym środowisku staraliśmy się wyrwać z zaklętego kręgu doświadczeń teatralnych konsumujących potoczną rzeczywistość. Dusiliśmy się tym po prostu. Widzieliśmy, że ta rzeczywistość nie poddaje się przetworzeniu w gest sceniczny, albo ten gest jest pusty, bez znaczenia. I dlatego musiało dojść do eksplozji, do wybuchu formy. Czy chce pan pytać, redaktorze, dlaczego dynamit jest gwałtowny? Iskra i wybuch. Tyle mam do powiedzenia.

Mućko pokiwał głową z takim wyrazem twarzy, że nikomu nie mogło przyjść do głowy zadawanie bardziej szczegółowych pytań.

– Teraz pytanie pani redaktor Miszeczko, witamy – ciągnął Adrian z rosnącą swadą. „Czy teatr obędzie się bez aktorów profesjonalnych, czy czujemy się naturszczykami, amatorami?". Odpowiadam – nie czujemy się. I nie widzę dla aktorów profesjonalnych miejsca w na-

szym teatrze. Sztuka, jaką uprawiamy, wydobywa aktora z człowieka, nie musimy szukać człowieka w aktorze.
Aktem wtórnej obecności aktora w aktorze przebijamy się
w przestrzenie ekspresji położone poza tradycyjną kulturą i jej zniewalającym systemem imperatywów. Pozostawiamy innym teatr jako narzędzie poznania – my sami
nie chcemy wiedzieć, nie chcemy mieć, nie chcemy być.
Chcemy tylko chcieć, chcieć w czarną nieskończoność.

Rzucił sali spokojne spojrzenie dojrzałego artysty
i podniósł kolejną kartkę na wysokość oczu.

– Kolejne pytanie – księdza Mirka. „Czy chcemy
przedstawić kryzys zaangażowania moralnego?". Otóż
sztuka nie jest publicystyką, nie może działać jak telefon
interwencyjny, musi podnosić sprawy ogólne. Społeczeństwo obywatelskie ma swoje mechanizmy budowania
bezpieczeństwa, ma służby strzegące własności, prawa
i porządku.

Mućko poprawił czapę na głowie. Niech wszyscy widzą, jak takie służby powinny wyglądać.

– Sztuka działa w dystansie – mówił Adrian. – Prawda,
proszę księdza? Nasz teatr broni tych samych wartości,
ale przez budowanie poczucia solidarności nowego typu,
uwzględniającego potrzeby rynku. A więc kolejne pytanie,
także księdza Mirka. „Czy chcemy wykazać nieobecność
wątku metafizycznego w serialach typu *Lotnisko zakochanych*". No, tak, to jest świetne pytanie. Po pierwsze zbież-
ność naszego spektaklu z jakimś fragmentem *Lotniska zakochanych* jest pozorna, przypadkowa i powierzchowna.
Po drugie, miłość. Miłość dwu stewardes do strażnika –
czy to już nie jest potężna dawka metafizyki? Kosmiczny
prąd pożądania, jaki przebiega ich ciała, prawda? I sposób, w jaki to pokazuje mój teatr – z całkowitym relaty-
wizmem. Czy pełny relatywizm nie jest w głębokim sen-

sie, a także dosłownie objawieniem metafizyki? Jeśli coś jest inne, zgadzamy się na to, nawet gdyby było totalnie jakieś. Teraz z kolei pytanie pana docenta Krygowicza... Trochę niewyraźnie, prosiliśmy, aby drukowanymi... „Czy coś tu... tego tego z Peterem Brookiem, czy raczej z „teatrem ubogim" Grotowskiego?". Otóż... Zresztą, oddajmy teraz głos naszej aktorce, która notabene była też autorką pierwszej wersji literackiego pierwowzoru. Pani Dagmara! Pani Dagmara Żymura!

– Jestem tu, wróciłam – powiedziała Dagmara.

Wszyscy obejrzeli się, stała w drzwiach, obrysowana światłem. Kamerzyści przetańczyli dokoła statywów.

– Moją odpowiedź skieruję wprost do reżysera spektaklu. –Dagmara potrząsnęła warkoczykami.

– Wiesz, dlaczego wróciłam, ty głupi gnoju? Bo ja dzwoniłam na policję. Tylko co dzwoniłam. I powiedzieli – nie było żadnego zatrzymania na Dzięciołów.

– Ja sam widziałem – jęknął Adrian. – Dwa samochody mentowni.

– Gówno widziałeś, głupi gnoju! Widziałeś gangsterów! Teraz jestem pewna. Oni sobie zrobili teatr. Bez kotary, bez lamp! Pełny realizm, pełne złudzenie prawdy. To nie była policja tylko fikcja. Przebierańcy! I teraz biją na śmierć dzikiego grajka go-shi! Tak jak obiecali bić – biją. Biją go w jakiejś piwnicy. Albo w garażu. Krew na beton! A ty, gnoju?

– A co ja mam do tego? – Adrianowi wydało się bez sensu takie gadanie nad głowami widowni. Na wizji! Kopnął Mućkę pod stołem. Niech coś zrobi.

– Ty masz tragedię powtórki – wyrzuciła z siebie Dagmara. – Ty się już wozisz na karuzeli. Jeszcze jeden *Hamlet*, jeszcze jedna *Mewa* Czechowa, jeszcze jeden odcinek *M jak miłość* albo *Na dobre i na złe* albo *Lotniska zakochanych*. Co ja mam do tego? No to ci powiem, gnoju – Dagmara była wściekła, więc każdy musiał widzieć, jak jest piękna mimo tego orlego, ptasiego nosa i zbyt drobnych piersi. Adrian widział to z bolesną ostrością. – Nic nie masz do tego – rzuciła mu prosto w twarz. – Nic nie masz do niczego. Byłeś gnojem i zostaniesz gnojem. Krygowicz zrobił z ciebie swoją kukiełkę, bo mu się przydasz do CV, że jako adiunkt zrobił awangardowy teatr. Wy-kre-ował! On jako adiunkt czy tam docent. A potem zostawi cię, bo każdy wie, że z gnojem nie po drodze. I wrócisz do piwka, do Mućki, do ciupciania tej Reni.

– Ale ja już nie… – zaczął Adrian i w tej chwili w jego kieszeni zadzwoniła komórka. Wyrwał ją z kieszeni. Rozległ się dźwięczny i wyćwiczony głos królowej sceny. Adrian włączył opcję głośnego mówienia, tak mu się kliknęło. Chciał tak. Teraz i telewidzowie mogli smakować dykcję wielkiej aktorki.

– Adinku, gratulacje! Oboje z tatusiem oglądamy cię w telewizji. Dyrektor dzwonił, że też widział, i Młynarczykowie, i pani Podeszwina. To wielka dla nas niespodzianka. Tato mówi, że wielka nagroda za wszystkie nasze… za te lata…

I tu buchnął sceniczny szloch na festiwalowym poziomie.

– Głos matki zawsze mnie wzrusza – powiedziała cicho Dagmara, podchodząc do jednego z kamerzystów. – Macie chłopaki niusa, nie?

Najlepsze ze wszystkich

OPOWIEŚĆ O ROZSTAJU

OPOWIEŚĆ WIATRU ZACHODNIEGO

Michał, Mateusz, prawa rynku.

Jest ich dwu przy niezgrabnym stole z blatem mokrym od piwa. Ogolony na zero człowiek w zniszczonym pomarańczowym kombinezonie z napisem ALPINER SPECJALISTYCZNE PRACE WYSOKOŚCIOWE ma biegnącą od skroni do ust starą bliznę. Ten naprzeciwko niego, z najeżonymi włosami błyszczącymi od żelu, ubrany jest w jasnoszary kosztowny garnitur, o ton jaśniejszą szarą koszulę, właśnie sięga palcami do krawata stalowej barwy, aby go rozluźnić.

Obydwaj byli kilkunastoletnimi smarkaczami z wioski, gdy w ich kraju zaczęła się demokracja, a rządy wolnego rynku objęła logika zysku. Teraz ich młodość wchodzi w cień późnego popołudnia. Są zmęczeni, ale łaskawy los postawił przed nimi chłodne polskie piwo.

Są zmęczeni, ale dotarli na wyspę wytchnienia, odeszli z miejsc, gdzie powinni być obecni.

Demokracja otwiera furtkę nieobecności. Masz prawo być nieobecnym. Nie zapisać się, nie głosować, nie uczestniczyć. Możesz grać swoją nieobecnością jak atutową blotką. Kto pojechał w góry wspinać się tam, ryzykować życie, ten akcentuje swoją nieobecność w mieście.

Tak samo malarz, który pojechał robić karierę w Paryżu. Obecny tam, staje się nieobecny w krajowych galeriach, na miejscowych wernisażach, nieobecny w elegancki i wyróżniony sposób. Absencja wyborcza, powstrzymanie się od udziału w stowarzyszeniach, samorządach, klubach – to nadaje demokratycznej wolności smak bezczelnej i beztroskiej młodości. Ci, co są nieobecni, bo nietrzeźwi, bo nie rozumieją, bo wózek inwalidzki się zepsuł, dostają przynajmniej szanse, aby włączyć się w nieobecność z wyboru. – A co, muszę? Musi to na Rusi, a w Polsce jak kto chce. – I są nareszcie u siebie.

Absencja w demokracji ma gładką skórę i zdrowe zęby wyszczerzone w drwiącym grymasie. Inaczej jest w feudalizmie. Nie piszę – było w feudalizmie, ale jest – bo nadal jesteśmy suwerenami i wasalami, ta formacja trwa w nas i między nami. A więc – nie tak jest łatwo i prosto, gdy nie stawisz się na wezwanie w feudalizmie, nie jest tak, gdy ośmielisz się być nieobecny w totalitaryzmie. Tam i tu odmawiający udziału łatwo staje się ściganą zwierzyną. To, co się zdarza, zdarzyć się może nieobecnemu w feudalizmie czy totalitaryzmie, nie jest jednak najgorsze. Tylko wolny rynek uderza tak, że nieobecny staje się zapomnianą padliną. Kim jesteś, gdy nie masz niczego na sprzedaż? Kim jesteś, gdy nie chcesz niczego kupić? Nieobecność, na jaką przyzwala obyczaj demokratyczny, może sięgać w przestrzeń rynku. Możesz opuścić miejsce pracy, nie stawić się na miejsce handlowych negocjacji – nikt nie wyśle za tobą pościgu. Dostaniesz po kieszeni, stracisz opinię. Zapomniana padlina? Przesada. Najwyżej obudzisz się w nocy i na piersiach siądzie ci dusiołek z wypomnieniem „a trzeba było".

A w miłości. Co to znaczy kochać nieobecnego? Czy to nie jest tak, jakby ktoś czekał plonu z działki na Atlan-

214

tydzie? Te myśli nachodzą mnie, gdy próbuję powtórzyć opowieść o Michale. Ten w garniturze. Mocna chłopska gęba z nochalem jak ptasi dziób. Być może dzieje drugiego, Mateusza, są równie ciekawe, nawet ciekawsze, ale to Michał właśnie przyniósł mi jako pierwszy potrzebę rozmowy o tych, którzy posmakowali własnej nieobecności.

To jemu losy rozłączą życie na dwa potoki, na dwa ramiona rzeki opływającej wyspę, a potem skleją znowu. Nim się skleją, pozna co to znaczy – nie być.

Rok po ukończeniu podstawówki Michał Klęczniak rozpoczął pracę pomywacza w barze „Pod Antałkiem", niedaleko stacji benzynowej w Piotrkowie Trybunalskim. Pracował i sprzedawał swoją pracę, a zarobione pieniądze wydawał. Matka miała wdowią rentę po ojcu i parę groszy z dzierżawy pola. Pracowała też dorywczo w punkcie skupu runa leśnego. Oboje brali więc udział w wolnorynkowym obiegu pieniądza. Do uczestnictwa w demokracji nic ich nie skłaniało, zresztą Michał w dniu rozpoczęcia pracy miał dopiero szesnaście lat, a pierwsza szansa skorzystania z czynnego prawa wyborczego czekała go dopiero za trzy lata. Nie skorzystał.

Pracę w barze załatwił Michałowi kolega ojca z huty szkła „Hortensja". Michał nie szukał mieszkania w mieście – wiedział, że stancje są drogie. Mieszkał na wsi i dojeżdżał – latem na rowerze, zimą okazjami. Właściwie został we wsi przez Sylwię, córkę kierownika szkoły. Ojciec Sylwii był też działaczem ludowym powiatowego szczebla. Ona była najpiękniejsza, a Michał był najlepszym piłkarzem szkoły, środkowym napastnikiem reprezentacji i przystojnym ciemnoblond. Kiedy zaczął pracować, zapuścił nawet ciemnoblond wąsiki i ciemnoblond bródkę, jak bohater jednego filmu.

Sylwia była młodsza dwa lata i dobrze w domu pilnowana, więc między nimi nic nie było. Oboje czuli jednak, że będzie. Co do przeczuć, to one się słabo sprawdzają. Kiedy Sylwia zaczęła chodzić do ogólniaka w Piotrkowie, Michał dalej stał „na zmywaku" w barze „Pod Antałkiem". Było im dalej do siebie, ale i tak spotykali się czasami. Całowali się jak szaleni, ale co tam mogło zdarzyć się więcej? Michał zaczął przeczuwać, że nic nie będzie, nic się nie zdarzy.

Potem pojawił się Mateusz, także z Ojrzanowskiej Woli, jak Michał i Sylwia, tyle że on był synem nauczyciela. Rok starszy od Michała, chodził do ogólniaka niedaleko ogólniaka Sylwii i był w maturalnej klasie. Na zawodach międzyszkolnych biegał krótkie dystanse i zdobywał puchary kryształowe i srebrne. Buzię miał ładną, póki mu jej nie naznaczono.

Kiedy zabierał Sylwię samochodem na studniówkę, wyszła do niego ubrana jak z filmu, jak z serialu o Beverly Hills.

Michał widział, jak jego Sylwia, stojąc przed samochodem z wypożyczalni, zdejmuje futerko z kapturem i rzuca je na tylne siedzenie. I już tylko w sukni na ramiączkach wsiada. Widział nawet, jak jedno z ramiączek zsuwa się samo z białego ramienia, gdy Sylwia obejmuje Mateusza za szyję w tym pożyczonym na okazję samochodzie. W tej chwili nie była to już jego Sylwia.

Postanowił zabić Mateusza.

„Pegasus", biuro dyrektora generalnego
– Niech pan usiądzie, pan prezes zaraz pana przyjmie – powiedziała sekretarka.

Michał usiadł na kanapie z białej skóry. Miał na sobie dobrze skrojony garnitur, włoskie półbuty, najdroższe, jakie były w sklepie. Był ogolony i czuł jeszcze na karku dotyk fryzjerki, która staranie ułożyła na jego głowie nieład ciemnoblond. Nie czuł się jednak pewnie. Przeczuwał, że parę ruchów głowy wystarczy, aby zakłócić harmonię między kołnierzem koszuli, kołnierzem marynarki i krawatem. Rożki koszuli najeżą się niesymetrycznie, a krawat zjedzie na bok. Do tego dłonie. Parę tygodni lżejszej pracy, wielokrotne mycie, to było za mało. Miał ręce mechanika, twarde, mocne, ze smarem wżartym głęboko w skórę. Osiem lat pracy przy reperowaniu, montowaniu, przerabianiu rowerów. Po tym, jak wyrzucono go za bójkę z jadłodajni „Pod Antałkiem", były tylko rowery, robota przy nich. W cudzym zakładzie, we własnej piwnicy, we własnym sklepie najpierw w Piotrkowie, potem w Warszawie.

Teraz w tym biurze ze ścianami ozdobionymi plakatami największych zawodów rowerowych Europy czekał na przyjęcie przez bossa, który zadecyduje, czy on, Michał Klęczniak, będzie mógł ogłosić, że jest jedynym, głównym i autoryzowanym przedstawicielem na Polskę legendarnej firmy PEGASUS.

Podciągnął nogawki spodni, delikatnie poluzował krawat. Wstał. Podszedł do metalowej oszklonej szafy pełnej sportowych trofeów i medali z wystaw przemysłowych. Przyjrzał się rowerowi-rzeźbie z plastyku i drutu, skrzydlatemu rowerowi-pegazowi. Może kiedyś będzie siedział w podobnym gabinecie, jak ten za drzwiami. Może w poczekalni przed gabinetem będzie miał takie szafy, takie rzeźby. Robotą i sprytem szedł do góry i na razie nie było powodu, aby stanął w miejscu.

Usiadł. Poczuł, że nie jest sam. Nie jest sam, chociaż nie otwarły się żadne drzwi. Mignęła za oknem twarz, cała sylwetka człowieka podciągającego się do góry na jaskrawoniebieskiej linie, potem dyndały już tylko nogi w sportowych butach i grubych czerwonych skarpetach. Parę sekund później człowiek w pomarańczowym kombinezonie zjechał nieco w dół, teraz miał już ze sobą ramę z gąbkami, i pojemnik z płynem, sprzęt do profesjonalnego mycia okien w wieżowcach.

Michał widział czyściciela okien w ostrym świetle porannego słońca. Tamten miał na głowie hełm, a pod nim czapkę z dzianiny, kombinezon spięty wspinaczkową uprzężą z błyszczącymi klamrami. Poznał go od razu, rozpoznał twarz i bliznę, chociaż ostatnio widział tę twarz przeciętą raną biegnącą od skroni aż do kącika warg. Teraz twarz była pokryta parodniowym zarostem, zniszczona pracą pod słońcem i wiatrem.

Blizna. To był jedyny raz, kiedy Michał walczył tak, że chciał być zabitym albo zabić. Mateusz, syn nauczyciela, zabrał mu dziewczynę i ośmieszył wobec całej wsi. A potem miał nieszczęście trafić jako klient do baru „Pod Antałkiem". Po bójce Michał był pewien, że pójdzie siedzieć za napaść i okaleczenie. Był pewien, że na jego matkę padnie we wsi zła sława matki bandziora, kryminalisty. Nie uciekał, nie chował się, przeklinał w myślach Sylwię i modlił się do niej. Policja nie przyszła po niego.

Wtedy dość szybko pojął, że Mateusz nie wniósł skargi. Nie widzieli się od czasu bójki.

Michał podszedł do szyby, wszedł w światło, teraz wiszący na linach Mateusz musiał go rozpoznać. Pomachał ręką.

Michał powtórzył ten znak i jednocześnie powiedział: „Spotkajmy się na dole". Pokazał w dół, a Mateusz skinął głową.

– Nie czeka pan? – zdziwiła się sekretarka, gdy wychodził.

– Zadzwonię. Niech pani przeprosi prezesa.

Przy piwie o Sylwii.

– Siądziemy przy piwie – powiedział Mateusz, wyzwalając się z pasów bezpieczeństwa, karabinków i innych alpejskich patentów. – Siądziemy przy piwie, znam tu takie miejsce.

– Tak – zgodził się Michał, nie poznając swojego mocno ochrypłego głosu. – Gorąc. Gorący dzień.

Kiedy Mateusz zdjął hełm i włóczkową czapkę pod nim, pokazało się, że mocno podłysiał. Pewnie dlatego golił się na łysą pałę. Nie podali sobie dłoni na przywitanie i idąc za Mateuszem, Michał myślał głównie o tym. O tym, że nie podali sobie rąk, i o tym jeszcze, że nie ma nic do powiedzenia.

Siedli naprzeciw siebie na zydlach z ciemnego drewna. Po pierwszym piwie jeszcze nie powiedzieli ani słowa. Pomarańczowy kombinezon naprzeciwko garnituru z firmy Ermenegildo Zegna. Oglądali się tak pilnie, jakby prowadzili przeciwko sobie śledztwo. Michał widział przepocony i dziurawy szary podkoszulek pod kombinezonem Mateusza, widział łuszczące się, zarośnięte i ogorzałe policzki, zauważył, że białe czoło zawsze ocienione hełmem poradlone jest zmarszczkami. Mateusz zauważył jak wyniszczone i przepojone smarami są dłonie Michała, jak kołnierzyk koszuli stroszy swoje rogi spod klap marynarki. Widział nasmarowane żelem włosy, staranny manicure. Jeden wywąchiwał kosztowną wodę po goleniu, drugi zapach starego potu i detergentów do szyb.

Napili się jeszcze po niedużym łyku. Już w nich trochę cichło. W pubie było pusto, półmrocznie. Muzyczka brzęczała przy barze.

– Miałeś wtedy rację – powiedział Mateusz z gorzkim uśmiechem. – Miałeś rację, jak mnie biłeś.

– Byłem wtedy jak pies – odpowiedział Michał. – Pies

wściekły. Żeby mnie wtedy zastrzelili, byłoby lepiej. Jak psa wściekłego.

– Miałeś rację, jak biłeś. Sylwia jest w więzieniu przeze mnie.

Michał potrząsnął głową przecząco i milczał. Wymówione głośno imię Sylwii poczuł jak dotyk żaru. Mateusz musiał opowiedzieć i opowiedział, co się zdarzyło. Rok i kawałek temu. On, Mateusz, prowadził samochód po wódce i narobiło się tak, że pokaleczył dzieci stojące na przystanku i uciekł. Kiedy ich dognali, Sylwia siedziała za kierownicą. Ona była trzeźwa, bo w ciąży nie piła. Umówili się, że weźmie na siebie. Miała mówić, że jak raz zasłabła. Tak kombinowali, że w ciąży – to raz, trzeźwa to dwa, więc dostanie najwyżej jaki zawias. To znaczy z zawieszeniem wyrok. Jeszcze przed wyrokiem poroniła, jasne, że to nerwowe. A sędzina, wredna ropucha, ucieczkę z miejsca wzięła jako dodatkowe obciążenie obwinionej i dwa lata. Teraz kończy się sprawa rozwodowa. Sylwia wniosła i nie chce go widzieć. Raz był Mateusz na widzeniu, to nawet do niego nie wyszła. Wszystko załatwia przez mecenasa.

Michał Klęczniak napił się. To, co w nim cichło, zerwało się znów i pędziło, szarpiąc. Sylwia zasłużyła sobie za tę zdradę. Za czas, kiedy modlił się do niej i wyklinał ją od najgorszych. Sprawiedliwie za zdradę los wsadził ją do więzienia. Za ten moment, kiedy białym ramieniem opasała szyję Mateusza, a wąskie ramiączko sukienki opadło. Zasłużyła sobie na najgorsze więzienie. Ale byłoby też okropnie i podle, gdyby myślała – nie mogę powiedzieć o wypadku, bo zasłużyłam na więzienie i niech mnie wsadzą za tę inną winę. Za zdradę. Ona tak nie powinna myśleć, przecież była najlepszym, jedynym objawieniem.

– Dlaczego ona nie powiedziała, że ty prowadziłeś?

– Bo ona jest lepsza ode mnie – odpowiedział Mateusz. Milczał chwilę, a potem buchnął tym „lepsza ode mnie", jakby to gotowało się w nim, krążyło w ciszy i teraz wyrwało się głośno. – Bo chciała mi pokazać, jak jest lepsza. Ona nie z tych, co zwalają na męża i pakują go do ciupy. Ona jest taka, że bierze na siebie. A ja dostałbym cięższy wyrok.

– A ty nie przyznałeś się? Przecież zeznawałeś jako świadek.

– Ja nie jestem taki dobry jak Sylwia. Ja nie mogłem iść do więzienia. Nie przeżyłbym bez gór. Zwariowałbym albo powiesił się. Nie wiedziałem, jaki będzie wyrok. Myślałem – dadzą zawias. Zeznawałem, jak się umówiliśmy. Byłem trochę napity, dałem żonie kluczyki i sam się zdrzemnąłem podczas jazdy. Wypadek nawet mnie nie obudził.

– Nikt by w to nie uwierzył – powiedział Michał i napił się znowu.

– Nie wiem, czy uwierzyli. Dostała dwa lata. Może za to, że sąd oszukujemy, dali jej bez zawiasu.

Już tego dnia słowem nie wspomnieli Sylwii. Mówili o pracy. O tym, że jeden nie ma nawet zawodówki, a drugi skończony marketing zarządzanie. Jeden, bez wykształcenia, ma sklep w Piotrkowie, sklep w Warszawie, otwiera duży sklep na łódzkich Bałutach, stara się o licencję Pegasusa na wyłączność dystrybucji i serwisu. Ten drugi robi dorywczo prace wysokościowe na umowę zlecenie, ale przedtem widział Himalaje, Andy, Alaskę, pustynię Gobi i góry Ałtaj Gobijski. Ma też zespół. Czy jest w zespole. Gra na klawiszach. Różną sobie muzyczkę zagrywają, od etnojazzu do salsy.

Takie się dla jednego i drugiego okazały wyniki przemian własnościowych i aktywności zawodowej w sferze rynku i w sferze czasu wolnego. Do opowieści o zespole, do muzyki Michałowi zaświeciły się oczy. Przecież ojciec grywał na klarnecie w orkiestrze huty szkła „Hortensja", na ślubach też. Nic po ojcu nie zostało, tylko klarnet.

Poczekalnia kolejowa, Sieradz.

Michał oparł się o ścianę i postawił torbę na parapecie okna zaśmieconym niedopałkami. W taflach zielonkawego szkła oddzielających okienka kasowe zobaczył swoje odbicie. Wyglądał jak postać z marnej groteski. Czarny kapelusz, długi prawie do kostek skórzany płaszcz tego samego koloru, biały szalik. Tygodniowy zarost na gębie estradowego przystojniaka i zmęczone oczy. Bródka i wąsiki ciemnoblond jak u aktora z filmu widzianego w dzieciństwie.

Ich oczy spotkały się dwukrotnie.

Najpierw rozpoznali się w odbiciu, w szybach między kasami. Potem spojrzeli wprost ku sobie. Sylwia siedziała na jednym z fotelików przy barze i trzymała na kolanach uśpione dwuletnie dziecko, którego nóżki przykrępowane były bandażami do metalowej ramy utrzymującej je w rozstawionej pozycji. Sylwia miała na sobie szary płaszcz, za ciepły jak na tę porę roku, krótkie włosy ufarbowane nierówno na rudo przepasała apaszką. Była śliczna jak kiedyś, ale tak blada, że robiła wrażenie chorej.

Michał patrzył na nią i wiedział, że powinien podejść, zapytać, co się z nią działo przez te lata, co jest dziecku.

Podejdzie teraz, pomyślał. Uśmiechnie się i powie, że widziała mnie w telewizji.

Wiedział, że skoro powinien podejść, przemierzyć tę pustynię kilkunastu kroków brudnej posadzki, to pewnie podejdzie, bo taki już jest. Tak, inny Michał udawałby, że nie poznaje, to byłoby prostsze.

Gruby facet, ostrzyżony krótko czterdziestoletni blondyn, w płóciennej kamizeli obszytej kieszeniami i kieszonkami, w wojskowych spodniach w maskujący wzorek, stanął przy Sylwii, postawił na stoliku butelkę ze smoczkiem i Michał pomyślał z ulgą, że jednak nie będzie musiał ruszyć się z miejsca. Za chwilę zapowiedzą jego pociąg, da jakiś znak ręką i odejdzie.

Gruby powiedział coś do Sylwii, Sylwia odpowiedziała, pochylając głowę ku dziecku i wtedy Michał zrozumiał, że jednak będzie musiał podejść.

Będzie musiał podejść, bo gruby uderzył Sylwię w twarz tak mocno, że oparła się o stół, a butelka ze smoczkiem potoczyła się na brudną posadzkę.

Podszedł i podniósł butelkę. Podał ją przerażonej Sylwii, której blady policzek zachował ślad uderzenia.

– Kopę lat, Sylwia – powiedział, wpadając w ton konferansjera. – Ileż to lat cię nie widziałem, moja piękna. Bądź tak łaskawa i przedstaw mnie twojemu mężowi.

Odwrócił się w stronę grubego z promiennym uśmiechem i pochylił głowę. Ukłon oficera-birbanta z farsy.

– A więc to jest twój nowy mąż. Zdaje się, że to wyjątkowy skurwysyn.

Nie podnosząc pochylonej głowy, Michał zrobił krok naprzód i głową uderzył grubego w nos. To był nokaut. Tamten zrobił krok wstecz i siadając, nie trafił na kolejowe krzesło. Michał pośpiesznie pomógł mu położyć się na kolejowej posadzce w szachownicę. Niedobrze by było, gdyby gruby, padając, uderzył się w głowę. Szach i mat.

Sylwia przyglądała się tej scenie bez uśmiechu.

– Pojedziesz ze mną? – spytał Michał.

– W końcu – powiedziała Sylwia. – W końcu pojadę. – I dodała ledwie słyszalnym szeptem: – To nie mąż.

Pośpiesznie szła obok Michała wejściem na perony,

niosła dziecko, a on wziął te brudne torby, plastikowe reklamówki z zapasowymi pieluszkami. Pomyślał, że może na niego czekała, czekała, aby odnalazł ją w więzieniu. Zapewne dlatego nie chciała widzieć się z Mateuszem. A ten rozwód, ten kochanek-klawisz, to dziecko? Czy to też znaki, że czekała?

– Widziałam cię w telewizorze. Na ten twój program wszystkie szły. I niejedna płakała. Ja nie – powiedziała, gdy pomagał jej zdejmować szary płaszcz w wagonie pierwszej klasy.

– Jak mała ma na imię?

– Mały! Bartek. Bartek, czego nic nie mówisz? Ma już rok i osiem miesięcy. Lekarze twierdzą, że będzie chodził. Będzie jak inne dzieciaki. O, Jezu! Co się porobiło… Gdzie ja jadę?

– Ze mną. Do Kalisza. Będę tam prowadził Festiwal Piosenki Podwórkowej i Ulicznej.

Bartek rozbeczał się. Nastąpiło przewijanie, karmienie, wykupienie biletów u konduktora, usypianie. Sylwia zasnęła z Bartkiem i Michał siedział z wzrokiem utkwionym w tę parę, która zmusi go, żeby zaczął życie raz jeszcze. Piękni. Jak Maryja z Dzieciątkiem na jakimś obrazie.

Zacznie życie. Przedtem musi jednak spreparować jakąś opowieść o sobie. Zmywał kufle i talerze „Pod Antałkiem". Reperował rowery, handlował rowerami, robił coraz większe interesy, zakładał sklepy. Sypiał z kasjerkami, fryzjerkami, nawet studentkami, ale nic się z tego nie kleiło.

Nie takie ważne, co opowie. Ważne, aby nie spotkała się z Mateuszem. Ona i Mateusz byli małżeństwem prawie sześć lat. Witała go z kwiatami na lotnisku, gdy wracał z wypraw górskich. Płakała z radości. Utrzymywała dom z nauczycielskiej pensji, bo on po studiach nie miał stałej pracy.

Mateusz opowiadał o tym, gdy spotykali się na próbach kapeli.

Michał Klęczniak na pierwszą próbę przyszedł z talizmanem – klarnetem po ojcu.

A co teraz zrobi Mateusz. Nie musi nic wiedzieć. Nie widują się przecież, i dobrze. Sylwia nie powinna spotkać się z Mateuszem. Wsadził ją do więzienia, a ona go za to porzuciła. Jeszcze przedtem stracili dziecko, na które latami czekali. To nie są żadne wyrównane rachunki, to nie jest saldo zerowe. „Saldo zero plus minus mały błąd" to była taka piosneczka, którą zrobili razem Mateusz, jego kapela, Michał i klarnet po ojcu. Grali sobie razem i śpiewali, a ona siedziała w więzieniu. Grali sobie obaj i śpiewali różne takie kawałki, a trzy sklepy poszły w diabły. Pewnie gdyby Michał pilnował tych sklepów, licencji, umów czynszowych, umów z hurtownikami, spłaty kredytów obrotowych i inwestycyjnych, diabli by wzięli pół roku później, z mniejszą stratą. „Pegasus" został wykupiony przez duże konsorcjum i tamci mieli swój biznesplan, swoją politykę kredytową i preferencje rynkowe.

Michał trochę zaniedbał, mało się przyłożył, aby zdobyć życzliwość nowych bossów. Oni zresztą mieli pełny audyt, wiedzieli, że Michał nie jest ani inżynierem, ani menedżerem, ma osiem lat wiejskiej szkoły pod Piotrkowem Trybunalskim. Michał miał świadomość – trochę zaniedbał. Tak musiało być, jak raz nagrał płytę i sprzedawała się lepiej niż dobrze, mimo konkurencji pirackich podróbek. Tak się udało z nienawiści. Był w zespole Mateusza, bo ich nagła przyjaźń była piekłem podszyta, nienawiścią, pogardą, zawiścią, zazdrością o Sylwię.

Teraz to przeszło. Zacznie życie. Przedtem musi jednak spreparować jakąś opowieść o sobie, żeby to się kupy trzymało. Bo to jednak ważne, co jej opowie. Ona w to musi uwierzyć. Trzy sklepy diabli wzięli, saldo zero. Potem zespół, nagrane płyty, klarnet i wokal Michał Klęcz-niak, też w diabły. Zero, nawet mały debet. Sylwia, pilna nauczycielka. Pracowała dla Mateusza, aby się mógł włóczyć po Dachu i Strychu Świata, po tych dziewiczych siedmiotysięcznikach. Cierpliwie czekała telefonów, nieśmiało dowiadywała się w Polskiej Federacji Alpinizmu, czy nie ma złych wieści. Na lotnisko szła z kwiatami naprawdę pijana ze szczęścia, że jeszcze raz się udało, lawina poszła obok, hak wytrzymał, szczelina w lodowcu nie połknęła, wylazł, kamień przeleciał górą, burza ucichła, nim skończył się butan w maszynce. Smarowała odmrożone stopy, a on opowiadał, kochali się, a on opowiadał. Opowiadał w kolejnych wynajmowanych mieszkaniach, które ona wynajdywała, gdy on był w górach. Kochali się na cudzych tapczanach i leżankach. Kiedy zaszła w ciążę, Mateusz zaczął pić więcej, ze złości, że koledzy jadą na Alaskę, a jemu nie wypada, bo żona ma rodzić. Wypadek. Więzienie. Ale przedtem lata ciekawego życia, opowieści egzotycznych, prezentów z podróży.

Opowieści o reperowaniu rowerów, o hurtownikach, kredytach, czynszach? Głupie. To się jej wyda głupie i marne. Równie głupie, jak drugie życie, jak teksty, które śpiewał w czerwonej koszuli, dyrygując klarnetem grupce pawianów.

Kiedy zdążył przeżyć to wszystko, porzucić to wszystko? Nie było go w rowerowej branży, a miał tam znajomków i kumpli, z którymi się rozumiał. Teraz by się nie porozumiał z tymi nowymi pistoletami, menedżerami z przesiadki na Okęciu między Mediolanem a Tokio. Nie było go także w zespole „Uliczka bez Lamp". Grali już bez klarnetu, śpiewała im wokal jakaś blondynka. Dobrze się z nimi grało, nawet z Mateuszem. Dobrze się grało.

Można się wycofać, zdarza się. Można być nieobecnym, nikt nie goni. Zawsze jednak jest miejsce na obecność. Teraz ten przedział. Sylwia śpi i czyjś syn, Bartek, powtarza jej sen jeszcze piękniej. Jutro błaznowanie na ulicznym festiwalu. Pojutrze wynajmowanie mieszkania i nagranie kolejnego odcinka *Kasa za szczerość z Klęczakiem*. Nawet gdyby się z tego wycofał, z tego także, też gdzieś będzie obecny. Ci wyrzuceni zewsząd zatrzymują się, rozkładają przed sobą gazetę, a na niej stare sznurowadła na sprzedaż, wyciągnięty ze śmietnika numer „Playboja", *Stara baśń* bez okładki. Siedzą brudni i kudłaci, bez kubka wody w słońcu, bez parasola w mżawce, dyżurują obecni przy swoim niepowodzeniu.

Kiedy się żyło, nie było głupio. Dopiero teraz, gdy trzeba będzie opowiedzieć. Konferansjer. Facet od maksimum oglądalności. Talk-show na holenderskiej licencji i Klęczniak jako superstar, król, kat, spowiednik nieszczęsnych kukiełek ugniecionych przez panie redaktorki. *Kasa za szczerość z Klęczniakiem*, hit sezonu.

Sylwia śpi. Jest piękna. Światła stacyjek przelatują nad nią i rudy loczek na skroni zapala się blaskiem i gaśnie. Ona też niech nie opowiada. Pożyją, nazbiera się opowieści, które można będzie powtarzać Bartkowi bez wstydu. Kawałek dobrego życia. I nie spotkać nigdy Mateusza, alpinisty, do którego biegła z kwiatami. Jeszcze lepiej – spotkać go wtedy, gdy Bartek będzie już dobrym uczniem, będzie mówił Michałowi „tak, tatusiu" i „tato, a nad morze pojedziemy?". A Sylwia będzie miała w wózeczku drugie maleństwo, jej i Michała.

Michał patrzył na odnalezioną i jej dziecko. Ten sam zarys podbródka. Michał myślał, że poszczęściło mu się na stacji w Sieradzu. Poszczęściło tylko po to, aby zobaczył siebie, jak w lustrze. Zobaczył, że nie jest, jaki powinien być, że jedno i drugie życie to jakieś pomylone wersje. Dwie niespójne i samochwalskie opowieści o Michasiu z Ojrzanowskiej Woli, któremu się wydaje, że podbił świat. Całował Sylwię pod bzami w tamtej wsi i myślał „moja dziewczyna" – teraz powinien być silny, pozbierany, powinien powiedzieć „moja kobieta". I „mój syn, Bartuś". Ale silny jest najwyżej do bijatyki. Nic. Nic. Przebacz, Sylwio. Nie ucieknę, bo jestem zmęczony. Nie zostawię cię, bo myślę, że należy mi się jeszcze jedno życie. „W końcu pojadę z tobą" – powiedziałaś. To znaczy, że dopiero teraz, teraz w końcu wszystko będzie prawdziwe. Jak może być prawdziwe ze mną, głupim konferansjerem?

Dolina Santa Rosa Oxaca.

Jurek Dadaj kopał aluminiową łopatą kupioną w Cuzco, a Mateusz czekanem. Potem rękawicami spychał urąbane kawały. Śnieg był zlodzony, ubity uderzeniami wichru. Łopata gięła się co chwila i Jurek prostował ją butem. Mateusz patrzał wtedy na ten but poszarpany, pokrajany lodowymi ostrzami *nives penitentes* i myślał, że ich buty mogą się w każdej chwili rozlecieć, uśmiercając ich w sposób banalny i perfidny na wysokości sześciu tysięcy metrów. Tu boso można pójść tylko do nieba. W końcu platforma pod namiot była gotowa, mogli wpełznąć pod łopocące płótna, rozpalić butanową kuchenkę i zjeść po menażce zupy z liofilizowanego mięsa. Ostatnie spojrzenie przez rękaw zamykanego namiotu – cała planeta łańcuchów i szczytów białych jak cukier, a nad nimi czarny parasol nieba podziurawiony tysiącami ostrych, bliskich gwiazd.

– Takiej doliny jak Oxaca nie widziałem w żadnych górach – powiedział Mateusz. Zrobiło się na tyle ciepło, że mogli zdjąć kaptury kurtek puchowych i rękawiczki. – Warto było pchać się pod szczyt od tej strony. Jakby mi ktoś powiedział, że papugi i kolibry zobaczę powyżej czterech tysięcy, powiedziałbym, że ściemnia. Widoczność jak brzytwa ze sto kilometrów w stronę pampy. I te śnieżnobiałe wodospady w purpurowych, oranżowych kwiatach ogromnych jak talerze. Mam nadzieję, że zrobię z tych zdjęć jaką wystawę. Albo sprzedam do „National Geographic".

– Oni tam tylko czekają na twoje zdjęcia – mruknął Dadaj, masując stopę przez dwie skarpety. – Za dziesięć minut pora łączności. Co powiesz Bacy?

– Wypadałoby powiedzieć, że zadanie wykonane, liny poręczowe wiszą, mamy czwarty obóz powyżej pól *nives penitentes.*

– A ja bym im powiedział, że nie przeszliśmy śniegów pokutnych i zawróciliśmy do trzeciego obozu. Wcale nie mam ochoty dawać Bacy i jego adiutantom szczytu na srebrnej tacy. Widziałeś tam za grzędą? Mała łatwa ścianka i potem spacerowa grań na sam wierzchołek. Wstaniemy świtem, za dwie godziny zameldujemy im, że jesteśmy jako pierwsi. Schodzimy, a oni sobie zaliczają drugie miejsce na skrzynce.

– Wariat jesteś, Jurek. Ta ścianka nie musi być łatwa. Grań nie musi być spacerowa. Pod tym kątem, co my patrzymy, nie widać uskoków. Pogoda nie musi wytrzymać, od Pacyfiku szły wredne cirrusy. Jedzenia mamy tylko na zejście do trójki. W sumie – przekonałeś mnie.

Dadaj prychnął krótkim śmiechem.

– I kto tu jest wariat?

Wyciągnął radiotelefon, włączył, podstroił i podał Mateuszowi. Był od niego dziesięć lat młodszy i spodziewał się w duchu, że Mateusz każe schodzić w dół. Wtedy ponarzekałby, ale posłuchał.

– Baca, słyszysz mnie? Nie daliśmy rady, jesteśmy w trójce. Odpoczniemy i spróbujemy jeszcze raz. Jakie jest meteo?

Mateusz wyciągnął się w śpiworze i pomyślał, że znowu nakłamał, jak tam w sądzie przed laty. Wtedy wypadło źle, to teraz musi wypaść dobrze. Sylwia przyjdzie z kiosku z gazetą i zobaczy na zdjęciu na pierwszej stronie dwu brodaczy wznoszących do góry czekan z polską flagą napiętą przez wiatr. Pierwsze wejście drogą od doliny Santa Rosa Oxaca, niewiarygodny wyczyn warszawskiej wyprawy.

Może wtedy zrozumie, że to dla niej. Może jak dawniej zobaczy ją z bukietem w hali przylotów.

W nocy nagle obudzili się obydwaj.

– Coś się dzieje? – spytał Jurek Dadaj.

– Śpij – powiedział Mateusz. – To tylko wiatr się zmienił.

ŻANNA, DZIEWCZYNA
Z BANKOMATU

Noc, bezsenność. Co jeszcze mogę zrobić?

Żanna wstaje, idzie do kuchenki, grzeje mleko. Trzeba zasnąć, trzeba wyrwać się z kręgu niedobrych myśli. Bo jutro masz mieć od rana wytężoną uwagę i bystre oczy. Mleko, parę herbatników. Z pełnym brzuchem zaśnie się jakoś. Chociaż to nie są całkiem złe myśli, skoro powraca w nich śniady chłopak o orzechowożółtych oczach. Może jest niewinny. Może z nim wszystko w porządku.

Tylko jak ma go spotkać ta, której nie ma. Zakonnice ślubują czystość, posłuszeństwo i ubóstwo. Żanna podpisała tylko nieobecność. Ale to mocniejsze niż klasztorne przyrzeczenia. Ja, Żanna, nazwisko, imię ojca, data i miejsce, numery, adresy, zobowiązuję się do pełnej, wszechstronnej, dyskretnej nieobecności. Taka praca, a pracy trzeba teraz pilnować. Jak powiedział ostatnio Odpowiedzialny Organizacyjny na operatywce? Powiedział że ekonomia buksuje w koleinach kryzysu. I dziewczyny muszą szanować swoją pracę. No to co jeszcze mogę zrobić?

Regulamin wyklucza wszystkie przypadki i możliwości. Oczywiście istnieje się, można wpaść do mamy na herbatę, ale to wszystko nielegalne. Kupujesz proszek na spanie w aptece – i na własne ryzyko, za to też się wylatuje. Na odprawie czytasz z ich oczu, ile wiedzą. Gdzie cię złapały kamery, skąd dzwonili, że byłaś, a masz nie być. Kryzys. Buksujemy w koleinach, ale bankomaty muszą być nadal traktowane jak sprawne maszyny. Czytają kartę, wypłacają gotówkę, dokumentują wypłatę. To bankructwa, bessy, afery i rozwój elektroniki sprawiły, że pojawiła się potrzeba obecności kasjerki dyżurnej. Nieobecnej, ale czujnej. Od czasu, gdy okazało się, że hakerzy bankomatów wyprodukowali już karty-piranie. Pokazano je dziewczynom już w drugim dniu szkolenia. Kiedy je brały do rąk, były ostrożne, tak jakby te prostokątne kawałki plastiku mogły pokąsać im palce.

– Takie karty – objaśniano – wsunięte do bankomatu penetrują pamięć systemów zabezpieczających, łamią bariery pinów, wdzierają się do rejestrów, węszą bogate konta. Typują te rachunki, na których rzadko dokonuje się operacji. Karty obgryzają takie konta systematycznie, aż zostanie tam saldo minimum. Prawie do czysta, ale nigdy debet, bo debet to alarm.

Bank musi się bronić. Teraz, gdy czytnik sprawdza kartę, kasjerka-strażniczka wpatruje się w twarz klienta. Ma niedużo czasu, patrzy przez wąską szparę, a osoba przed bankomatem jest marnie oświetlona. Nawet z użyciem przyrządów optycznych niewiele widać. Trzeba wielkiej intuicji i wielkiej wprawy, aby w kilkanaście sekund odkryć w mimice, w spojrzeniu, w drgnieniu warg złe zamiary, aby podjąć decyzję o przytrzymaniu karty, opóźnieniu transakcji, wciśnięciu przycisku uruchamiającego alarm w centrali. Karta zostaje zatrzymana na parę sekund, a podejrzany sfilmowany ukrytym urządzeniem.

Szkolenie dobrej strażniczki bankomatu trwa wiele miesięcy, a casting na te stanowiska to jedna z najsubtelniej prowadzonych akcji rekrutacyjnych. Kandydatki prawie do końca nie zdają sobie sprawy, do jakiej funkcji są ćwiczone. Headhunterzy już wiedzą, że najlepszymi strażniczkami okazują się odratowane samobójczynie, studentki aktorstwa, które oblały egzamin z filozofii, uciekinierki z zakonów żebrzących, porzucone narzeczone krupierów. Najgłębsza dyskrecja jest warunkiem działania systemu, a plotka o nieszczęśliwych wypadkach spotykających osoby niedyskretne, skutecznie podnosi dyscyplinę milczenia.

Żanna nie miała za sobą oblanego egzaminu z filozofii na wydziale aktorstwa, nie odeszła z zakonu żebrzącego, nie miała narzeczonego krupiera. A mimo to była jedną z najlepszych strażniczek, ostatnio awansowała. Krok po kroku, stale do bankomatów położonych coraz bliżej centrum. Tam zarabiało się lepiej, ale pracować trzeba było od dwunastu do szesnastu godzin. A do tego kabinki przy bankomatach były tu mniejsze, mimo klimatyzacji duszne. Tam, w dzielnicy wielkich marketów i drogich sklepów firmowych, bogaci ludzie kupowali dużo. Kryzys, nie kryzys. Co chwila biegli do bankomatów po wielkie sumy, jakby nie miało znaczenia buksowanie w koleinach. Mogli niby płacić kartami kredytowymi, ale widocznie ich palce potrzebowały pieszczoty banknotów.

Kupowali więc, jakby nie istniały takie słowa jak „bessa", „krach", „bańka spekulacyjna". Towary w supermarketach i wielkich eleganckich sklepach musiały być sprzedane. To tu najczęściej próbowali się wśliznąć złodzieje, hakerzy władający piraniami, tu, w gonitwie frunących w ludzkie ręce banknotów, w tym tumanie wypłat i ciurkaniu bilansów. Tu, blisko centrum, było najwięcej wykryć i tu potwierdzało się raz jeszcze, że najlepszy oszust wygląda najbardziej niewinnie i uczciwie. Przyłapywało się na gorącym uczynku zabiedzone staruszki w wytartych płaszczykach z trudem przypominające sobie numery pinów. Przyłapywało się cwaniaków przebranych za zakonników. Ich wielkie wilgotne oczy przekonywająco zapatrzone w mistyczne wyżyny zdawały się wołać o ostateczne nawrócenie, tak jakby ich mocne łapy nie miętosiły w starych teczkach kilogramów zrabowanych banknotów. Bywali wśród złapanych ludzie wyglądający jak zacni dyrektorzy firm, jak roztargnieni naukowcy, albo jak młodzi abnegaci od muzyki alternatywnej.

Żanna lubiła swoją pracę. Jej spojrzenie bezbłędnie wykrywało prawdę pojawiających się na krótko obcych twarzy. Może niepotrzebnie w ostatnich miesiącach jej intuicja przenikała coraz głębiej i Żanna daremnie próbowała okiełznać i ukierunkować tę siłę – wcale nie chciała poznawać tajemnic zdrad małżeńskich klientów, ich dylematów sumienia, politycznych fobii i podejrzeń, ani erotycznych obsesji. Za liczne demaskacje została nagrodzona ślicznym długopisem na pamiątkę tego, że została Strażniczką Kwartału, a potem na Międzynarodowy Dzień Karty Kredytowej dostała jeszcze lepszy upominek – lakier do paznokci i notesik oprawny w złotą imitację skóry. Mogłaby więc zapisać coś ślicznym długopisem w tym notesie, ale jedyne, co jej przychodziło do głowy, to: „Co jeszcze mogę zrobić?".

Co jeszcze mogę zrobić, aby uchronić bank przed Hubertem Przybrańcem? To, że dotąd nie było alarmu, nic nie znaczyło. Oszuści wiele razy sprawdzali bankomat legalnymi kartami, zanim wpuścili pierwszy raz kartę-piranię. Hubert mógł być w porządku, ale wcale nie była w porządku jego twarz – bystre spojrzenie Żanny ześlizgiwało się z tej twarzy bezradnie. Jej intuicja nie wnikała w źrenice trochę kocich żółtawozłotych oczu, nie przebijała gładkiego czoła pod lokiem ciemnoblond włosów. Więc jeśli coś ukrywał – rozumowała podświadomie – musiał być podejrzany. Przychodził coraz częściej, zawsze wybierał niewielkie sumy. Zachowywał się jak zwyczajny, ostrożny użytkownik karty. Tak, jak zachowuje się każdy wytrawny i przebiegły oszust. Gdyby była pewna, że ta twarz jest sztucznie zabezpieczona przed intuicją strażniczek, dawno zameldowałaby służbom ochrony. Gdyby była pewna, że oczy Huberta chronią jakieś soczewki kontaktowe odbijające czujność Żanny, podniosłaby alarm. Coraz bardziej była jednak przekonana, że Huberta nie chroni nic, że błąd jest po drugiej stronie bankomatu.

Wyczuła to. Gdy pomyślała – ten Hubert nie jest jednak jak inni, nie mogę go rozgryźć, pomyślała też, jak powinna postąpić. Powinna poprosić inspektora rejonowego o przeniesienie. Bo wtedy na jej miejsce przyszłaby Kaśka Hak albo Lila Lep, albo jakaś inna mistrzyni wykrywania. Może posadziliby na parę dni Werę Rentgen, legendarną rekordzistkę wykryć z Banku Rezerwy Europejskiej? Tak, ale wtedy Żanna przestałaby widywać Huberta Przybrańca. A inne oczy odczytałyby tę twarz bezbłędnie. Inne, niekochające.

Zasnę, muszę zasnąć. Strażniczka bankomatu powinna stawić się do pracy wypoczęta, nastrojona optymistycznie, przekonana, że hakerzy, pasterze piranii, to wrogowie społeczeństwa, porządku, prawa – coś takiego było przecież w regulaminie, który podpisała, gdy przeszła wszystkie testy. Zasnę, muszę. Ale przecież nie zasnę. Nie zasnę, póki czegoś nie postanowię. Postanowiła i rzeczywiście zasnęła.

Minął tydzień, dobry tydzień trzech skutecznych wykryć. Jacy nieciekawi byli ci trzej pasterze piranii, trzej macherzy od kart szpiegujących. Blady wyleniały czterdziestolatek w prochowcu zarzuconym na podkoszulek z napisem *Real Madrid my dream*. Tyczkowata dziewczyna z rudymi dredami i naszyjnikiem z czarnych kamyków. Brodacz z zapaleniem spojówek, w białej bejsbolówce i kurtce moro. A jednak, w każdym z nich odnalazła coś z Huberta Przybrańca. Blady miał jego uśmiech, ni to drwiący, ni to zmęczony. Brodacz tak jak Hubert zapadał się w sobie, nieobecniał, gdy powierzywszy kartę maszynie, czekał na wypłatę. A dziewucha w dredach, odwracając się od bankomatu, zrobiła jak Hubert szybki, taneczny niby piruet, stając się w sekundzie ponętna, pociągająca.

Oczekiwany nie przyszedł przez cały tydzień – jeśli nie liczyć tych skojarzeń, tych refleksów. Na niedzielę pojechała Żanna do siostry na działkę. Niespodziewane marcowe ciepło. Kuzyni piłowali drewno w samych koszulach, na werandzie ze szklanym dachem płonął ogień na kominku. Przywiozła dla całego towarzystwa kiełbasę i karkówkę na grill, a potem wyruszyła z siostrzenicami do piwniczki wybrać z półek na przetwory słoiki galaretki z porzeczek i agrestu na deser. Objadając się plackiem z owocami, rysowała dziewczynkom królewny i księżniczki. Pamiętała, że coś sobie postanowiła i było jej łatwiej cieszyć się zachwytem dziewczynek, ich zasłuchaniem w opowieści ciotki Żanny.

Od poniedziałku była gotowa. Przyszedł we wtorek rano, potem w czwartek o piątej siedem po południu. Dwukrotnie brała w palce jego kartę, szukając w niej ciepła jego dłoni. Dwukrotnie użyła perfum męskich w sprayu „Gun Smoke”, we wtorek delikatnie, w czwartek mocniej. Gdy chowając banknoty i kartę, odwracał się, jej spojrzenie zdołało ułowić w tym jego baletowym śmignięciu ruch skrzydełek nosa, cień uśmiechu. Odebrał sygnał od kogoś, kogo nie mogło być. To nic, że z pewnością pomyślał sobie: „Ach, ta walka banków o klienta, ależ głupio – zaczynają kampanię zapachów".

Przyszła druga połowa marca, ze statystycznych opracowań wynikało, że jeśli haker, to teraz powinien wpuścić swoją piranię. Hubert Przybraniec nie przychodził. Czaił się przed uderzeniem? A może zmienił pracę, mieszkanie, ma teraz bliżej do innego bankomatu? A może wyjechał do innego miasta, wyjechał do pracy w innym kraju i już nigdy nie przyjdzie. Żanna spała coraz gorzej, na dyżurach migały jej przed oczyma mroczki i błyski. Mogło się zdarzyć, że przepuści rabusia. Hubert. Hubert. Już nigdy nie przyjdzie. Podróżując znowu do butiku w odległej dzielnicy, kupiła jeszcze dwa pachnidła – ostrzejsze „Mood of Casablanca" i słodko-drażniące „Barrio Escondido". Postanowiła, że będzie ich używać na zmianę. Czekała, uciekając myślami od swojej zdychającej nadziei. Modliła się nawet, chociaż to było przeciw regulaminowi. Strażniczka powinna polegać na sobie, wierzyć w intuicję, w nic więcej.

Jak jednak można wierzyć w intuicję, kiedy w każdej twarzy szuka się tej jednej, w każdych oczach wypatruje tamtych, o barwie wrzosowego miodu?

Budziła się w nocy i siadała przed lustrem. Na szkoleniach przekonywano ją – po drugiej stronie lustra jest pusto. Póki pracujesz w zabezpieczeniu skarbców bankowych, na pierwszej linii – twoją tarczą jest to, że cię nie ma, twoją bronią jest nieobecność. Wszystkie twoje dokumenty osobiste leżą w sejfach korporacji, od paszportu i prawa jazdy, aż po rentgen zęba, dowód wpłaty za kominiarskie sprawdzenie wentylacji w łazience sprzed sześciu lat. Abyś była przezroczystoszara, pracodawca troszczy się o twoje stroje, opłaca fryzjera, przydziela kosmetyki i środki higieny.

A teraz łamała regulamin, siadała przed lustrem i mówiła do siebie – piękna dziewczyna ta Żanna. Do szaro-perłowej służbowej piżamy wiązała błękitną albo purpurową apaszkę i mówiła – no przecież ładnie mi. I rzucała się z płaczem na łóżko, bo nie dla lustra chciała być piękna, nie dla lustra wiązała kolorowe szmatki. A on może nigdy nie przyjdzie, nie pokaże się w szparze bankomatu. Marzec zwariował w ostatnim dniu. Walił wielkimi płatami śnieg, wiał lodowaty wiatr, słońce co chwila przedzierało się przez śniegowe obłoki i zamieniało świat w nachalną promocję zimy. A zima już powinna odchodzić. Kawki, gawrony i gołębie żerowały przy karmnikach, a bezczelne sroki, skrzecząc, przelatywały nad nimi. Żanna myślała, że ptak mógłby iść za człowiekiem przez miasto, znaleźć jego szlaki, wypatrzyć ulubione miejsca, dowiedzieć się, z kim się spotyka, co robi. Może kiedyś banki przyuczą ptaki do takich zwiadowczych prac? Widziała w telewizorze film *Ptaki* a potem dyskusję. Jeden z redaktorów powiedział, że gdy pytano Hitchcocka, jak zmusił ptaki do tak znakomitej gry, on odpowiedział: „Zapłaciłem im". Jeśli tak, bank też mógłby zapłacić ptakom, ma z czego.

Otrząsnęła śnieg z kaptura, obtupała buty. Jak zawsze wystukała kod wejściowy w kasetce przy bocznym wejściu bankowego wieżowca, przeszła pewnie przez śluzę podwójnych drzwi, wsadziła w pysk zegara kontrolnego swoją plakietkę identyfikacyjną z magnetycznym paskiem. Rozpięła anorak i przyczepiła identyfikator do kieszonki uniformu. Minęła dywany i lustra dyspozytorni, kłaniając się menedżerce zmiany, na powitanie machnęła ręką znajomej strażniczce i popchnęła drzwi korytarza. Pół godziny marszu pod ziemią, w perfumowanym i chłodnym powietrzu klimatyzacji, po tłumiącym odgłos kroków chodniku, pod sznureczkiem dyżurnych lampek. Śpiewała jak zawsze piosenkę o wierności. Może to nieprawda, co mówiono o mikrofonach w korytarzach dyskretnego dojścia, ale z piosenką nudny marsz mijał szybciej. Nie za szybko, bo nie wolno się spocić, kto nie istnieje, nie ma prawa do własnego zapachu.

Gdy bilans w debecie
To myśl o kobiecie
Co czuwa i wzrok ma jastrzębi
Gdy debet w bilansie
Jej oczom daj szansę
A wraże piranie pognębi…

Zdjęła szaromysi anorak, powiesiła na ramiączku. A potem wykonała z mechaniczną precyzją wszystkie czynności przejęcia stanowiska, tu dała głos do mikrofonu, tam kliknęła, sprawdziła poziom oświetlenia, kamerę zewnętrzną, skaner wewnętrzny. Wreszcie poprawiła poduszkę pod plecami, z ulgą i nieregulaminowo pozbyła się rajstop, samowolnie rozpięła haftkę i ekler spódniczki, i pozwoliła godzinom, aby popłynęły najczujniejszym czekaniem. Płynęły. Przed szparą podglądu pustka, twarze bez znaczenia, klienckie. Twarze, pyszczki, gęby – i znów pustka. Flakoniki wonności pod ręką. Przerażające – te perfumy będą tak stały do końca świata. Bo nie przyjdzie.

Przyszedł wcześniej niż zwykle, był z gołą głową, w zabawnych staroświeckich nausznikach z białej wełny. Na włosach białe śnieżynki i maleńkie krople wody – bo inne śnieżynki poczuły już ciepło jego ciała. Żanna działała z wyuczoną precyzją. Lewą ręką w jedwabnej rękawiczce chwyciła kartę bankomatową. Wolno ją przetrzymać nie dłużej niż pięć sekund. Wpatrzona ciągle w złote kocie oczy Huberta bezbłędnie trafiła prawą ręką na flakonik „Barrio Escondido". W telewizji reklamowano ten produkt jako „eliksir magii erotycznej andyjskich szamanów".

Spryskam mocno, niech się zadziwi, pomyślała. I raz, i jeszcze raz. I nic, łebek flakonika zamiast ustąpić i pompnąć na kartę wonny spray, stawiał opór. Położyła kartę na pulpicie, co było najsurowiej zabronione. Zaciskając zęby, nacisnęła spray oburącz, z całych sił. Znowu nic! Usłyszała stukanie. To Hubert. To on. Ale stukał nie do niej, bo jej nie było. Stukał w zacinającą się maszynę, aby mu oddała kartę i wypłaciła euro.

Wsunęła kartę w szparę, kolanem nacisnęła dźwignię zwalniającą wypłatę. Pomyślała, że powinna w tej chwili dostać zawału serca, zdechnąć, opaść głową na pulpit i tak zostać. Usłyszała, umierając, jak szumią liczone pieniądze. Niewiele. Zwyczajna, niewinna wypłata. Wcale jednak nie umarła, tylko podarła rajstopy, wciągając je gorączkowo. Nawet nie widziała, jak odwracał się i odchodził, bo poczerniało jej w oczach od spodziewanej śmierci. Pośpiesznie zerwała z wieszaka kurteczkę z kapturem i wypadła na korytarz wiodący do kabiny. Trzy kroki i tu. Wparła dłonie w materiał pokrywający ścianę. Nie, nie tu, twardo. Pół kroku dalej materiał ustąpił, wybrzuszył się, zaczął się drzeć. Tandeta. Zerwała ze ściany pas wykładziny, odsłoniła studzienkę z drabinką. Poczuła chłodne, wilgotne powietrze z tonem stęchlizny. Przeciąg kołysał strzępami pajęczyn. Dobrze pamiętała, jak remontowali korytarzyk. Wypatrzyła wtedy to miejsce i myślała – jakby był pożar, tędy uciekać. Wspinała się na oślep w ciemność.

Liczyłam, że umrę, a tylko zwariowałam, przemknęło jej przez myśl. Tak musi być. Popsuła mi się intuicja, nie powinnam już być strażniczką. Uciekam. Uciekam stąd.

Przez moment ciemność nad nią była całkowita, potem pokazała się jasna szpara. Przestraszyła się, gdy drzwi ze spaczonej sklejki zamiast otworzyć się na zawiasach po prostu runęły w świetlisty kłąb kurzu. Podeptała je. Za sionką żelazna furta szeroko otwarta na jaskrawe światło śnieżnego popołudnia. Wyszła na cementową rampę. Ciemnawe, szare podwórko-studnia z lampką przed kapliczką ozdobioną liliami z blachy. Zeskoczyła w pryzmę mokrego śniegu, ominęła ciasno zaparkowane żółte furgonetki firmy „Hermes" i popędziła przez tunel bramy na ulicę, pod śnieżycę ostatniego dnia marca ostatniego roku jej życia. Bo tak się płaci za zejście z posterunku strażniczego. Nagle i bez śladu wpada się w jeszcze prawdziwsze nieistnienie.

Ruch uliczny, hałas uliczny, tłumy idące tam i tłumy twarzy wychodzące naprzeciw. Chciała patrzeć i nie za bardzo widzieć, nie wyostrzać przenikliwości. Oglądać twarze jak kartki książki z obrazkami. Bo wszystko jedno, jakie są ich zamiary, skoro wyrok został wydany.

Więc wszystko jedno. Pobiegła na prawo. Zawróciła. Pobiegła na lewo, prosto w Aleję Zwycięskiego Odwrotu, pod paradę neonów przebijającą zamieć krzykliwymi barwami. Zapalały się właśnie litery na szklanych ścianach kolejnych domów towarowych, wielopiętrowych restauracji, kin, księgarni. W tłumie jej maskująca szarość była jednym ze zwyczajnych kolorów. Dużo czerni, szmatławej burości, ale obok wesołe zielenie, ciepłe beże. Minęła ją dziewczyna w czerwonej makowo puchówce i pstrej dwurogiej czapce. Żanna wyjęła z kieszeni błękitną apaszkę i zawiązała pod szyją. Cieplej i trochę kolorowo.

Patrzyła tak bardzo nieuważnie jak tylko mogła. Na ludzi, tak mimochodem, na wystawy, na auta i plansze promocji. Wszystko miało wesołe wymiary wagarów. Patrzyła pobieżnie, byle jak. Tu i tam. A mimo to zauważyła w perspektywie ulicy, w tłumie, dwie przecznice przed sobą, białe nauszniki starego stylu z krzyżującymi się na ciemnych włosach pasemkami dzianiny. Stało się dla niej od razu – jak w łeb dał – oczywiste, że nie uciekła z kabiny strażniczej, bo zawiodła ją intuicja. Nie uciekła z pracy w śmierć. Ruszyła w pogoń, a smycz intuicji pociągnęła. Co sprawiło, że zawróciła? Tam, zaraz za bramą? Smagnięcie intuicji. I tak szła. No cóż, pewnie śmierć, ale z miłości. To się zdarzało zawsze.

Skręcił w Nowobrowarną, ku starej dzielnicy. Skręcił w Żebraczą, była już za nim. Myślała, że jest wyższy. Miał długi flauszowy płaszcz. Ciemnogranatowy, bardzo porządny. Za długi. Mały szary plecak niósł na jednym ramieniu.

Na placu Zaklasztornym Hubert zatrzymał się i wszedł po stopniach z poczerniałych bali do kawiarni „U Michałka". Poszła za nim po schodach, przez oszklone drzwi zobaczyła, że niepozorna od frontu kawiarnia ma długą, niską salę oświetloną od wejścia witryną, a w głębi mlecznymi kloszami kinkietów. Widziała, jak tam w głębi Hubert wiesza plecak na oparciu, zdejmuje płaszcz, rzuca go na krzesło i siada na kanapce w niszy. Weszła. Mało ludzi. Na ścianach pastelami malowane sceny z wyścigów konnych.

Podeszła do baru, bezmyślnie lustrując słodycze w gablocie i butelki na półkach. Barman już miał się ku niej zwrócić, kiedy minęła go, zmieniła kierunek i pewnym, nie za szybkim krokiem podeszła do Huberta.

– Pan Przybraniec, prawda? Ma pan konto w naszym banku. Z funduszu lojalności otrzymał pan drobny upominek. Gratuluję. To promocyjne opakowanie męskich perfum „Barrio Escondido". Mam nadzieję, że pan polubi ten zapach. Przycisk sprayu zacina się w tym egzemplarzu, ale pan sobie oczywiście z tym poradzi. Szybko pan maszeruje, szłam za panem od bankomatu. Gdyby nie te białe nauszniki, nie dogoniłabym. Z daleka widziałam.

Hubert zorientował się, że siedzi nadal w nausznikach.

– Ojej, właśnie – powiedział zmieszany. – Właśnie.

Zdjął nauszniki i rzucił na płaszcz. Wziął z ręki Żanny perfumy i nawet nie powąchał, odstawił.

– Mam nadzieję, że zapach się panu spodoba – powtórzyła.

– Oczywiście, dzięki – powiedział niepewnie. – Te nauszniki... Może pani usiądzie? Boję się, że bank będzie... – Przerwał, bo przyszła kelnerka.

Żanna usiadła z przeświadczeniem, że już nie ma najmniejszego znaczenia, kiedy przyślą tu kogoś, aby ją zaciukał.

No więc dwie kawy, dwie śmietanki do kawy.

– Wie pani, te nauszniki w ogóle nie są moje. Pożyczyłem kurtkę z kapturem koledze, bo on chciał wyglądać sportowo. Poszedł na interwju w sprawie pracy do firmy, która sprzedaje wędki i rybackie ubiory bogatym ludziom. Zostawił mi swój płaszcz, elegancjaro, ale trochę za długi. Bo Bartek wyższy. Ten kolega. Wychodziłem do bankomatu – wkładam płaszcz. W jednej kieszeni znalazłem książkę o rybach, w drugiej te śmieszne nauszniki. Włożyłem je, bo ja dopiero niedawno wylazłem z grypy. Najgorzej przeziębić się na wiosnę.

Co się stało ze światem?

Żanna istniała. W błękitnej apaszce siedziała na kawie z Hubertem Przybrańcem, który był zupełnie inny, zupełnie zwyczajny, a mimo to był początkiem opowieści, której chciało się wysłuchać do końca. I żeby tego końca nie było. Na razie opowiadał, że bank niewiele będzie miał z niego pożytku, bo przez te wszystkie zawirowania i kryzysy będzie pracował tylko półtora dnia w tygodniu.

Trzy dni po pół dniówki i szlus. Nic się z tego na konto nie odłoży, prawda?

– Ja też chyba stracę posadę w banku – przyznała Żanna. – Chyba na pewno.

– Coś pani przeskrobała?

– Wszystko.

Zapewne zauważył, że nagle musiała odstawić filiżankę i położyć ręce płasko na stole.

– Co tam posady – powiedział i nakrył jej dłoń swoją. – Pożyczę pani białe nauszniki. Przynoszą szczęście.

Kiwnęła głową, nie patrząc mu w oczy. Wolała patrzeć na swoją bladą i niespokojną dłoń objętą spokojnym uściskiem śniadej, mocnej ręki.

Wyjęła z torby klucz i otworzyła drzwi. Drzwi Huberta. Zajrzała do pokoju. Spał na leżącym na parkiecie materacu z kołdrą naciągniętą na głowę, tylko śniadoróżowe pięty świeciły spod nakrycia.

Zrobiła kawę z mlekiem, grzanki z serem. Myślała, że nie jest dobrze ukryta przed karą, ale najlepiej jak można. Nie wróciła już do swojego mieszkania, bo to było jak pod gilotynę. Tu – no cóż. Miasto jest wielkie. Kawalerka na poddaszu należąca do pomocnika trenera klubu łuczniczego jest miejscem jakich milion. Mają swoje sposoby, ona też. To znaczy, ona ma jeden.

– Coś się dzieje – powiedziała, gdy już zasiedli po dwu stronach stołu zrobionego z tacy podpartej wysuniętą do połowy szufladą kuchennego kredensu. – W sklepie tylko ja jedna kupowałam trochę. Ludzie biorą mąki i konserw, ile uniosą. Przechodziłam koło kiosku i takie tytuły w gazetach – liczy się tylko złoto, ale złoto kupuje się, płacąc złotem.

– Zaraz zobaczymy, o dziewiątej mamy wiadomości – odpowiedział Hubert i włączył telewizor.

A tam po kolei prezydenci i nawet hiszpański król – wszyscy wzywali do spokoju i organizowania samopomocy. Reporterzy pokazywali ogromne bazary, na których mrowił się tłum. Wyjaśniali, że kwitnie handel wymienny, nieważne już banknoty walają się pod nogami. W jakimś kraju, gdzie aleje były wysadzane rozwichrzonymi wysokimi palmami, wieziono w kolumnie pomarańczowych autobusów ludzi z banku i giełdy. Naokoło pełno było policji i antyterrorystów w kominiarkach. Ci w autobusach nie jechali do więzienia tylko na wyspę – komentator mówił, że to jedyny sposób, aby uratować ich przed gniewem tłumu. Tłum rzeczywiście chciał dobrać się do autobusów, palił samochody i rozwalał witryny sklepów. Obładowani rabusie pędzili ulicami, nikt ich nie zatrzymywał.

– Wydałam ostatnie nasze pieniądze – powiedziała Żanna.

– Wygląda na to, że to już w ogóle ostatnie pieniądze – przytaknął Hubert. – Ależ to się szybko porobiło. Wszyscy wiedzieli, jak będzie, ale że tak szybko!

– Ja nie wiedziałam – westchnęła Żanna. – A myślałam, że mam intuicję.

Teraz w telewizorze poszły reklamy przeciw łupieżowi i za nowymi modelami samochodów. Żanna myślała o tym, że na działce siostry jest na szczęście ta piwniczka pełna słoików, są kartofle. Nagle o mało się nie zakrztusiła kawą.

– Czekaj, bo tu pokazują miejsce, gdzie pracowałam!

Na ekranie pokazali rzeczywiście bankomat przy kinie „Rialto" na Trójmostowej. Potem pokazało się na moment zdjęcie samej Żanny z wyjaśnieniem, że broniła banku, została porwana i teraz wszyscy ludzie dobrej woli szukają jej, aby pomóc. Bo grozi jej niebezpieczeństwo.

– Nie wiedziałem, kogo ja tu mam – powiedział Hubert i objął ramiona Żanny, narzucając na nią swój biały szlafrok frotte. – Nikomu cię nie dam.

Tymczasem na ekranie pokazali, jak wielki czołg podjeżdża i wbija w ścianę kina potężny hak. Ten hak posłużył do wyrwania bankomatu ze ściany. Teraz kamery mogły pokazać kabinę Żanny razem z pulpitem, krzesełkiem i poduszką pod plecy, razem z wieszakiem na anorak i półeczką, na której nie stały już męskie perfumy w sprayu.

To wszystko było po to, aby dyrektor banku, młody, łysy i kompetentny mógł skomentować wypadki na prośbę redaktora. Opowiedział logicznie i po kolei. O tym, kiedy zaczęły się ataki pożerających konta piranii. O tym, jak dzielne dziewczyny latami strażowały przy bankomatach i jak uderzono w końcu w podstawę społeczeństwa solidarności i dobrobytu. Własność osobista, tajemnica kont bankowych i równowaga funduszy gwarancyjnych zostały zmiecione. Tak jakby to były Pompeje i Herkulanum, na które Wezuwiusz wyrzucił lawę i popioły. Tak jak jedno pęknięcie tamy przepuszcza najpierw kropelkę, a potem czarne fale oceanu pokrywają wszystko.

– Czarne fale – prychnął lekceważąco Hubert. – Pojedziemy do wujka, co jest na gospodarce we wsi Wola Kanonicka nad rzeką Szumawa. On ma wszystko. Poluje też, a tam lasy do Bugu. A sąsiad ma stawy z karpiami. Czekaj, co ten mądrala mówi?

Redaktor oddał właśnie głos profesorowi ekonomii, który powiedział, że po Wielkim Wybuchu galaktyki od dwudziestu miliardów lat rozbiegają się w przestrzeni i są coraz dalej od siebie. W ten sposób możemy sobie wyobrazić, jak nasze oszczędności, nasze marzenia, nasze bezpieczeństwo, nasza nadzieja na godne życie i uczciwe społeczeństwo oddalają się od nas, w takiej dziejowej chwili, gdy jesteśmy już trzeci dzień po implozji, a wczoraj pracownicy centrali Banku Światowego dopuścili się profanacji. Dostali wypłatę za kwiecień i awansem za cały drugi kwartał, a potem na znak protestu wysypali z teczek papierowe pieniądze, zasypali nimi marmurowe schody i plac. Nikt się nie schylał, aby to zbierać. I pokazano zaraz żonę jednego z tych pracowników centrali, niebrzydka i zadbana, płakała i tusz do rzęs spływał jej czernią po policzkach, gdy opowiadała, że podobno dyrektorzy otworzyli sejfy i samochodami wywozili złoto do swoich rezydencji.

Tę plotkę dementował inny profesor, a potem teoretyk giełdy, którego kamera pokazała, jak stoi za furtką swojego ogrodu i nie może wyjść. Furtka bowiem była otwierana elektrycznie, a prąd przestał właśnie płynąć ze względu na kolaps finansów sieci energetycznej. Kudłaty i brodaty teoretyk giełdy z wisielczym humorem ogłosił, że wprawdzie stracił pracę, ale za to już nie będzie musiał spłacać rat. Przewidywał, że system rypnie i dlatego kupił na kredyt taki wielki dom z basenem i ogrodem. A na zakończenie powiedział panom z telewizji, że zatrzymuje sobie mikrofon jako zaliczkę za honorarium. Przed rozmową podali mu ten mikrofon przez płot. I teraz poradził im, żeby sami sobie wzięli kamerę zamiast pensji, bo innej wypłaty już nie dostaną.

– Nie płacz – powiedział Hubert do Żanny. – Już wyłączam te bzdury. To nie ty jesteś winna.

Zanim jednak wyłączył, telewizor zgasł sam.

Kurwa, tak będzie!

KOBIETY Z NASZEGO PLEMIENIA

Autobus z Wilkołapa do Grudzisk przez Wytycz Leśny nie zatrzymał się w Brusku. Padało nieustannie, skośno, bo górą szedł wiatr od wilkołapskich łąk nad Bugiem, szumiał w młodym listowiu ogromnych sokor przy ogrodzeniu kościoła. Resztki dnia, szarówka. Autobus nawet nie zwolnił, może kierowca wypił, może nie dostrzegł tej jednej sylwetki w deszczu przed sklepem „U Pani Jadziuni".

Sebastian pobiegł za autobusem, człapiąc sandałami w kałuże na dziurawym asfalcie. Kilkanaście kroków i stop. Pobiegł, aby udowodnić sobie tym zrywem bez sensu, że zrobił wszystko, aby. Jak dotąd nie zrobił nic. Zawrócił, wszedł na podwórze domu przy sklepie, ale zaraz pies wypędził go za furtkę. Nikt nie wyjrzał, mimo że ujadanie niosło się w deszczu, pobudziło inne psy osady: tenory, falsety, barytony.

W czwartym obejściu otworzyły się drzwi, w żółtawej jasności framugi ukazała się postać w podkoszulku i szortach.

Sebastian spytał chłopa, czy zawiezie go do Wytycza, bo musi, bo autobus uciekł, ostatni. Sebastian wyciągnął portfel, a z portfela stówkę.

– Pojechałbym, ale krowa mi się będzie cieliła. Trzeba dopilnować. Możesz pan zanocować, jutro piąta dwanaście leci pracowniczy.

Wtedy zobaczył rower. Nie do pożyczenia, potrzebny od rana. Mimo to do sprzedania.

I już jechał tym ciężkim, popiskującym od piachu w przekładni rowerem „Ukraina". W deszczu, w zgęstniałym nagle mroku, piaszczystymi skrótami bruskiego lasu, które znał na pamięć. Rodzice zbudowali dom w Wytyczu-Letnisku kiedy jeszcze Sebastian był w podstawówce. I z ojcem jeździł rowerem do sklepu w Brusku po chleb, po piwo, po lody. Na początku z ojcem, potem sam, z kolegami z sąsiedztwa, ostatnio z Hanką. Las, potem polana ze szkółką leśną i zbiornikiem pożarowym, wydma porośnięta brzózkami i bór nad rzeczką Szupot, słynący z jagód i grzybów.

Na wydmie zaczął spadać łańcuch. Zakładał go parę razy, w końcu postawił rower pod brzozą, wytarł w mokrą trawę uczernione smarem dłonie. Na klęczkach, bardzo starannie i długo wycierał dłonie, starając się nie myśleć, dlaczego to robi.

Dalej pieszo, już blisko. Truchtem, pośpiesznym marszem. W Wytyczu-Letnisku zostało tylko parę chłopskich zagród. Reszta wykupiona, przerobiona na działki. Jeszcze w stanie wojennym pierwsze działki kupił dla swoich pracowników wojskowy instytut lotniczy. Jakiś czas było to modne miejsce, budowali się ludzie z uniwersytetu, prokuratury, był śpiewak operowy, jakaś pisarka czy redaktorka z trójką kundli. Jej goście opalali się na golasa, w pierwszym roku było to coś. Potem rok po roku żywopłot robił się bardziej gęsty, a golasy jakby się zestarzały. Może już inne towarzystwo przyjeżdżało do literatki. Starsi.

Już tu. Ulica Poziomkowa. Dom rodziców Sebastiana był jednym z największych – najpiękniejszym na pewno. Małżeństwo adwokata od spraw rozwodowych i notariuszki to był bardzo korzystny układ. Gdy kupili działkę, matka była jeszcze w prokuraturze, kiedy musiała odejść, przyjaciele pomogli jej zrobić papiery i otworzyć kancelarię notariusza. Przy budowie nie było więc kłopotów. Nie musieli nawet brać kredytów, ale brali. Ojciec tłumaczył Sebastianowi, dlaczego należało brać, ale wtedy nic to Sebastiana nie obeszło.

Zdjął z szyi woreczek z kluczami, chciał otworzyć furtkę. Była otwarta. Zamknął ją więc za sobą. Wszedł na ganek, spróbował nacisnąć klamkę. Zamknięte na wszystkie zamki. Najważniejszego patentowego klucza nie można wsunąć, bo drugi tkwi od wewnątrz.

Odetchnął, ktoś jest w środku. W porządku, tego chciał. Ruszył przez wystrzyżony trawnik w stronę szopy na narzędzia, zdjął z haków na tylnej ścianie szopy drabinę. Deszcz ustawał, wiało i chwilami robiło się jasne, blade miejsce w chmurach. Wtedy widać było linię dachu, plamy drzew, czarne zarysy dwu sąsiednich domków. Przystawił drabinę do okapu, wspiął się po niej. Odnalazł właściwe miejsce, tuż ponad rynną, zeszedł z drabiny na dachówki i ostrożnie wciągnął drabinę na dach. Było na kalenicy miejsce, gdzie zaczepiało się drabinę, aby było dojście do komina. Widział raz, jak robił to kominiarz z Wilkołapa, a drugi raz jak pan Zyziek Mikuta zdejmował z dachu gałęzie zwalonej topoli. Wichura nałamała drzew w całej okolicy w tym roku, w którym Sebastianowi udało się zdać maturę.

Z dachem też sobie poradził. Po leżącej płasko na zielonych dachówkach drabinie doszedł do uchylonego okienka poddasza. Wszystko było w najwyższym gatunku, dachówki kosztowały majątek, okno przywieziono gdzieś z Trójmiasta. Włamywacz nie miałby tu łatwo, ale Sebastian wiedział, że przed nim okno się otworzy. Ojciec jak zawsze posłał go przed wyjazdem, aby sprawdził okna na górze. I on sprawdził, że wszystkie są zamknięte. Docisnął klamki jak zawsze. Ale nie tę jedną w uchylnym szwedzkim oknie do pokoju gościnnego zamienionego na składzik. Dlaczego? Miał niejasne poczucie, że teraz nie może już być jak zawsze.

Okno powinno ustąpić, gdy popchnie dolną krawędź. Nic. Mocniej i znowu nic. Wyjął z kieszeni w bluzie pęk kluczy, płaski klucz wsunął w szczelinę. Choć wiedział, że tak właśnie może złamać klucz, podważył. Klucz wytrzymał, okno ustąpiło. Nogami naprzód wsunął się do składziku, owionął go znajomy zapach. Dobre proszki do prania plus dym kominkowego drewna. Omijając deskę do prasowania, karton z odkurzaczem i nieużywany od paru sezonów rower matki, Sebastian dotarł do drzwi i uchylił je. Słuchał. Potem zdjął sandały i boso poszedł korytarzem, w sypialni ojca było pusto, tak samo w sypialni matki. Jego własny pokój był w końcu korytarzyka, miał okno w szczytowej ścianie. Czy nie zostawił drzwi otwartych? Były zamknięte, ale nie na klucz. Słuchem, węchem, omackiem sprawdził, że i tu nie było nikogo. Zszedł schodami w dół. Parter był podzielony kominkiem i piecem kuchennym na część jadalną i na to, o czym mówiono „liwing". Przeszedł cicho jak duch mimo stołu jadalnego do korytarzyka przy drzwiach wejściowych. Idę cicho jak duch – tak myślał.

Odnalazł na wieszaku swoją żółtą żeglarska kurtkę, namacał w kieszeni latarkę. I wtedy uświadomił sobie, że przed chwilą, przez mgnienie, widział kątem oka czerwony punkcik, jaśniejszy niż ogienek papierosa. Odbicie w szkle oprawionej akwareli *Jachty w St. Tropez*, kicz pamiątkowy przywieziony przed rokiem przez ojca. Czerwony punkcik żaru. Palenisko kominka. Tu. Nie zapalając latarki, podszedł. Była drobna jak dziecko. Pościągała z foteli klubowych i kanapy futrzane kędzierzawe obicia i zrobiła sobie legowisko blisko płomieni. Nakryła się kraciastą serwetą ze stołu w liwingu, ale pewnie ogień napaliła mocny, rozkryła się przez sen i widział teraz jej połowę oświetloną okruchem zarzewia, profil ze smugą jasnych włosów, szyję, drobną pierś z lekko różowiejącą strażnicą sutka na szczycie, łuk żeber, biodro i nogę aż po wesołe towarzystwo pięciu drobnych paluszków.

Zjawiła się, gdy już byli gotowi do odjazdu.

Odnosił wiosła do szopy, kiedy usłyszał, że rodzice z kimś rozmawiają.

Wybuch ojca:

– Co za... co za propozycja! Idź szukać dalej, ktoś cię przenocuje...

Zza furtki wyglądała tylko połowa twarzy – uważne oczy i grzywa jasnych włosów zasłaniająca czoło.

– Zostałabym tylko dwa dni i potem odwiozła klucze. I tak będę jechać przez Warszawę. Odwiozę państwu. Ulica Franczesko Nullo to gdzieś na Ursynowie?

– Nie, to blisko placu... – zaczął Sebastian.

– Nie wtrącaj się! – uciął wyjaśnienia ojciec. – Proszę odejść!

Dziewczyna uchwyciła krawędź furtki i stając na poprzecznej listwie dolnego zawiasu, wysunęła się tak, że zobaczyli jej twarz i ramiona. Tak zawsze wynurzali się koledzy Sebastiana, gdy przychodzili pytać, czy może iść z nimi na rower, czy na boisko.

– Naprawdę nie mam gdzie iść, panie mecenasie. Miałam spać w lesie, ale niech pan spojrzy na niebo. Zaraz chluśnie. A tu taki dom stoi pusty. Gdzie logika?

– Nie rozmawiaj z nią. Zaraz zadzwonię po policję – wtrąciła matka.

– Przecież to bez sensu, pani prokurator. Na posterunku w Grudziskach jest ich czterech i mają chyba zajęcie. Przez weekend trzy domki okradziono w Brusku. To oczywiście firma ochroniarska straszy tych, co nie wykupili usług, ale gliniarze i tak muszą spisać, opieczętować. Pani to zna... Może pani poprosić męża, żeby mnie postraszył jakąś giwerą, przecież musi mieć broń. Ale ja się nie boję śmierci, ja się trochę boję burzy.

Matka spojrzała bezradnie na ojca, a potem zatrzymała wzrok na Sebastianie. A on wpatrywał się w dziewczynę. Przy geście, jakim wskazywała na dom, odwróciła się bransoletka z kolorowej plecionki na jej szczupłym przegubie. Przy plecionce błysnął mosiężny wisior – ażurowy ptak z promieniami gwiazdy zamiast skrzydeł.

– Sebastian, idź do auta – powiedziała matka. – Miałeś jeszcze umyć dywaniki.

– Hydrofor już wyłączyłem – odpowiedział.

– Masz dosyć deszczówki.

– Ja już u państwa spałam dwa razy – odezwała się dziewczyna. Ale to był lipiec, a ja miałam śpiwór ze sobą. Pysznie było pod wiatą na deskach, żaby grały... Teraz maj, a ja jestem, jak stoję. Niech mi państwo dadzą klucze. Jaki to będzie świat, jak nie potrafimy sobie trochę ufać?

– Niech pani spróbuje u sąsiadów – odezwał się łagodniej ojciec. – Tu pod szóstką już przyjechali na całe lato.

– U literatki? – zdziwiła się dziewczyna. – W jej książkach jest tylko strach i nienawiść, musiał pan czytać. A do tego jej psy. Bardzo miłe kundle, ale hałas. Tu słychać, jak zaczną jazgot. A są chwile, kiedy potrzebujemy ciszy tak jak chleba.

– To są pani sprawy, nie nasze – zaczęła znowu matka, mocno już poirytowana, z purpurowymi plamami na twarzy i szyi.

– Ale może państwu się przyda ktoś do popilnowania chaty przez parę dni. Łazi jakiś podpalacz, policja niby szuka. W Wilkołapie narobił takiego hajcu, że straże z całego powiatu się zjechały. To jakiś psychol, wybiera zamożniejsze domy. Taki świr lewicowy. Ja wiem, jest polisa, dobre ubezpieczenie. Ale dom lepszy niż odszkodowanie, dobrze mówię, pani prokurator? Pani się zna.

Sebastian nie spodziewał się, że ojciec ustąpi. Dopiero w samochodzie dowiedział się, jaki ma być rozwój wypadków. Matka wyciągnęła komórkę, ledwie zamknęli bramę w ogrodzeniu. Zadzwoniła do Mikuty, miejscowego gospodarza, który przychodził do wszystkich awarii jako „złota rączka". Był na bańce, jak to w niedzielę wieczór, więc umówiła się z Mikutową, aby Zyziek skoro świt podjechał do posterunku w Grudzisku i wrócił z policjantem.

Złodziejka zabrała klucze, wygląda, że uciekła z poprawczaka. Oczywiście, benzyna, wszystkie koszty. Byle być w Grudzisku bardzo rano. Jak trzeba dać policjantowi, trudno, dać.

Potem jechali w milczeniu leśnym traktem do asfaltu, w zatroskanym i gniewnym milczeniu. Bez wymówek za kurz i piach na podnóżkach w hondzie.

Zaczęło lać, wiatr tu i ówdzie rzucił na jezdnię gałęzie. W świetle lamp auta ich zieleń była fosforycznie ostra. Burzowe podmuchy miotły nimi poprzez kałuże w koleinach niby mokrymi sztandarami wojsk birnamskiego lasu.

– Tato, wysiądę w Białośni. Będę miał zaraz elektryczny, podjadę do Jędrasa, pouczymy się razem i pojutrze obydwaj razem na egzamin.

– Ale miałeś uczyć się w domu. To ważny egzamin – zaoponowała zdziwiona matka.

– Oj, mamo... wiem, że ważny. Dlatego się umówiłem z Jędrasem. To pracuś. Ma wszystkie notatki, a ja jeździłem na narty, a potem zarabiałem przy kongresie. On naściągał z internetu materiałów z Harvardu, Bóg wie skąd... Jak złapię na teście z socjologii marketingu maksimum punktów, przeskoczę ze studiów płatnych na dzienne.

– Wiem – odpowiedział ojciec. – Podwiozę cię do Jędrasa.

– Ale po co? Tam dziura na dziurze. Szkoda zawieszenia. Chcesz nową hondę załatwić? A ja mam elektryczny prawie pod sam dom Jędrasa.

Wysiadł na stacyjce w Białośni. Zobaczył, jak czerwone światła auta rodziców oddalają się i gasną, potem przez dymną jasność peronów przełomotał elektryczny z wagonami barbarzyńsko zabazgranymi w niepojęte znaki, tajne alfabety grafficiarzy. Pomyślał, że Hanka zadzwoni do domu, potem do Jędrasa... Niech dzwoni. Nie chciał o niej myśleć. Już nie.

Wyszedł na pustą szosę z uczuciem lekkości, wyzwalającej straty. Stanął pod jedyną latarnią na skrzyżowaniu, zaczął machać na przejeżdżające samochody. Po kwadransie dostawczy zabrał go do Bruska.

Po czterech godzinach dotarł do letniego domu. „Na Wytyczu" – jak mówili miejscowi.

Nieznana była tu, w futrach gniazda przed ogniem.

Skradając się, dołożył parę polan na żar. Namacał zapałki nad okapem kominka, odszedł w najdalszy kąt pokoju. Tu był jego ulubiony fotel klubowy kryty skórą i świecznik na półce. Zapalił świecę, usiadł w jej świetle, wyciągnął zmęczone nogi i spojrzał ku drugiemu biegunowi jasności – młode salamandry ognia wypełzły właśnie z popiołu i wspinały się na drwa.

Poczuł, że spodnie nie cisną go już w krocze, odpływa imperatyw erotycznego podniecenia mącący mu myśli. Odpływa, jakby odstraszony jasnością. Widział pasma jasnych włosów rozrzucone na wezgłowiu z futer, widział dziewczynę od tej strony, od której osłaniała ją huculska wełniana narzuta.

Mokre sandały trzymał w ręku.

Nie wiadomo, jaka była przynależność tego bezimiennego plemienia. Celtowie, Jadźwingowie, Słowianie, Ariowie czy Achajowie. Naukowcy wiedzieli zbyt mało, aby rozpocząć spór. Przechował się tylko mit o stracie kobiet, gdzieś daleko na Północy. Przechowała się nazwa jeziora, nie ma jej na żadnej mapie.

Był dziadek Lipowy, brat ojca matki. Tylko raz odwiedzili go w zapadłej wsi pod Grodnem. Nie głodował, miał kolejarską emeryturę, zagony cebuli, kapusty, ziemniaków. Udało mu się ocalić dwa ule ukryte chytrze w labiryncie krzewów. Czasem któreś z doszczętnie zruszczonych dzieci przysyłało mu trochę rubli z niepojętych przestrzeni między Amurem a Sachalinem. To dziadek Lipowy wymówił nazwę jeziora Niteż. A może Nieciecz?

Kiedy mężczyźni wracali z wielkiego przepędu reniferów na wiosenne pastwiska, zagrodziła im drogę czarna woda. Lód na jeziorze Nece pękł od brzegu do brzegu i otworzyła się otchłań. Widzieli obcych plądrujących obóz. Kiedy dotarli na brzeg, znaleźli tylko trupy chłopców i chłopaczków, niemowląt płci męskiej. Wszystko żeńskie zostało zabrane. Na ścieżkach pościgu znajdowali tu i ówdzie ozdoby, które pojmane zsuwały z przegubów, odpinały od sukien i zdejmowały z uszu – aby znaczyć drogę.

Pieszy nie dogoni konnego, przenigdy.

Kobiety plemienia zostały na zawsze stracone. Nowe kobiety porywane potem i kupowane u obcych umiały rodzić dzieci, ale przecież nie umiały ucierać z ziół takich przypraw. Nie znały kołysanek i zaklęć tamtych, coraz bardziej czerniejących w zbiorowej niepamięci. Te nowe garnki lepione przez obce kobiety były brzydkie. Plecionki z włosia i rzemyków nie opowiadały niczego. I nikt nie potrafił naszeptać zasypiającym chłopcom bajki o łuczniku Winnegardzie, który strzałą strącił z nieba czarny księżyc. A dziewczynki nie miały od kogo nauczyć się trzystu zwrotek pieśni o białorękiej olbrzymce Garwynn, która pojmała i poślubiła króla Północnych Bagien. W tajemnicy przed obcymi matkami i siostrami ojcowie przekazywali synom ozdoby z cyny i brązu pozbierane na krwawych ścieżkach za jeziorem Nytte. Stulecie po stuleciu przechodziły z ojca na syna, a znajdywali się szaleni złotnicy, którzy robili ich kopie w mosiądzu i szlachetniejszych metalach. Te znaki pamięci nigdy nie były na sprzedaż.

Dziadek Lipowy nie był z lipowego drewna. Nie miał zielonych konarów zamiast ramion. Ale istniał naprawdę, miał krzywy dom w Woli Lipowej, kiedy mama, babcia i szwagierka poszły kupić słoninę na *kołchoznyj rynok*, dziadek przyniósł ze strychu księgę ze śladami mysich zębów na krytych kurdybanem drewnianych okładkach. Historia kobiet utraconych była tam spisana w dwu alfabetach, w trzech językach, z wyblakłymi rysunkami. Dziadek objaśniał wszystko dziesięcioletniemu Sebastianowi, a na koniec wsunął żółty od machorki palec między grzbiet okładki a zszycie kart. W wewnętrznej stronie okładki otworzyła się klapka, a w niej na wyściółce koloru zaschniętej krwi leżał srebrny ptak z ośmioma promieniami gwiazdy zamiast skrzydeł.

– To biały kos – powiedział dziadek. – Przedłuża noc, przywraca wzrok niewidomym, obraca wiatry. Kobiety starego plemienia można odnaleźć. Poznasz je po tym, że kiedy spotkają znaki, bransolety, wisiory, brosze – odzyskują część przedpamięci, przypomina się im umiejętność odnajdywania dróg, łagodność obyczaju, melodie kołysanek.

– A ty spotkałeś taką kobietę?

Dziadek milczał. A potem skierował na Sebastiana spojrzenie mocno niebieskich oczu i skinął głową.

– Ale wtedy byłem już z twoją babką. Zgryzłem się trochę, utrapiłem. Wierność ważniejsza.

Ogień w kominku zamierał. Sebastian wstał i zdjął ze ściany bęben, pamiątkę ojca z safari w Nigerii. Tak mocno, tak długo śmierdział padliną, dymem, że nie mógł być podróbką made in Hongkong. Zagłębił się w fotel, położył sobie bęben na kolanach i cichutko zaczął na nim wystukiwać ten rytm, jaki dziadek zagrał mu palcami na okładce księgi.

Trochę głośniej.

I jeszcze.

Dziewczyna poruszyła się. Błysnęły białka oczu.

– Musimy iść – powiedział Sebastian powoli i cicho, niepłoszącym, przychylnym tonem. – Zaraz będzie świt.

Odnalazła go wzrokiem. Okryła się szczelnie serwetą, podniosła, podciągnęła kolana pod brodę. Wybijał rytm na bębnie ledwie słyszalnie, najlżej.

– Przynieś mi coś do ubrania – powiedziała takim samym tonem. – Uprałam wszystko. A ty jesteś mokry. Twoje imię to...

– Sebastian. Bastek. Twoje imię to... – I jeszcze. – Skąd masz białego kosa.

– Białego kosa mam od siostry. Od Narcyzy. Ona dostała od matki i zrobiła taki sam dla mnie i dla małej, Betki. Bo nas jest trzy. Matka powiedziała, że to się zdarza. Znalezienie człowieka. Idź, przynieś jakieś ciuchy.

– A twoje imię to...

– Dąbek Mira. Co takie śmieszne?

– Dziadek Lipowy i Dąbek. Drzewni ludzie. Dorzuć na gorajkę, a ja poszukam.

Przestał bębnić. I w ciszy powrócił szum deszczu.

Szli w milczeniu pod parasolem nad którym wysklepiała się szarzyzna świtu, jasnoperłowa w stronie łąkowej, nad rozlewiskami Świsłoczy.

Po drodze zamienili tylko parę słów.

– Wiesz już, co to znaczy zostać na lodzie? – spytała Mira.

– Tak. Nie. Dlaczego?

– No, cała historia.

– No to wiem – odpowiedział Sebastian i nieśmiało objął swoją własną kurtkę żeglarską, a w niej Mirę w sukni plażowej matki i swetrze ojca.

Drzewa przy drodze na łąki majaczyły jak widma we mgle. Deszcz doszywał ostatnie ściegi. Przeleciała czapla.

U Mikutów już nie spano. Mikutowa szła przez podwórze z wiadrem parowanych ziemniaków dla świń, a jej spódnicy czepiała się bosonoga dziewczyneczka w futrzanym wielkim serdaku nałożonym na koszulę nocną.

Mikutowa zmartwiona tłumaczyła się, że próbowała budzić męża, śpi. Jak śpi, to uparty. Ucieszyła się, kiedy Sebastian powiedział, że już nie trzeba do policji, że wyjaśniło się wszystko.

– To może państwo mleka? Zaraz będę doić.

– A nogi na łodziach? – spytało dziecko, zadzierając głowę. – Mamo, a nogi?

Zeszła ku rzece, ku przystani
Garwynn, piękna Garwynn,
Znalazła co było dla niej
Za chodaki czółna na nogi Garwynn – zanuciła Mikutowa, a córka odpowiedziała jej natychmiast:
– A jak weszła w las między buki
Garwynn, wielka Garwynn
Stary buk uczyniła łukiem
Sosny brała na strzały Garwynn!

Mira schyliła się i wzięła dziewczynkę na ręce. Wtedy z żółtego rękawa kurtki wysunął się jej przegub z wisiorem. Mikutowa wyciągnęła dłoń i przez moment obracała medalion z ptakiem w dłoniach.

– Mój też ma osiem promieni. Teściowa wypatrzyła przy moim kurpiowskim stroju, jak mieliśmy występy w Myszkowie. No i co, Zyziek zaczął za mną latać. Wiecie, przedłuża noc. Biały kos.

– Teraz już wiemy – odpowiedział Sebastian. – A ty skąd wiedziałaś? – szepnął do Miry.

– Przedłuża noc, otwiera oczy, znajduje drogi.

Zadźwięczał łańcuch przy kołowrocie studni. Pan Zyziek chlusnął wody do miednicy na kulawym krześle i mył się hałaśliwie.

– Dobry, panie Bastek – odpowiedział na powitanie i przetarł twarz ręcznikiem. – Co jest? Dom w porządku? A Marcia nową ciotkę znalazła?

– Dom w porządku – powiedziała Mira.

– Przyszliśmy na ciepłe mleko – wyjaśnił Sebastian, ale nic już nie trzeba było wyjaśniać.

TAM NIE MA STRYCHU

WIGILIA NA ULICY BLASZANEJ

– Słuchaj, co się śniło. Byłem sam w łóżku, ale nie w domu, gdzieś w schroniskowym pustym pokoju, w łóżku piętrowym, na dole. I przychodzi do mnie wysoki szczupły ktoś. Znajomy, żaden konkretny znajomy.

– Może Rozbicki, jak wysoki szczupły?

– Nie, nie on. Rozbicki to broda i nochal. To był ktoś… raczej suma różnych znajomych moich. On proponuje pracę dla ciebie – malowanie oczu dla takich lalek z zamykanymi oczyma, domyślam się, że to ma być artystyczna robota, pełna wyrazu, bo to będą ostatnie lalki w życiu dla dziewczynek, które już dorastają... Już nie będą chciały następnej lalki. No i wchodziłoby w grę także sklejanie lalek z części, całość roboty przy jednej lalce nie zabierałaby więcej niż godzinę.

– Takie kalkulacje we śnie?

– Właśnie. I ja widzę, że to jest dobra propozycja, chociaż ani słowa o tym, jak płacą. I proponuję mu, wysokiemu szczupłemu, już właściwie się budząc, że ja się w to włączę, będę dla każdej lalki pisał Dokument Heraldyczno--Psychologiczny. I budzę się ze świadomością, że trzeba iść po zakupy, pieczywo i w ogóle…

– A jeszcze…

– Co?

Zamilkli oboje, aby żadne z nich nie musiało tego powiedzieć. O choince, która niekupiona jeszcze i nie ma pieniędzy na choinkę, na nic. Tylko ten słój ogromny grzybowej zupy od ciotki Hanisi. Siedzieli naprzeciwko siebie jak po dwu stronach kanionu Colorado, dzieliło ich pokolenie i pochodzenie, dzieliło marzenie. No i poglądy na wychowanie Roberta też ich dzieliły. Łączyło niewiele – kilkanaście lat wspólnego nerwowego życia, ślub cywilny i Robert przedślubny. Najbardziej chyba łączyło to, że oboje byli bezrobotnymi i dorywczymi artystami – Misia w dziedzinie grafiki użytkowej i ceramiki ozdobnej, póki się piec ceramiczny nie popsuł. Lechu był poetą awangardowym, także pisał teksty dla raperów, a jeszcze w Nowej Hucie, w poprzednim życiu, założył teatr „20 tysięcy mil podmiejskiej łazęgi". Teksty i reżyseria on, Lechu „Szuwaks" Szwarc.

– Pójdę – powiedział w końcu Lechu. – Majerczyk nagrywał wczoraj, może mu wypłacili.

– Jest ci coś winien?

– Nie. Ale obiecał, że jak mu wypłacą, to pożyczy. Wstąpię na Klonową.

Klonowa to była też nadzieja, mała jak łebek szpilki. W galerii sztuki na Klonowej od pięciu lat stały artystyczne misy, wazy i figurynki Misi, jeszcze z czasów, gdy piec ceramiczny grzał jak trzeba. Co roku przed świętami wracała nadzieja, że znajdzie się ktoś, kto kupi te wielokrotnie przeceniane wyroby. Kto by ich tam szukał w bocznej uliczce w przemysłowej dzielnicy?

Lechu włożył skarpety i kamasze, podszedł do wieszaka po skórzaną kurtkę i czerwony szal. Zaczął się owijać szalem i zamarł.

– Ktoś łazi po korytarzu – mruknął i przywarł okularami do wizjera w drzwiach. – To ten co wczoraj. Może to nie ćpun. Wczoraj wsiadam do windy, a on wysiada. Czuć, że niemyty. Ja go pytam – do kogo on przyjechał, bo to ostatnie piętro, cztery mieszkania, więc do kogo. On mówi – na strych i pokazuje schody. A ja mu – tam nie ma strychu.

– I co?

– Wiedział, że go dopilnuję, więc wsiadł i zjechał na dół. Dzisiaj ma jakby tobół. Gdzieś polazł. Chyba z Jaworską rozmawia.

Lechu przyłożył ucho do drzwi. Misia wiedziała, że nie pójdzie, dopóki się nie upewni, że Jaworskiej nie ma na korytarzu. Nie byli z Jaworską pokłóceni, ale woleli się nie widywać. Na ich piętrze, na ich ostatnim piętrze, nie było kłótni. Czternaście pięter wielkiej płyty w dół – same kłótnie. Nieraz aż do bójki, jak na czwartym. Przeważnie poszło o ostatni rok, o to zerwanie boazerii, po którym blok wygląda jako slumsy, jak najgorsze zgliszcza z trzęsienia ziemi. Żadnych prusaków pod boazerią nie było, bo one chodzą przez zsyp jak po autostradzie. Ale jak administracja chciała boazerię przywalić z powrotem, to już ani deseczki nie było, sąsiedzi zagospodarowali.

Trzasnęły drzwi. Najpierw tam na korytarzu, drzwi Jaworskiej, potem domowe drzwi. Lechu poszedł.

Misia podeszła do lustra. To ją ratowało. Niepokonany bałagan w mieszkaniu, niepokonany bałagan w życiu, na szczęście można spojrzeć w lustro. Może spojrzeć sobie w oczy. Nic złego nie zrobiła, nikim nie gardzi. Nie ma nienawiści w oczach ani w sercu. A do tego jest piękna. Może nie bardzo wysoka, ale tego lustro nie widzi. Widzi poczciwe jasnoszare oczy w ciemnej oprawie, pełne, ładnie wykrojone usta, zgrabny nos z małym garbkiem, delikatne policzki z cieniem rumieńca. Nie wygląda na matkę siedemnastoletniego syna. Stara się wychować Roberta jak najlepiej. Jest w porządku, może w te siwe własne oczy patrzeć bezpiecznie. Mogłaby nienawidzić Wiery, tej aktorki czy modelki, dla której Lechu zrobił teatr w Nowej Hucie, przebaczyła. Niech sobie Lechu dalej trzyma tekę jej zdjęć na pawlaczu. Nie Wiera mieszka z Lechem, nie ona dała mu syna, nie ona wyciągnęła z samobójczego picia. I nie przy niej wygrał turniej poetycki w Przemyślu.

Misia przez chwilę próbowała, czy nie byłoby jej lepiej z włosami bardziej odsłaniającymi czoło, a potem przypomniała sobie szufladę wyciągniętą na środek pokoju, nieparzyste skarpetki, dziurawe, jeśli parzyste, i wyfruwające z szuflady wypasione na skarpetkach mole. Coś trzeba z tym zrobić.

Wika Jaworska przyglądała się przez wizjer, jak sąsiad wyszedł z mieszkania i czekając na windę, owijał sobie szyję czerwonym szalikiem. Próbował wiązać go na różne sposoby, przeglądając się w brudnych szybach okna klatki schodowej. Zdążyła jeszcze zanotować błysk zapałki w ruszającej windzie. Szwarc palił w windzie, śmierdziała potem jak popielniczka, a raz i drugi na podłodze walały się niedopałki.

Odjechał.

Poszła do kuchni, wyłączyła maszynkę-robota, maszynkę NRD-owską jeszcze, ale najlepszą, mak na kutię był już ukręcony. Nastawiła wodę na sparzenie rodzynków, siadła, podniosła spódnicę, aby natrzeć maścią bolące kolana.

Chłopaka, który pojawił się na klatce schodowej, poprosiła o zabicie karpi. Bała się wpuszczać obcego do domu, więc jedynym wyjściem było wystawienie przed próg miski z rybami, młotka, noża, ścierki, taboretu ze stolniczką. W minionych latach dawał karpiom w łeb sąsiad

266

Czudowski, tylko w zeszłym roku zrobił to dość niezręcznie syn Szwarców. Czudowscy pojechali wtedy w góry, na narty. W tym roku znów ich nie było, wyjeżdżali bez nart, bardziej na elegancko, pewnie za granicę. A Robert Szwarc powiedział „skończyło się zabijanie" z taką miną, że myślała, że ją jednak zabiłby od razu. Nieznajomemu z plecakiem dała po robocie chleba z serem i herbatę z sokiem malinowym. Herbatę wypił pośpiesznie, wylewając po parę łyków na spodeczek i podnosząc spodeczek do ust. Kanapkę z serem zawinął w bibułkową chusteczkę i schował do kieszeni plecaka. Dodała mu jabłko i garść cukierków. Chciał zatelefonować, ale z ostrożności i ze wstydu, że łóżko w taki dzień nieposłane, powiedziała, że telefon zepsuty, a automat jest tuż, przy przystanku.

Poszedł, a ona została z tym kłamstwem o zepsutym telefonie i z wszystkimi pytaniami, jakich nie zdążyła zadać. Skąd wziął się pod drzwiami Czudowskich? Nie wiedział, że wyjechali? Dokąd idzie? Dlaczego ubrany tak dziwnie – trzy czy cztery swetry jeden na drugim i do tego licha płócienna kurtka? To nie strój na ten wiatr lodowy.

Patrzyła na jego ręce czerwone z przemrożenia, mocne, z bliznami od ciężkiej roboty jakiejś. Spytał czy wypatroszyć ryby, powiedziała, że z tym to daje sobie radę. Mówił z ruska, z takim wschodnim zaśpiewem. Jego sękate duże dłonie nie pasowały do szczupłej smagłej twarzy. Dopiero kiedy poszedł, pomyślała, że nie przyjrzała mu się lepiej – czy przez te brwi zrośnięte i ciężkie jakby powieki nie podobny do córki Czudowskiej, co chciała być stewardesą?

Zabierając się do gotowania karpia, martwiła się, czy galareta zdąży stanąć, nigdy nie robiła tak z dnia na dzień. Ale dopiero od wczoraj, po telefonie siostry, wiedziała już, że sama będzie na wigilii. To lepiej nawet, bo ten najważniejszy telefon, od Michała z Rzymu, zastanie ją w domu.

Po nim pokuśtyka na pasterkę do parafii. Powinno być siedem dań – dla takiej gospodyni jak ona to żadna trudność. Będzie skromnie, będzie po polsku. A opłatkiem połamie się przez telefon. Nie wolno myśleć, że byłoby lepiej, gdyby był wielki stół jak za dawnych czasów, gdyby Michał ożenił się, przyjechał do matki z żoną, wnukami. Łaska. Wielka łaska mieć syna księdza. Kiedy jechał do Rzymu, dostała krótki list od księdza biskupa: „Niech go Pani wspomaga, czeka Panią wielka praca modlitwy".

Wrzaski na korytarzu. Zmniejszyła gaz pod rybą i podeszła do drzwi.

Nie rozpoznawała słów. To nie na korytarzu było, ale u Kapitana Rozrusznika. Kiedyś był to Kapitan Bezpiecznik, a jak mu wszczepili tę maszynkę do serca, to na piętrze inaczej nie mówiono jak tylko Kapitan Rozrusznik. Wprowadził się z żoną i córką jakoś zaraz po stanie wojennym. I zaraz potem rozpoznał go kolega pana Szwarca, grafik. – To ten esbek kapitan, co mnie przesłuchiwał na Wałbrzyskiej. Straszył, że moje dzieci ze szkoły mogą nie wrócić. – I dodał grafik kilka mocniejszych słów emocjonalnych. No, ale kiedy to było… Potem żona od kapitana odeszła z dziećmi, jak on poszedł na wczesną emeryturę. Wyprowadziła się, a on mieszkał z ekspedientką z mięsnego. Miła to była i uczynna kobieta, ale nowotwór szybko ją sprzątnął. On też był dobry jako sąsiad, żartujący, uprzejmy, zawsze drzwi do windy potrzymał, zatrzaśnięte drzwi potrafił otworzyć.

Teraz ma z dorosłymi dziećmi kłopoty, takie mieszkanie, chociaż przy maszynowni windy, to dla nich łasy kąsek. Przynoszą mu czasem coś do jedzenia – a potem te awantury.

Wika Jaworska krzątała się, przecedzając barszcz, kiedy do jej drzwi zastukał Kapitan Rozrusznik.

Uchyliła drzwi tyle, ile łańcuch pozwalał.

– Czyś ty zwariowała, Wika? – Sąsiad mówił per ty zawsze i wszystkim. – Czyś ty oszalała? Coś ty sobie myślała, kiedy dawałaś temu menelowi nóż i młotek? Ty się śpieszysz do nieba, co?

– No, jak to, panie sąsiedzie, musiałam mieć te ryby…

– A do mnie nie mogłaś przyjść?

– Panu nie wolno się męczyć, tak myślałam.

– Jak się denerwuję, to jeszcze gorzej. Syn ani córka nie przyszli, tylko tego miglanca, zięcia, mi przysłali na święta. Nasmażyli za dużo schabowych, to przez niego przysłali. A przy okazji pytanie, czy by dziadziuś nie wyjechał do ośrodka na sylwestra, bo wnuki nie mają gdzie imprezować. Ja tych wnuków od dwu lat nie widziałem. Pogoniłem gnoja. A ty nie otwieraj nikomu.

Mówił, z trudem łapiąc powietrze, potem odszedł, a Wika patrzyła, jak ten chłop jak wieża brnie przez korytarz, przystając co parę kroków.

Jakoś tak w samo zmierzchanie Lechu „Szuwaks" Szwarc wrócił do domu. Przyniósł dużą choinkę, przyprowadził też Rafała, kumpla grafika. Ten miał reklamówkę pełną bułek, jakieś puszki z rybkami i tabliczkę czekolady.

Nie byli całkiem trzeźwi, wiatr ich przewiał na wylot, szadź wybieliła włosy i brody. Wyglądali jak z jasełek.

– Ma złamany czub – przedstawił Lechu choinkę. – I tak ją odstawili na bok. Na pewno im zostałaby. A my zdrutujemy i będzie jak nowa. Zdejmij, Miśka, złotko z tej czekolady, wytnie się gwiazdę na czubek. Rafałowi daj spokój, niech sobie sam posiedzi w sypialni na razie. Chce płakać, to niech płacze.

Misia nie dopytywała się, czy choinka kradziona, czy przeceniona ze względu na czub. Poszła do sypialni, gdzie Rafał siedział po ciemku, słuchał wściekłej wichury za oknem. Przyniosła mu zapasowe kapcie, bo wokół jego butów wylała się roztopowa kałuża. Płakał? Po ciemku nie widać. Jak pocieszyć? Zaczęła mu opowiadać sen Lecha – ten o lalkach. Wtedy zadzwonił telefon. Dzwoniła Jaworska, sąsiadka. Z życzeniami, jak zawsze. I z prośbą dziwną, aby otworzyć drzwi. Przyjechał kuzyn Czudowskich i akurat musi się z wszystkimi połamać opłatkiem.

– Ale my w tym roku nie mamy… – Misia zaczęła się tłumaczyć. – Jakoś zapomniałam pójść do parafii, Roberta wysyłałam, ale jak to z nim…

– Ten młody ma, przywiózł.

I tak jakoś wyszło niezbyt zręcznie, że tu zupa grzybowa i bułki na stole, Lechu właśnie otwiera byczki w pomidorach, a trzeba uchylić drzwi i przez łańcuch łamać się z jakimś nieznajomym w trzech swetrach.

– Czudowscy, siemiejcy moi, rodzina – tłumaczył nieogolony chłopak i mrugał zaczerwienionymi od zapalenia spojówek powiekami. – Pisał ja im pismo z Kazachstana, ale gubią listy, strach jak u nas gubią. Oni ujechali, a ja ot – tak!

Lechu doprowadził do drzwi Rafała, pomyślał, że może mu ulży, jak się z ludźmi połamie opłatkiem. Wtedy uchyliły się drzwi Rozrusznika, pewnie i do niego Jaworska dzwoniła.

– Opłatkiem się, Lechu, nie najesz – zawołał kapitan basem przez cały korytarz. – Mnie ten palant, zięcio, przywiózł schabowych i bigosu, można kolację zrobić razem.

I od razu zaczął przed siebie brzuchem wypychać na korytarz stół z dwoma półmiskami na nim.

W końcu stół postawiono przy uchylonych drzwiach Jaworskiej, bo ona musiała nasłuchiwać dzwonka zagranicznego telefonu. Można się było połamać opłatkiem jeszcze raz, bo to łamanie w drzwiach dziwne jakieś było. Choinkę Szwarców postawiono przy windzie.

– Pójdę po gitarę – powiedział Lechu po grzybowej, a przed barszczem z uszkami. Mam dla Misi prezent śpiewany.

Misia nie mogła nic przełknąć. Błogosławiła sąsiadów, że nie pytają się, gdzie Robert. On już znikał z domu, odchodził, na noc nie wracał, ale przecież nie w święta, nigdy w święta.

Lechu Szwarc zjawił się właśnie z gitarą, w kapeluszu, który udawał kapelusze Niemena, kiedy winda czknęła metalicznie i spoza choinki wyszła chuda zmarznięta dziewczynka w czarnej kurtce. W kruczych włosach miała pomarańczowe i wiśniowe pasemka a w nozdrzach srebrne gwoździe. Powiedziała, że szuka państwa Szwarców, bo jest dziewczyną Roberta. I właśnie zdarzyła się okropna rzecz.

Serce Misi nie pękło. Sięgnęła po bułkę i zapchała sobie nią usta, żeby nie krzyczeć. Dziewczyna w czerni stała pod choinką i opowiadała, jak oni spokojnie malowali na ścianie magazynu swoje tagi, to znaczy graffiti, kiedy przyszli strażnicy kolejowi, bo to było na stacji Rogożnik-Wagonownia Południowa. Robert skoczył na nich, żeby ona mogła uciec, i tyle widziała. Na pewno go zbili i oddali na policję.

Zadzwonił telefon. Jaworska zerwała się, ale to było u Szwarców. Misia popędziła, przewracając krzesło i gubiąc pantofel. Dzwonił zawiadowca posterunku rozgałęźnego PKP Rogożnik. Przedarł się przez szlochane przeprosiny i błagania Misi, aby powiedzieć, że Robert ma parę siniaków, ale zjadł u niego wigilię i jest do odebrania. Im wcześniej, tym lepiej, bo on kończy służbę i jadą całą rodziną na pasterkę.

Nikt się nie spodziewał, że Rozrusznik zaproponuje swój samochód. W tę śnieżycę, w tę ślizgwicę. Nie jeździł już polonezem od paru lat, ale polerował go, smarował, pieścił w garażu na tyłach bloku. Kuzyn Czudowskich był jedynym trzeźwym mężczyzną przy stole, nie było więc takie ważne, czy może jechać z prawem jazdy wydanym w Karagandzie. To w jego ręce trafiły kluczyki z wisiorkiem w kształcie gołej panienki. Trzeba jechać, to się jedzie.

– Uważaj, hamulce tną ostro, klocki wymienione – powiedział kapitan.

Misia wzięła kurtkę z kapturem, pani Jaworska podreptała do mieszkania po rękawice.

– Nie mówił mi Robert, że ma taką dużą rodzinę – powiedziała dziewczyna z kolczykami w nosie, podnosząc głowę znad talerza barszczu z uszkami. – Ja to mam tylko mamę.

Nikt jej nie odpowiedział.

Pojechali w ten śnieżny wygwizdów, Misia i człowiek z daleka. Przy stole zrobiło się cicho, tylko Lechu Szwarc, zwany w środowiskach rapu Szuwaksem, brzdąkał jedną struną gitary.

– Jak państwo wolicie? – spytała Wika Jaworska. – Karp smażony najpierw czy w galarecie? Nie wierzyłam, że mi galareta tak stanie bez żelatyny, na samych rybich głowach.

– Poczekajmy, za czterdzieści minut będą – odpowiedział grafik Rafał. – Lechu napisał kolędę, to może przećwiczymy. Lechu, jak to było.

– O Boże, nie wiem. Zmęczyło mnie to. Powinienem pojechać z nimi do Roberta. Nawet nie wiem, czy ten brudas to naprawdę kuzyn Czudowskich, nie mówili nic. To jakoś tak, tu mam słowa…

Brzękła gitara i zaśpiewali razem z Rafałem, patrząc w pomiętą kartkę:

Rzeka łaski przepływa tak blisko,
Pędzel umoczysz – nie wstając,
Powiosłujesz ku dalekim wyspom
W krajobrazie co staje się krajem...

– Pan to sam ułożył? – zdziwiła się dziewczyna z nosem ozdobionym srebrem.

– Ty, mała, chyba w życiu artysty nie widziałaś – powiedział Kapitan.

– A pan kapitan sobie mnie nie przypomina – spytał Rafał. Kapitan przyjrzał mu się czujnie.

– Nie, w życiu nie.

– No to i ja sobie pana już nie przypominam. Niech pan kapitan siada po naszej stronie, śpiewamy razem.

Kapitan włożył okulary aby czytać tekst na kartce, i posłusznie przesiadł się za stół.

W malowidła okolicy serdecznej
Wokół stołu ojczyznę urządzisz
Ściany z marzeń i okna bezpieczne
Pokój z tymi, z którymi zasiądziesz...
W malowidła okolicy serdecznej
już się dzieje ten czar. Oto Święta
Anioł prawdy przypomina wieczne
A pasterze słuchają na klęczkach...

– To o Aniołach! – ucieszyła się Wika Jaworska. – Ja bym sobie to spisała, poślę synowi do Rzymu.

Nagrasz na kasetę, jak śpiewamy, i poślesz, będzie lepiej – powiedział Rozrusznik. – Tylko co to za śpiewanie na sucho. Pomóż mi, mała, weź te kotlety, bo chyba dzisiaj jemy na postno, prawda? A powiedz, Wika, po kropelce koniaku? Można?

– Można – powiedziała Wika z westchnieniem. – Ale

273

lepiej nie. Panu przecież nie wolno… Zrobię herbatę. Miała być do ciasta, ale zrobię teraz. Nie śpiewajcie, panowie, aż wrócę.

Nie śpiewali, tylko wsłuchiwali się w wiatr, w łomotanie czegoś na dachu. Dziewczyna zapytała, czemu nie ma lampek na choince i w odpowiedzi kapitan przyniósł dwa świeczniki z ozdobnymi kręconymi świecami.

Misia opowiedziała sen Lecha jeszcze dwa razy. Raz, jadąc do budynków kolejowych na Rogożniku, drugi raz, wracając stamtąd z Robertem na Blaszaną. Robert miał spuchnięty nos, plaster na rozciętej brwi, pogniecioną bibułkową chusteczkę trzymał przy ustach. Musiała go czymś pokrzepić, więc sen w kolejnych wersjach rozrastał się i piękniał, lalki o oczach malowanych przez Misię przemieniały się w księżniczki i kupowały lalki swoim malowanym córkom. Ani kuzyn Czudowskich, ani Robert nie zachwycali się tym snem, ledwie słuchali. Ciekawa dla nich była droga, zaspy i zamieć. Robert nie mógł pojąć, dopytywał się, jak Rozrusznik pożyczył auto nieznajomemu. Nawet imienia nie znał.

– A jak ty masz na imię? – spytał w końcu.

– Stanisław Czudowski – odpowiedział chłopak. – Właściwie to Stanisław mam dopiero od chrztu, a dopiero w ten rok na Wielkanoc byłem chrzczony przez księdza Henryka. Od niego mam opłatki, dał na drogę. Przedtem nazywałem się Burżuk, to po ojcu, on był pół-Ruski, pół-Kazach. Familia mateńki Czudowska i po niej wziąłem, że ja Czudowski.

Samochód wpadał w poślizgi, przebijał się przez zaspy, buksował w śniegu. Lampy rozświetlały tylko skrawek jezdni, rozwirowane bicze śnieżycy.

– Zwyczajnie, jak u nas purga – powiedział Burżuk--Stanisław. – Znaczy, tu jest podobnie.

Dojechali, zostawili poloneza przed garażem. Zamarznięta, zabita śniegiem kłódka nie dawała się otworzyć. W bloku owionęło ich ciepło, cisza. Na ostatnim piętrze czekało światło świec, kolęda pana Szwarca. Sylwia, dziewczyna ze srebrnymi nitami w nosie, skoczyła do Roberta i oplotła go ramionami.

– Ty, mała, daj mu się ze wszystkimi podzielić opłatkiem.

Po życzeniach wigilijne dania z kuchni pani Jaworskiej poszły swoją koleją. Każdemu starczyło po trochu, najważniejsze było liczyć dania. Misia prawie nie jadła, raz po raz prosiła, żeby śpiewać kolędę ułożoną dla niej. Więc śpiewali, „lulajże", „do szopy", „triumfy'", a potem podawali sobie kartkę z tekstem Lecha.

Porzucili stada swoich minut
Owczym pędem rozpędzonych w pustkę
Już im Józef pieluszkę odwinął
Już Pan Świata grozi im paluszkiem
Już im daje Boża Rodzicielka
Po kwaterce najzdrowszego czasu
Pijcie mili, bo okazja wielka
Oto przyszedł Król do juhasów,
Oto gazdom z Judei, z Podhala
wieczność krają jak placek z omastą
Bierzcie, jedzcie, roznoście po halach
Rozdawajcie wioskom i miastom,
Rozśpiewujecie po całej planecie
Ewangelię tej prostej kolędy
Że nam Boże błogosławi Dziecię
Rzeka łaski rozlała się wszędy.
Przez pejzaże szli, sztychy i freski,
Figurynki pochylone przed stajnią
Z kolędami jasne gwiazdy nieśli
spójrz przez okno, idą na Blaszaną…

I solo gitary ostre, jak to Szuwaks potrafił w najlepszych latach bieszczadzkich i solidarnościowych.

Za oknami na ulicy Blaszanej nie było widać nic. Sta-
nisław-Burżuk przysiadł się do Szwarca z miseczką kom-
potu z suszu.

– Piękna kolęda. I mnie pan tak pięknie powiedział, jak
ja tu pierwszy raz zaszedł na etaż. O tak pan pokazał. Tam
nie ma strychu, tam już niebo. I prawda to jest. Myślałem –
tam na schodach prześpię się. Na tą noc. A tu takie święto.
Tyle rodziny i pieśni takie.

TŁUM

Wchodzą, wychodzą, nazywają się, spotykają, pamiętają.

– Muszę ci kiedyś opowiedzieć... Ta rozmowa przez łańcuch. Pojechał tam, nie wiem po co, przez Opole jechał w Bieszczady.

– Skąd jechał?

– Z Warszawy. Tu pracuje. To znaczy...

I nie dowiesz się, co to znaczy. Mirka i Jerzy schylają się, biorą paczkę za uszy uformowane ze sznura, odchodzą w stronę błyszczącego szklaną ścianą kolosalnego biurowca.

– Za duży, nawet jak na Warszawę – mówi Zenek Niewieczerzał.

Pokazuje blok z szyb i stali człowiekowi w skórzanym kapeluszu. Razem wsiadają do opla astry i jadą w stronę lotniska. Ojciec Zenka, Michał, pochodził z rodziny aptekarskiej i sam był aptekarzem, najpierw w rodzinnym Turobinie, potem w Kraśniku Fabrycznym. Józef Niewieczerzał, dziadek Zenka, aptekarz z Turobina, był sanitariuszem w Batalionach Chłopskich, a potem, za frontem, w oddziale partyzanckim „Łomota", lasami doszli aż do Puszczy Knyszyńskiej, tam po potyczce z oddziałem UB i wojska rozproszyli się. Nikt nie wie, czy Józek, wesoły akordeonista, zginął, dostał się do więzienia czy ukrył gdzieś na zawsze.

Na pustym miejscu parkingowym po oplu Zenka Niewieczerzała staje mały samochodzik Bisi Blocher. Teraz Bisia szuka pracy w stolicy, ale za rok otworzy w Dortmundzie sklep z artystycznymi wyrobami ze szkła. Na razie Bisia ma kłopot, zabrakło jej na benzynę. Musi stanąć już tu, aby nie zatkać ulicy autkiem z pustym bakiem. Jeśli zapłaci opłatę parkingową, za co kupi bułkę, która ma jej zastąpić obiad? Nie zna tu nikogo, a jednak widzi, że tam, sprzed magazynu z narzędziami ogrodniczymi, ktoś do niej macha.

Idzie pośpiesznie, podbiega, przepycha się przez zgęstki ciżby, nie znajduje nikogo.

Ten, który jej przyjaźnie pomachał, uciekł, odwrócił się, zniknął w uliczce Do Nowego Ratusza. Nie ma żadnego ratusza w pobliżu. Składy, garaże, warsztaty.

Ksiądz Michał Bednarek zobaczył ładną i smutną dziewczynę, która wysiadła z samochodu z taką ekspresją rozpaczy, że wymagała natychmiastowego ratunku. Pomachał jej przyjaźnie, potem pojął w mgnienie, że on żadnego ratunku dać nie może, a nawet postawi się w sytuacji niezręcznej. Wikary od świętego Idziego zaczepia dziewczynę na ulicy? Co jej powie? Sam potrzebował pomocy. Już sześć lat jest po święceniach, a pierwszy raz spotkało go to, że klękający w konfesjonale wierny poprosił go nie o wysłuchanie i rozgrzeszenie, ale o wysłuchanie i potępienie.

Ojcze, czyniłem wiele zła. A potem, we wszystkich swoich złych uczynkach widziałem winę Boga. I teraz, gdy oskarżam mojego Stwórcę i Zbawiciela, też czuję się niewinny. Niebo to sprawiło, że bluźnię, toteż stawiam zarzuty niebu.

Czy pomógł temu nieszczęśnikowi rozmową o Hiobie

i szatanie, cytowaniem *Biesów* Dostojewskiego? Penitent zerwał się z kolan i pobiegł. Dokąd?

Cała pociecha, zerwał się raźno, z jakąś energią.

Księdzu ukłonił się Cezary Wiechta, organista. Kim jest ta siwa kobieta, z kulą-szwedką, idąca obok Cezarego tak ostrożnie? Cezary opowiada jej o sąsiadach swojego dziadka.

Mieszkali naprzeciwko. Ruhla, najmłodsza córka, wyszła za polskiego ułana, została Różą i tak ocalała, ona jedna z tych, co zostali w Mielniku, Drohiczynie, Białej Podlaskiej. Teraz mieszka tam wnuczka Róży, mają tu punkt butli z gazem. Co innego ci wyjechani w porę. Wnuk starszej siostry Ruhli-Róży przyjeżdża z Londynu, taki mały. Doktór jest, raczej doktór psychiatra. Z całej rodziny zostały mu tylko dzieci Róży, wnuki i prawnuki Róży, wszystko Polacy, katolicy. Angielski Żyd ma, znaczy się, tylko taką rodzinę. Jeździ tu, nie zerwał.

– Znam podobną historię z Dobrej – odpowiada siwa, idąca ostrożnie z kulą-szwedką.

I nie dowiemy się, czy to o ulicy Dobrej w Warszawie mowa, czy o miasteczku galicyjskim. Podobnych historii jak piasku na pustyni.

Obok Bisi Blocher, która zatrzymała się i bezradnie szuka wzrokiem kogoś, kto dawał jej znaki, przechodzą Wit i Żanna. Wit mówi z entuzjazmem o festiwalu muzyki sakralnej w Krakowie, o zespołach z Wenecji i Sycylii, sławnych dyrygentach i sopranach. Matka załatwiła mu wejściówki na wszystkie koncerty. Nawa kościoła Świętej Katarzyny będzie udekorowana ogromnymi reprodukcjami płócien Caravaggia komputerowo przeniesionymi na wielowarstwowe przezroczyste folie, stworzy to efekt przestrzeni, a w połączeniu z ruchomym światłem złudzenie malowania muzyką, głosem skrzypiec...

Kultura, myśli Żanna. – Człowiek może ledwie okruszek zjeść z tego ogromnego tortu. A biedni ludzie siedzą w mieszkaniach bez ogrzewania, odłączono im wodę i światło. Tam zrozpaczeni mężczyźni mszczą się na kobietach i dzieciach za swoją bezradność i alkoholizm. Sto metrów dalej ludzie w jedwabnej bieliźnie słuchają Haendla. Co za planeta. Co za banały mi się myślą zamiast pracy magisterskiej.

Spojrzenia Bisi i Żanny spotykają się na moment, ale Żanna zapamiętuje tylko kurteczkę ze sztucznego zamszu, którą Bisia kupiła tydzień wcześniej na targu w Lidzbarku Warmińskim. Pojechała tam na spotkanie z chłopakiem zaprzyjaźnionym przez internetowe czaty. Nie przyszedł do kawiarni „Warmianka", czekała trzy kwadranse. Skreśliła go, wymiksowała się z tego czatu. Może naprawdę nie mógł przyjść. Ale jego tłumaczenia mogły być kłamstwem lub prawdą. Lepiej powiedzieć sobie – w tej kieszeni bytu los nie sprzyja. Nogi za pas, Bisiu.

– Kiedy Chinki w Australii kończą osiemnaście lat dostają od rodziców czerwony samochód i dziesięć tysięcy dolarów…

– Ale australijskich? – spytał Bruno.

– A jakich? Australijskich. – odpowiedział Czarek, którego wołali „Dziadzia". – Dziesięć tysięcy dolarów kosztuje operacja oczu. Jadą wszystkie do Singapuru na taką operację. Usuwa się fałdę mongolską i oczy nabierają europejskiego wyglądu. Polski okulista zrobi taką operację za pięć stów. Widzisz, jaka kasa jest do trafienia? A tylko kwestie organizacyjne. Pryszcz.

– Trzeba mieć kogoś w Australii. Promocja potrzebna.

„Dziadzia" spojrzał czujnie na Bruna. Ten też marnuje

młodość na wożeniu pizzy na telefon w bandyckiej firmie. A bystry, z punktu pomyślał o promocji.

– To siadaj i szukaj w internecie – powiedział „Dziadzia". Zderzyli się dłońmi na pożegnanie, każdy z nich przypiął do skutera dużą czerwoną torbę izotermiczną z pizzą, małą torebkę z ulotkami reklamowymi i rozjechali się w przeciwne strony.

Australijska Polka, którą po tygodniu odnalazł Bruno we Freemantle była dość kompetentnym kontaktem, uczyła tańca w prowadzonym przez menonitów prestiżowym college'u, a wśród jej uczennic niemało było siedemnasto- i osiemnastoletnich Chinek marzących o bardziej europejskim obrysie oczu. Nauczycielka tańca, Helen Madziarek, miała masę czasu i puste, samotne serce, uczepiła się Bruna całą mocą swojego laptopa, oplotła go pytaniami, omroczyła opowieściami o swoim dziadku – partyzancie, który jeszcze jako osiemdziesięciolatek bywał zapraszany do Perth na wieczornice patriotyczne i grywał tam wiązanki piosenek ułańskich i ludowych.

Tydzień później tu właśnie. Albo tydzień wcześniej. Na rogu ulicy Do Nowego Ratusza i Kanonierów. Może na rogu przeciwległym – u zbiegu ulicy Do Nowego Ratusza i Pasażu „Vogue". Imiona spotykają imiona, nazwiska przedstawiają się nazwiskom, losy oplatają losy. Pożądania obejmują pośladki. Marzenia toną w uśmiechach. W pudłach samochodów człekokształtne stwory przytulają uszy do elektronicznych aparacików, komórka stała się już przysadką mowy.

– W gimnazjum prowadziłem klub filmowy – pochwalił się Wiktor Suma. – I na uniwersytecie w Biax-Nouvelle, tam kręciliśmy nawet takie krótkie filmy. Z ładnymi dziewczynami. No a potem był jeszcze kurs na filmową rejestrację zestrzeleń. W wojsku, jak było jeszcze z poboru. Byłem w artylerii p-lot. Zenitówki.

Atilla Karageorgianu, Grek z rumuńskiego Siedmiogrodu, pokiwał głową.

– Zenitówki, rozumiem. Ja też się zgłosiłem, panie Wiktorze. Z tym, że ja się nie znam na filmowaniu.

Siedzieli przy szaszłykach w gruzińskiej knajpie „Kolchida Chaczapuri". Ledwo przed godziną poznali się i dowiedzieli, że będą razem pracować przy telewizyjnej reklamie firmy okulistycznej „Polifem". Obydwie firmy wydawały się podejrzane – ta, która była zleceniodawcą, i ta, która wygrała przetarg jako wykonawca.

– Po co on mi to mówi? – pomyślał Wiktor. – Albo głupi, albo duży cwaniak i coś mota. Niech mówi. Ja go i tak nie muszę usłyszeć. Bez protokołu.

– Nasz szef mówił, że zna pan moich rodziców – powiedział głośno. – Dawno ich nie widziałem. Dowiedziałem się przez ludzi, że ojciec wrócił do pracy naukowej. Zna go pan z uniwersytetu w Bukareszcie?

Karageorgianu nie wydawał się zdziwiony zmianą tematu.

– Niestety, nie miałem przyjemności. Pan porucznik Łazur był uprzejmy przedstawić mnie matce pana w eszelonie ewakuacyjnym w Orsku. Pracowałem wtedy dla „Medicin du Monde". Pani Kasia zamartwiała się o pana. To wspaniała osoba, pomagała wszystkim w miarę swoich sił. A w każdym razie podtrzymywała na duchu. Potem rozdzielił nas przypadek. Albo los – żeby to zabrzmiało lepiej. Byłem potem w misji humanitarnej na tak zwanym Strychu Świata, wracałem stamtąd znowu przez Orsk, ale matki pana już tam nie było. Po drodze zawadziłem o rodzinne miasto pańskiej matki. O Winnicę.

To brzmi jak tytuł książki Kadena *Miasto mojej matki,*

pomyślał Wiktor. Czy Kaden był tłumaczony na grecki albo rumuński? A głośno zapytał.

– Wie pan, do kogo ma być adresowana ta reklama? Co będziemy robić...

– Nie chce mi się wierzyć – odpowiedział Karageorgianu. – Ale powinienem im wierzyć. Zaliczka to jest argument. Reklama ma się zwracać do młodych bogatych Chinek mieszkających w Australii.

– Też tak słyszałem. Dali mi założenia do scenariusza. A pan zrobiłby kosztorys? Dlaczego my jesteśmy jeszcze na pan? Wiktor, mów mi Wik.

– Ati jestem dla ciebie. Ati – powiedział Atilla i podniósł kieliszek z winem. – I ucieszę cię teraz. Jestem mistrzem w zawyżaniu kosztorysów.

Wypili.

Zajrzeli do teczek z firmowymi nadrukami firmy, która ich zatrudniła i uhonorowała zaliczkami. Atilla pogrążył się w rozważania kosztorysowe, a Wiktor zagapił na rysunki przedstawiające schemat operacji powieki. Bardziej niż to interesował go głos wysokiego siwego pana przy sąsiednim stoliku. Mówił on do młodej kobiety, która nie zdjęła do obiadu słomkowego kapelusza ze wstążkami. Wik widział jej szczupłe plecy.

– Architekturę robiłem na Politechnice Wrocławskiej. Pojechałem tam z biednego Mielnika i miałem wszystko. Niemieckie miasto w ruinie. Europejski gotyk. Dwa pułki sowieckie – na Karłowicach i w Leśnicy. Polska uczelnia w niemieckich murach, na całym sprzęcie laboratoryjnym napisy po niemiecku. A uczyli mnie profesorowie ze Lwowa, wielu z syberyjskim stażem. Profesor Thomas, co to był za rysownik! I zawsze mówił: „Panowie akademicy, nie istnieje przestrzeń bez form. A formy znaczą! Każda coś znaczy!". Pani mówi o zachodnim poczuciu formy. A ja, panno Maju, sam nie wiem, dokąd pojechałem z Mielnika nad Bugiem. Czy ruszyłem za szczęściem na Wschód, czy na Zachód. Niby na Zachód, a tam i dawny Lwów, i sowiecki garnizon. Cyrylica i gotycki alfabet. Wszystko to bzdura, moje ucieczki.

Bo Europa jest tu, myślała Maja. W tym, co mam uratować, uporządkować, przybliżyć ludziom Akademii. Wszystko, co Alan Kosko zostawił w swojej graciarni-pisarni w Montpellier, a teraz tu przywiezione. W setkach pudeł listów, notatek, tłumaczeń Apollinaire'a i Roberta d'Isle, w dziesiątkach zapisanych maczkiem kalendarzy. Wiek XX w stosie zdjęć migawkowych. Miliony słów, które chcą wyleźć jeszcze raz z ciemności.

– Teraz wracam na Wschód, jako komisarz projektu – ciągnął siwy. Miał twarz o drobnych, szlachetnych rysach, krzaczaste nawisłe brwi, brązowe oczy. – To koncepcja pani świętej pamięci ojca. Przegadaliśmy to u niego przy kominku. On chciał wyprowadzić polskie myśli na drogi Kresów, nowych Kresów Rzeczpospolitej, które stały się teraz Kresami Europy. Chciał, żeby młodzicz, która tam ruszy na rowerach ścieżkami „Polski dla Romantyków" odkryła swój kraj. Bo pani pokolenie patrzy tylko w stronę Zachodu. Nie chcą wiedzieć, że nie w Odessie , a w Ełku, Suwałkach, w Przemyślu, kończy się europejskość, tam, nad Bugiem zaczyna kraj tatarsko-bizantyjski, uwodząco obcy, przerażająco nasz własny.

Kiedy Atilla Karageorgianu usiadł za kierownicą swojej za dużej, zbyt czarnej i żrącej nadmiernie paliwo hondy-preludy, poczuł się jak w piekarniku. Zaparkował w cieniu, ale słońce naszło. Otworzył okna i wtedy zobaczył, że po drugiej stronie ulicy Flisackiej z identycznego auta, tylko przeraźliwie czerwonego i starszego o parę lat i kilka stłuczek, wysiada rosła młoda kobieta ubrana w dżinsowy garnitur. Musiał ją dostrzec, bo i ona patrzyła na niego. Miała zielone oczy, grube regularne rysy, popielate włosy przycięte na pazia. Ati uderzył dłońmi w skórę pokrywającą kierownicę, kobieta podrzuciła w dłoni kluczyki od preludy. Tak sobie o swoich cudnych i wrednych autach pogadali. Atilla ruszył, myśląc, że ta kobieta wygląda na serbską chłopkę.

Zvena Matjevska, była rzeczywiście Serbką z Kosowa. Weszła do kawiarni „U Kaziuków", gdzie czekał na nią dziennikarz z agencji Reutera, dla którego tłumaczyła z serbskiego na angielski zapisaną na video wypowiedź swojego ojca w sprawie cerkwi i monasterów niszczonych przez albańskich islamistów. Wezwał ją telefonicznie, bo na tyle znał jednak serbski, że zorientował się – nie wszystko przetłumaczyła. Teraz musi mu wyjaśnić. Ale nie chciało się jej wyjaśniać. Nie chciało się jej wracać tam, do ziemi skazanej na nienawiść, do ludzi chorych na zemstę. Nie wracać.

Przyszedł – stary, drobny, w błękitnej koszuli z krótkim rękawami i wiśniowym krawacie. Popatrzył na szklankę z koktajlem campari, który zamówiła i poprosił to samo, z podwójnym lodem. Był tak uprzejmy jakby siedziała naprzeciwko niego małpa z brzytwą.

Sprawdziła w internecie, kim jest Clark van Rijkhoff. Już pół wieku temu pisywał korespondencje z Indochin. Był w Sarajewie przez cały czas wojny z Serbami.

– Po tym, co stało się z moją matką i siostrą, przyjechałam, aby zabrać ojca do Lyonu – zaczęła po paru banalnych zwrotach powitalnych. – Ojciec mówił, i to jest nagrane, że musi strzec monasteru, chciałam zostać z nim. Nie pozwolił. Wiedział, że planuję wrócić na studia do Francji, że mam tam dobre stypendium. Tekst, którego nie przetłumaczyłam, to uwagi mojego ojca na temat Europy.

Amatorska, poczciwa obrona nacjonalizmów. Tu jest pełny tekst. Mam nadzieję, że nie będzie publikowany. Przeszkodzi sprawie. Ludzie zmiłują się nad cerkiewkami, ikonami, polichromiami w monasterach. Nie zmiłują się nad starym serbskim szowinistą.

– Rozumiem – powiedział Clark i podniósł szklankę do ust. – A co pani robi w Warszawie? Pewnie wychodzi pani za mąż?

– Skąd pan wie?

– Mam uczulenie – odpowiedział. – Mam alergię na cudze szczęście. Niech pani popatrzy na tę czwórkę przy oknie. Są szczęśliwi. Czuję to przez skórę.

Siedzieli tam we czworo. Szczupła dziewczyna w czarnym topie, ciemnowłosa, o orlim nosie i ptasich oczach, chłopak ze świeżymi bliznami na ogolonej głowie, z ręką w gipsie sterczącą jak ramię dźwigu, drugi chłopak, masywny łysol o bezczelnym uśmiechu, drobna, mocno opalona blondynka w modnej cyklistówce koloru plażowego piasku. Popijali kawę, jedli lody, gadali o niczym, przekrzykując się i zaśmiewając. Od drzwi szybkim krokiem nadszedł wysoki barczysty człowiek w skórzanej kamizelce na gołą skórę, odsłaniającej muskularne tatuowane ręce.

Roztrącił nogą krzesła, stanął nad młodym w gipsie, odstawił jego kawę na stolik obok. Gębę miał jak mur cmentarny.

– Ty już skończyłeś – powiedział, szturchając kolanem młodego. – Chodź, bo ktoś z tobą chce mówić.

Łysol przy stoliku odstawił swoją kawę.

– Ja też skończyłem – powiedział. Wstał i widać było, ile to mocnego, przećwiczonego w siłowniach chłopa. – Chodź, Jareczek. Zobaczę, kto z tobą chce rozmawiać. Samanta zapłać, my zapraszaliśmy.

Przy stoliku zostały dwie dziewczyny – śniada i blondynka w kaszkiecie. Czarna i biała – królowe jakiejś partii szachów. Zvena i Clark von Rijkhoff widzieli przez szybę, jak trzech mężczyzn wychodzi z kawiarni, jak idą w stronę czarnego terenowego samochodu tarasującego chodnik. Buchnęły strzały, z szyby auta posypało się szkło. Człowiek w kamizeli ze skóry klęknął, jego ręce ześliznęły się po błotniku auta. Wszyscy biegali, krzyczeli. Przy stoliku nie było już nikogo, znikły obydwie dziewczyny, czarna i biała, zostały tylko filiżanki, niedojedzone lody, banknot przyciśnięty butelką po wodzie.

– Niech pani poczeka, zrobię parę zdjęć – powiedział Clark. Zvena zobaczyła że staje w drzwiach kawiarni i fotografuje, fotografuje, fotografuje, aż policjant każe mu wejść do środka, idzie za nim, pochyla się nad legitymacją prasową.

Jedyny człowiek, który widział, jak młodzi w biegu ładują się do taksówki, nigdy o tym nikomu nie powiedział. Lechu „Szuwaks" Szwarc, awangardowy poeta, tekściarz i czasem reżyser, całe życie był po stronie uciekających, może dlatego, że jemu nigdy nie udało się uciec. Bo trudno nazwać ucieczką to, że został zabrany z Krakowa do Warszawy przez drobniutką malarkę, której obiecał pomoc w założeniu warsztatu ceramicznego. Zostawił po sobie na linii A-B trochę długów i wspomnienie „brata łaty" zawsze gotowego do zjawienia się w kafejce w Rynku i wysłuchania potrzebującego. Latami był wierną gąbką, w którą sączyły się zwierzenia. Teraz szedł pośpiesznie, miał umówione spotkanie z panią z magistratu, która obiecywała mu robotę literacką – jakieś opracowanie wspomnień i pamiętników tramwajarzy-działkowców. Wyglądał artystycznie i schludnie, bo cierpliwa żona uprasowała mu czarne spodnie i stalowoszarą koszulę, dopilnowała, aby umył porządnie długie siwo-szpakowato-czarne włosy i starannie związał je w kitkę pomarańczowym sznurowadłem. Ledwie minęła go taksówka ze sterczącą z okna zagipsowaną ręką. kiedy zobaczył po drugiej stronie ulicy Kanonierów kolegę z Krakowa. Chciał ku niemu biec, chociaż nie był pewny imienia i nazwiska, pamiętał tylko strzępy zwierzeń tamtego o rozrzutnej żonie i szwagrze karierowiczu. Zrobił krok w stronę krawężnika i musiał się zatrzymać. Z miejskiego zamętu wynurzyła się para starych ludzi dźwigających ogromną deskę, zakurzoną rudym pyłem robót rozbiórkowych. Decha, gruba i ciężka, zagrodziła Lechowi Szuwaksowi drogę, a spektakl jej niesienia trafił artystę w serce.

Przodem szedł rumiany, białowłosy mężczyzna o wielkiej pomarszczonej twarzy pokrytej siwą szczeciną. Miał kurczowo zaciśnięte usta, otwierał je, rybio, rozpaczliwie chwytał oddech i znowu zaciskał. Błękitne oczy wytrzeszczone, z białkami nabiegłymi krwią z wysiłku. Stąpał ciężko, drobnymi krokami, na nogach miał ciepłe domowe paputki zapinane na sprzączki. Kobieta na drugim końcu deski ubrana była w dekoltowaną czarną suknię odsłaniającą pomarszczony dekolt i tłuste białe ręce. Patrzyła na świat przez grube okulary w oprawie z brązowej masy. Mówiła coś, mówiła ciągle i szybko, a kiedy zbliżyła się do Lecha, pojął, że mówi ona do tego z przodu, tak jednak cicho, aby tamten nie mógł słyszeć.

– Uważaj, Jezus Maria, uważaj. W każdej chwili możemy odpocząć, Tomciu. Uważaj pod nogi. Jezus Maria, tylko uważaj…

Blada była jak ściana, twarz miała mokrą od potu, nieporządnie ufarbowane rude włosy przylepione do czoła i skroni.

Lechu „Szuwaks" Szwarc ruszył wzdłuż deski i zrównał się z mężczyzną. Zaczął go przekonywać, aby mu dał ponieść, a sam chwycił z tyłu, razem z żoną. Nie doczekał się odpowiedzi. Więc zatrzymał się, zrównał krok z kobietą i ją z kolei prosił o to, aby pozwoliła sobie pomóc. Nic. Więc znowu podbiegł do mężczyzny. – Mam akurat czas, proszę pana, mogę ponieść, razem szybciej, prawda? Nic. Lechu się zatrzymał.

– Proszę pani...

I tak straciliśmy go z oczu.

– Musiał pan słyszeć o moim bracie – powiedział do Michała Klęczniaka siwy pan i zajrzał mu w twarz uważnymi brązowymi oczyma spod siwych brwi. – Jestem starszym bratem Roberta Dunin-Sokalskiego, kompozytora.

– Oczywiście, wiem. Rok temu robiłem z nim wywiad – potwierdził Michał i przypomniał sobie tamtego maga muzyki i arcymistrza promocji, człowieka pozującego na książątko, magnata, w Polsce szlagona, w Europie apostoła sztuki, mecenasa młodych wirtuozów. Wywiad ukazał się ze zdjęciami Dunin-Sokalskiego na tle jego willi pod Neapolem, do której dobudował salę koncertową. Właśnie jako miejsce debiutu dla młodych, wśród których zawsze sporo młodych kompozytorów z kraju.

Gość, który umówił się z Michałem w „Kolchida Chaczapuri" miał podobną do kompozytora twarz o arystokratycznych rysach, wąskich ustach, garbatym nochalu.

– Wiem, że nie jest pan już aktywny w biznesie rowerowym – mówił przybysz. – Przychodzi czas zmiany, rozumiem. Ja sam przestałem na trochę być architektem. Ciągle używam wizytówek „Sokalski-architekt", sprawdzają się w kontaktach. Wypełniam pewne zobowiązanie moralne, a to wymaga ode mnie menedżerskiej roboty. Ma pan mocną pozycję w mediach.

– Miałem – powiedział Michał. – Miałem, a to znaczy, że już nie będę miał. Kły i pazury – rozumiemy się? Hieny i inne ścierwożery.

– Nie szkodzi, pańska twarz jest znana, pańskie nazwisko się kojarzy. A my potrzebujemy czytelnego znaku. Osoby, która stanie się liderem pewnej kultury, pewnej idei. Albo kultury, która jest zarazem formą wypoczynku. Powiem hasłowo – rowery, agroturystyka, małe ojczyzny, ochrona krajobrazu. Jeździ pan jeszcze na rowerze?

Dwa dni później Michał Klęczniak spotkał na uliczce Do Nowego Ratusza kolegę z wojska, Arnolda Sitarza. Trzeba było gdzieś pójść na piwo, a zaraz okazało się, że piwo nie, Sitarz na jakimś odwyku, nic. Kawa była „U Kaziuków". Zagadali się o wszystkim, jak to po dłuższym niewidzeniu, a rozmowa dotarła znowu do architekta Sokalskiego. W Mielniku mieszkał Igor, najmłodszy brat kompozytora i architekta. I do tego Igora Sitarz jeździł na ryby – kiedyś często, teraz rzadko, bo tam zawsze była, niestety, okazja samogonowa. Igor zapatrzony na braci, sam trochę akordeonista, grajek weselny i parafialny, trochę budowniczy-samouk. Kiedy się przybijało łodzią do posiadłości Igora, to od strony Bugu widziało się trzy budowle w trzech horyzontach. Blisko – krzywy domek, jak te na przedmieściach Drohiczyna czy Siemiatycz, dalej chatę-dziwaczkę z dalekich wysp z rzeźbionymi drągami kalenicy szczerzącymi malowane zęby. I najdalej, na granicy nieba, część najstarsza – kryty papą warsztat z ganeczkiem, z garnącymi się z obu stron koślawymi przybudówkami.

– Kiedy mojego brata Roberta zaprosili do dyrygowania na Borneo, chodziłem po Warszawie, przyznam się – piłem z zazdrości o rodzonego brata. I trochę na cyku trafiłem do antykwariatu na Alejach Jerozolimskich. Tam dostałem taką książkę – *Rysownik w sułtanacie Brunei.*

Przepłaciłem, na trzeźwo bym nie kupił. Duży album, były rysunki chat miejscowych, rysunki roboty plecionek, obróbki tych rzeźb wszystkich. I ja przez dwa lata byłem takim rzemieślnikiem-dzikusem, budowniczym-analfabetą. Stawiałem wyspiarską chatę nad Bugiem. Podróżowałem tu, na swoim dziedzińczyku. Dotknąłem początku, jeśli to panu co mówi.

Arnold Sitarz siedział wtedy na ławeczce z brzozowych żerdek przy czarnym kręgu węgli i popiołu, na łęgu tuż nad rzeką. Obok siedział gospodarz. Igor Sokalski objaśniał swój kosmos, pokazując obiekty kosturem z jałowca.

– Tu masz pan po lewej chatę z Sarawaku, taki longhouse w skrócie, na palach. Najbardziej się na pale brzoza nadała.

– Krucha, do niczego. Ja pracowałem w materiałach budowlanych – wtrącił Arnold.

– Jasne, brzoza krucha – poświadczył zgodliwie młodszy brat kompozytora i architekta. – Wytrzymałość brzozy żadna. Ale mi się nadała. Plecionki z wikliny, tataraku, wierzbowych gałązek. Nie z wikliny, tu nie mam wikliny nigdzie. A tego po prawej pan poznaje, nie?

Arnold wzruszył ramionami. Po prawej to było byle co. Po lewej ciekawie – dziwaczna budowla na palach. Ściany były uwite ze sczerniałych badyli i gałązek, dach stanowiła siodłowata strzecha z dziko nastrzępionych snopków i wiechci trzciny. W szczytach strzecha formowała wysunięte dzioby ozdobione rzeźbionymi pyskami ni to świń, ni to psów. Budowla robiła wrażenie. Coś ze skansenu. Słupy-podpory i drabinka do wejścia gęsto pokryte płaskorzeźbą, z jaskrawym podmalowaniem. To było do podziwiania, bardzo. Czysta egzotyka. Domek po prawej nie wydawał się ciekawy, nie kojarzył się z ni-

czym. Ot, jedna z miejscowych bud, pożydowskich cha-
łupek podpartych przybudówkami. Jak wszędzie w tych
małych miasteczkach, w Sarnach, Krasnobrodzie, Kocku.
Ganeczki, łatanina, blacha.

– Nie poznajesz pan? To kopia domu z malowidła
Breughla Starszego, z tego obrazu *Przysłowia flamandzkie*.
Jeden do jednego, sam stawiałem. Cegły do ostatniej sam
lepiłem i wypalałem. Jak skończyłem longhausa z Sarawaku, album z Breughlem wpadł mi w ręce, też kupiłem
w Warszawie. Myślałem o tych jego wieżach Babel, o Ika-
rze. Jakby dalsza podróż, ale ta sama. I w końcu zobaczyłem siebie w tłumie postaci robiących przedstawienie
według flamandzkich przysłów. Musiałem ten dom zbu-
dować. Widział pan kolumny w ganku? I takie połączenie –
strzecha na domu, z prosa. A na ganeczku miedziana blacha. Wiesz pan, dwa dni temu studenci spływali na Bugu,
sześcioro w trzy kajaki. No to całą prawie noc my tu przy
gorajce przegadali, piwko, szaszłyki na patykach. I oni
spali w domu z obrazu Breughla, rozumiemy się? Spodziewali się takiej rzeczy w Mielniku nad Bugiem?

W kawiarni „Fanconi di Varsovia" ksiądz Budak dotarł do stolika Bisi Blocher i postawił przed nią espresso
i porcję tortu orzechowego. Potem odbył jeszcze raz sla-
lom między stolikami i przyniósł swoją latte. Bisia spoglądała na niego z zakłopotaniem. Zdawało się jej, że będzie
musiała coś mówić, a nagle dopadło ją zmęczenie, zdenerwowanie, lęk przed pustką. Czy – tak to czuła – męcząca,
denerwująca groźba pustki, w której może pogrążyć się
jej życie.

Spis treści